塩野七生

小説
イタリア・ルネサンス

Nanami Shiono

...torico
...nto

ミケランジェロ
「聖家族」
ウフィッツィ美術館蔵（フィレンツェ）

1 Porta al prato.	11 Ponte alla carraia	21 S. Maria Madre.	31 S.Tri
2 Porta S. Gallo.	12 Ponte a S. Trinita	22 S. Catherina	32 S. Po
3 Porta pinti	13 Ponte vecchio.	23 S. Barnaba.	33 S. C
4 Porta alla Croce.	14 Ponte Rubaconte.	24 S. Lucia.	34 S.
5 Porta S. Nicolo.	15 S. Maria del fiore	25 S. Lorenzo.	35 S. O
6 Porta S. Miniato.	16 S. Giovanni.	26 Gli innocenti.	36 S. N
7 Porta S. Giorgio	17 La Nuntiata.	27 S. Maria Maggiore.	37 S. N
8 Porta S. Pier Gattolini	18 S. Marco.	28 S. Paulo.	38 S. G
9 Porta S. Friano.	19 S. Maria novella.	29 Ogni santi.	39 S. F
10 Porticciuola del prato.	20 S. Antonio.	30 S. Brancatio.	40 S. S

Dal *Disegni delle più illustri città*

ジョルジョ・ヴァザーリ
「ロレンツォ・デ・メディチの肖像」
ウフィッツィ美術館蔵（フィレンツェ）

レオナルド・ダ・ヴィンチ
「白貂を抱く婦人」
チャルトリスキ美術館蔵（ポーランド・クラクフ）

レオナルド・ダ・ヴィンチ「岩窟の聖母」
ルーヴル美術館蔵（パリ）

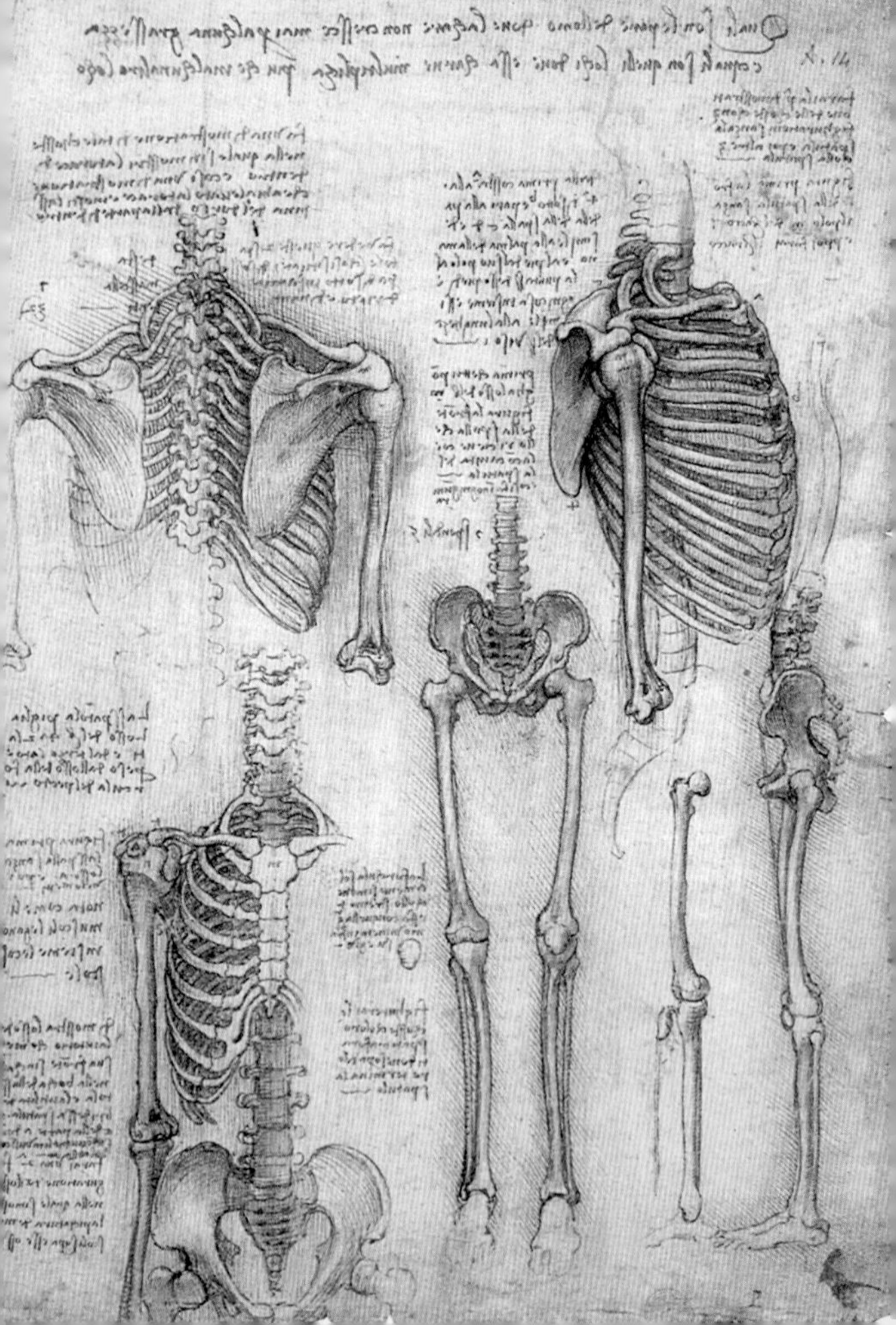

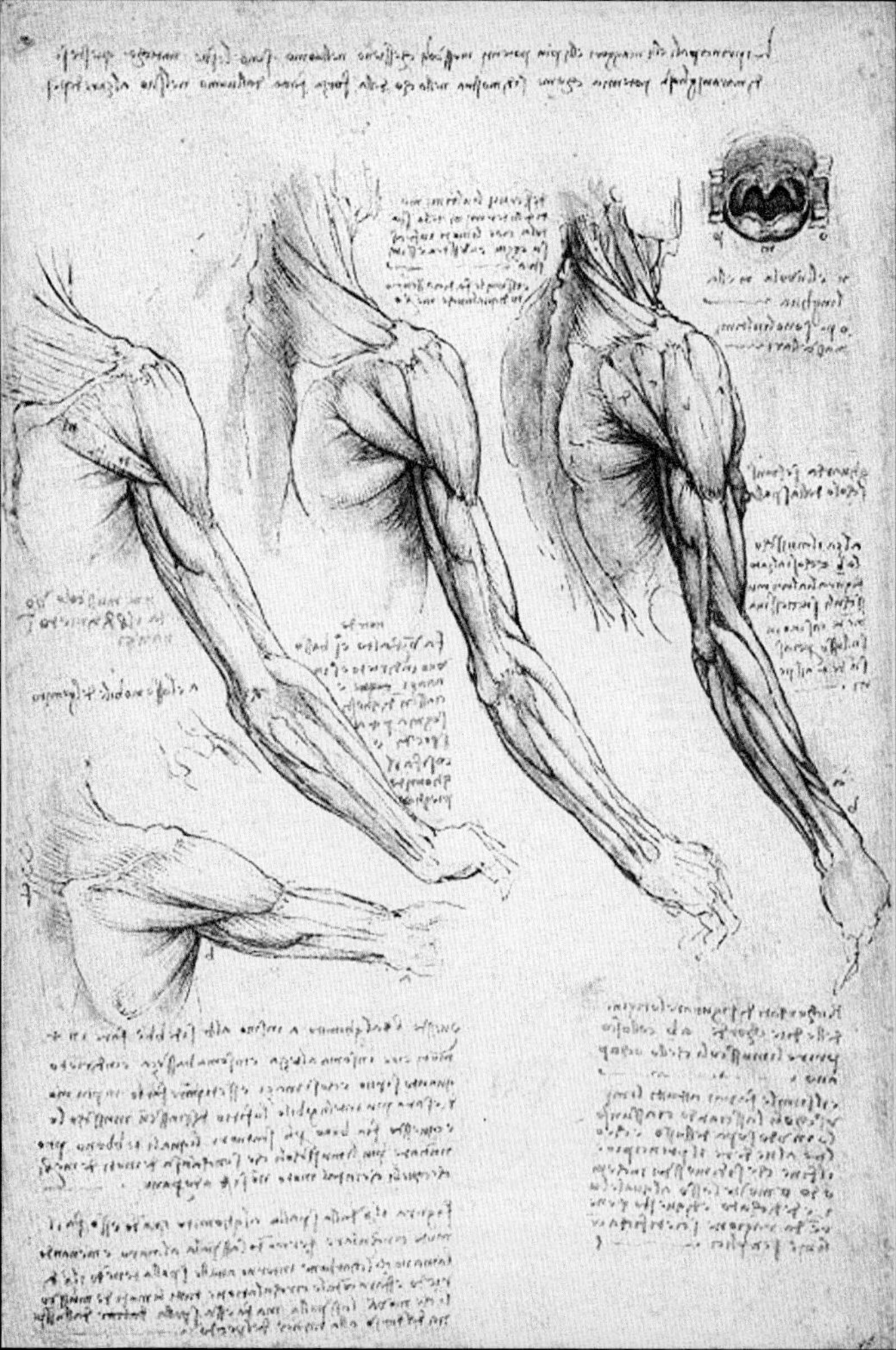

レオナルド・ダ・ヴィンチ「解剖図」
ウィンザー城王室図書館蔵（ロンドン）

メディチ宮殿
（パラッツォ・メディチ・リッカルディ）

フィレンツェ共和国政庁舎
（パラッツォ・ヴェッキオ）

ミケランジェロ
「ダヴィデ像」
アカデミア美術館蔵（フィレンツェ）

新 潮 文 庫

小説 イタリア・ルネサンス 2

フィレンツェ

塩 野 七 生 著

新 潮 社 版

11371

小説　イタリア・ルネサンス２　フィレンツェ＊目次

小説　イタリア・ルネサンス2　フィレンツェ

〈主人公、三十代後半〉

聖《サン》ミケーレ修道院

男たちは三人とも、百姓姿に身をやつしていた。服だけでなく、百姓が野良《のら》で働くときにかぶる粗布《あらぬの》の頭巾《ずきん》を深くかぶっている。ろばに引かせた荷車の上には、収穫したばかりの葡萄《ぶどう》が山積みされているのか、荷車全体をおおった粗布の下から葡萄の葉が見え隠れする。荷車は、百姓の一人が鍵《かぎ》で開けた山荘《ヴィラ》の門を入っていった。

林の中の曲がりくねった道の行きどまりに、山荘の入り口がある。その厚い木の扉も、百姓の一人の慣れた手つきで簡単に開いた。

あたりは、午後の静けさを破る人影もない。三人の男は荷車のおおいを取り、葡萄の山の下から何かを引き出した。二人が、それを前後からかかえて中庭に入る。先導するのは、それまで鍵を開ける役だったもう一人の男だ。中庭がつきたところにある扉も、この男が開ける。三人の男たちは、地下に降りていった。

粗布でつつんだ物体を運んでいた二人のうちの一人が、先導の男に声をかけた。

「お頭《かしら》、ここじゃあすぐにも見つかってしまいますぜ」

「かまわぬ、ここへ捨てておけと言われたのだ」

粗布でつつんだまま、運ばれてきた物体はそこにおかれた。そこは、地下室といってもどこにでもある普通の地下室ではない。周囲の壁一面が貝殻《かいがら》で敷きつめられていて、その一画には小さな噴水まである。ただ、水はとまっていた。それでも、海底にでもいるかのような不思議な雰囲気が漂う。粗布でつつまれた物体は、海底に沈められた水葬遺体を思わせないでもなかった。

はじめに口をきった男が、もう一度声をかけた。

「ほんとうに誰もいないんですかい」

お頭と呼ばれた男は、うるさそうに答える。

「明日までは誰もいない。召使たちは皆、カファジョーロの山荘の葡萄摘みの手伝いに行っていて、明日にならなければ帰ってこない。老人が一人残っているが、ここまでは見まわりにこないと聞いた」

外に出た三人の男たちは、再び荷車を引き、山荘の門を出る。出会ったのは、樹々《きぎ》の間を愉《たの》し気に飛びかう、小鳥の群れだけだった。

道を急いでいれば、日のあるうちに聖《サン》ガッロの城門を通れていたにちがいないのだ。

聖《サン》ガッロの城門は、北からの旅人ならば誰でも通らねばならない、フィレンツェの街全体をかこむ市壁の北側に開いた門だが、晩鐘を合図に閉じられてしまう。

だが、マルコは先を急いではいなかった。

三年間の公職追放の処分をうけてから、まだ一年しか過ぎていない。ヴェネツィア共和国の元老院議員であっただけでなく、かの国の外政と軍事の事実上の最高決定機関である「C・D・X（十人委員会《コンシーリオ・デイ・ディエチ》）」の一員として、密命をおびてヴェネツィアとトルコの首都コンスタンティノープルの間を往復していた頃とは、今のマルコ・ダンドロの立場は完全にちがっていた。

重要な公務にたずさわる者だけに政府が発行する、特別身分証明書に守られての旅ではない。ヴェネツィア共和国が主な他国には必ず常駐させている、在外公館の誰かの出迎えもなかった。

しかし、それは、旅の終わりに待っている任務もないということだ。先を急ぐ必要もなく、着いてからも待ちかまえている任務のない旅は、マルコにとって今回がはじめてだった。

一私人としての旅の目的地をフィレンツェと決めたのには、深い理由があったわけではない。

まず何よりも、ヴェローナの山荘での静かな日々に厭《あ》きてしまったのだ。公職を追放された当時はあれほども欲していた心身ともの休養だったのに、一年も過ぎれば、四十にはまだ間のある男の肉体は我慢できなくなっていた。

といって、ヴェネツィアでの社交生活を愉しむ気にもなれない。昔からマルコは、華やかなだけの生活にひかれたことはなかった。

第二の理由といえるようなものは、それぞれに独立した国家ではあっても言語や風俗ならば同じの、イタリアを知らないことに気づいたからである。西はイギリスから東はトルコまで知っているマルコなのに、フィレンツェにもローマにも行ったことがなかった。時間はありあまっている今こそ、その不足をおぎなうには最適の時期に思えたのだ。

まったく、ヴェネツィアの貴族に生まれ、国政を担当するのが当然の責務と思って生きてきたマルコのような男は、漫然とした旅というものを知らないで過ごしてしまう。若者の頃の旅は知識と経験の修得が目的なのだし、その後になれば公務の出張ばかりになる。行けと言われたところに旅するので、自分で行き先を選べるわけではない。

自分で行き先を選べる旅は、世捨て人にだけ許される贅沢《ぜいたく》と思っていたが、今のマルコの立場も、世捨て人といえないこともない。公職追放期間の三年が終われば、今の状態も終わるのか。それとも、三年が過ぎた後もこのままの人生がつづくのか。それはマルコが決めることではなかった。

しかし、少なくともこの数年は、完全な私人なのである。イタリアを見にでも行ってくるか、とマルコの心は動いたのである。

フィレンツェを最初の目的地に決めたのは、関心の流れにごく自然に従った、とでも言うしかない。

ヴェネツィアにいて思うフィレンツェは、同じイタリアとはいっても、まったく反対の性格をもつ二人の人間のように思える。それがためか、ドイツやフランスの人たちは、しばしばこの二つの国を比較して話す。そして、一家門のみが権勢を謳歌《おうか》することを許さない制度に慣れたヴェネツィア人の眼には、フィレンツェのメディチ家の突出ぶりが奇異に映るのだった。マルコも、ちがうがゆえに興味をそそられる一人だったのである。

フィレンツェは、ヴェネツィア共和国の市民であるマルコにすれば外国だが、それでも同じイタリアの中の一国だから、トルコに旅するときのような、相手国の通行並びに滞在のための許可証まではは必要でない。ヴェネツィア共和国の市民ならば、自分の住む行政区《セスティエレ》の居住証明書と、それともう一つ、属する教区《パロッキア》の司祭のくれる証明書で充分だ。政府の発行する特別身分証明書をもたされていた当時はそれだけでこと足《た》りていたのだが、私人の身分でも、この二つは必要だった。

行政区の発行する証明書は、ヴェネツィア共和国の市民であることを証明する。各国におかれた大使館や領事館、それに在外経済拠点と呼んでもよい商館には、これをもつ者の保護が義務づけられていた。言ってみれば、旅券《パスポート》である。

教区の証明書のほうはカトリック教徒であることの証明なのだが、これにも意外と効用《こうよう》があった。設備の整った旅宿の少ない地方を旅していれば、やむをえず僧院に宿を乞《こ》わねばならないことも多い。修道院は、キリスト教徒でないと泊めないのだ。快適な旅宿など、他国人との交流の多い大都市にしか望めない時代、宿泊先としての僧院は、旅人にはなかなか重宝な存在だった。

それに、旅先で病気になることだってある。公営の病院はこれまた大都市だけのものので、他はほとんど僧院の診療所が代行していた。

宿泊も治療も、もともとが巡礼たちのためを思ってもうけられた制度だが、キリスト教徒であれば貧富を問わず受け入れていたのだ。ホスピタルの語源からして、もてなすとか受け入れるとかを意味する動詞からきている。

この二つの証明書の他に、マルコはもう一通の書状をもっていた。教区の司祭が書いてくれた、聖《サン》ミケーレ修道院の院長にあてた手紙である。

「なにかのときにお役に立てば」

と言って親切にくれたものだから、捨てることもないと思ってたずさえてきたのだが、使うかどうかは決めていなかった。一私人として市井《しせい》にひそんでばかりもいられなくなる場合があるかもしれない。とはいえ気ままな独り旅には、めんどうこそ最大の敵だった。

ヴェローナにある別邸から発《た》つと、道はイタリア半島を南下するだけである。

供《とも》は、長くマルコの身のまわりを世話している老夫婦の、甥《おい》を一人だけ連れて行く。コンスタンティノープルにも連れて行った従僕だが、若いだけにあっさりした奉仕ぶりが気に入っていた。

急がない旅だから、馬で行くのはマルコ一人。従僕は、荷物をのせた馬を引いて、徒歩で従う。季節も、旅に出るのがおっくうに感じない、秋のはじめに入っていた。

イタリア半島を北と南に分けるアペニン山脈を越えた後は、ゆるやかなくだりの道が、丘陵の斜面をかかえこむようにしてつづいている。フィレンツェは、四方を丘陵にかこまれた盆地にある。

その道をたどってきて、いくつ目かの曲がり角をまわったとき、マルコは思わず馬をとめていた。

はるか彼方《かなた》に、フィレンツェの市街が広がっていた。赤味をおびた屋根の重なりあう間に、ひときわ高く、赤は同じ色合いながらその間を走るくっきりと白い稜線《りょうせん》が人眼をひかずにはすまない、大きく高い円屋根《クーポラ》がそびえ立つ。有名な花の聖母《サンタ・マリア・デル・フィオーレ》教会の円屋根にちがいない。

このフィレンツェ第一の教会が、花の聖母《サンタ・マリア・デル・フィオーレ》教会と呼ばれているのも、フィレンツェの古《いにしえ》の名である、花の都を意味するフィオレンツァが思い出される。

馬をとめたまま、マルコはしばらく、その美しい眺めから眼が離せないでいた。

ヴェネツィアの街だって美しい。しかし、海の上の都だけに、はるか下方に見わたすなどという鑑賞法は、空を飛ぶ鳥でもなければできない芸当だ。陸上の街でも、ミラノやボローニャやローマは、平野に建てられた都市である。低い丘陵にかこまれた盆地に立つフィレンツェの街だけが、人間にも空を飛ぶ鳥の眼線を与えることができるのだった。

おだやかな初秋の夕陽を全身に浴びて、静かな悦楽の想《おも》いを投げかけてくる花の都に向かって、マルコは再び馬を進めた。

晩鐘が鳴りはじめていた。市内にいる人には一日の仕事の終わりを、市外にいる人には、この晩鐘が鳴りやめば城門は閉じられることを告げる鐘である。

従僕が主人の顔を振りあおぐ。急げば城門の閉まる前に市内に入れると言っているのだが、マルコは、寡黙《かもく》な従僕の進言を無視した。今夜の宿は、市外のフィエゾレにある聖《サン》ミケーレ修道院に頼む気になっていたのだ。

予定では、その日のうちにフィレンツェに入り、街中の宿で旅装をとくつもりでいたのである。急に気が変わったのは、フィレンツェを遠望したときからだ。

手をのばせばすぐにもとどく、とわかった瞬間に、のばした手を少しだけ引くのに似ている。マルコは、ヴェネツィアの教区の司祭がくれた、聖《サン》ミケーレの僧院長あての紹介状を使う気になったのだった。

フィエゾレは、フィレンツェをかこむ丘陵の一つで、エトルリア人が開いたという から、エトルリア民族を征服したローマ人の開いた、アルノ河ぞいのフィレンツェよりは歴史は古いことになる。ゆるやかな丘陵を形づくっていても、フィレンツェと向かいあった斜面は南向きということもあって、裕福な後援者に恵まれた僧院やフィレンツェの有力者たちの別荘が、夏でも豊かな緑の間に点在する美しい一画だった。

聖《サン》ミケーレ修道院に向かうにも、糸杉の並木がつづく曲がりくねった細い道を行かねばならない。それを登りきったところに、太く高い石柱に左右を守られた頑丈な鉄の門があった。

生け垣にはさまれた小路と、その向こうに正面を見せる教会の建物が、鉄柵《てつさく》を通して眺められる。従僕が、鉄門にさがっている鎖を引いた。建物のどこかで鈴が鳴るのが聴こえるほど、あたりは静寂に満ちている。

少しして、聖《サン》フランチェスコ宗派特有の褐色の僧衣をまとった若い僧が、生け垣の小路をこちらに向かってくるのが見えた。鉄柵ごしに、マルコは、司祭がくれた手紙をわたす。修道僧がそれをもって僧院にもどり、再び引きかえして鉄門を開けてくれるまでに、しばらくの間待たねばならなかった。

教会の扉の前でむかえてくれた僧院長のなごやかな笑顔を見れば、普通の人であったなら、自分がさほど迷惑な訪問者ではなかったと思ったろう。それに、僧院長は、

「菜園のほうに行っておりましてな。門番僧がわたしを探して、僧院中を駆けまわったそうで」

と、待たせた言いわけまで口にしたのだ。

しかし、ヴェネツィア共和国の諜報《ちようほう》機関でもある「C・D・X（十人委員会）」の一員であったマルコは、欺《あざむ》かれなかった。自分は招かれざる客なのだと確信する。だが、そのようなことを表情にあらわさないことにも、マルコは慣れていた。

通された僧庵《そうあん》は、修道院の一室らしく質素だが、清潔で居心地よさそうな小部屋だ。小さく切られた窓からは、眼の下に菜園が見え、その向こうには森が眺められた。部屋の中の調度類も僧院風の質素な木製の品だが、いずれも高価なくるみの、しかも上等な部分の木を使ってあるのがマルコの注意をひいた。この僧院は、フィレンツエでもかぎられた人々のための隠れ場でもあるのか、と思う。

僧の一人がもってきてくれた桶《おけ》に満たされた水で、顔と身体《からだ》を洗おうとしたときだった。冷水からほのかな香りが立ちのぼるのに気がついたのだ。上品な良い香りだが、何の香りかはわからなかった。

告げられた時刻に食堂に行こうとして、マルコは道を迷ってしまった。内庭の一画に扉があって、そこを入ればもう食堂だったのだが、まちがって右手にあった別の扉を押してしまったのである。

そこは、石のアーチが並ぶテラスになっている。アーチの半円形が額ぶちのはたらきをして、そのはるか向こうのフィレンツェの遠景を、まるで美しい風景画のように見せている。夕闇《ゆうやみ》に沈もうとしているフィレンツェの街は、やはり評判どおりの美しさだった。

とその時、マルコの耳に、押し殺したような低い話し声がとびこんできた。テラスのあちこちにおかれている鉢植えのレモンに隠れて見えなかったのだが、端のところに二人の男がいた。

こちらを向いて椅子《いす》にかけているのが僧院長であることはわかったが、その前に立っている男のほうは、背を向けているので顔は見えない。だが、短い上着の下からのびている両脚のすらりと無駄のない線から、若い男であることは想像できた。

マルコは、開けようとしていた扉を、そっと閉めた。鉢植えのレモンの葉の繁《しげ》りが、マルコの存在を二人に気づかせなかったようであった。

こぢんまりとした僧院にふさわしく小ぶりな食堂は、部屋の四方におかれた灯《ともしび》をうけておちついた明るさに満ちていた。三方の壁にそって、細長い食卓が並んでいる。食卓に占領されていない壁面には、修道院の食堂ならばどこにでもある、キリストと十二人の弟子たちの最後の晩餐《ばんさん》の絵が描かれていた。

それを眺めるでもなく眺めていたマルコの肩に、誰かの手がおかれた。振りかえると、僧院長の顔が近くにあった。僧院長は、白いあごひげの中で微笑しながら、

「食事中は沈黙の時間になっていますのでな」

と言った。

僧院長もふくめて十五人ほどの僧たちが席についた後も、食卓の中ほどの席が一つ空いていた。

空席は、全員が眼を伏せ食前の祈りに入り、それが終わって顔をあげたときには埋まっていた。あの若い男だった。

イリスの香り

熟睡した後の目覚めは、マルコに、三十代の男の力をとりもどさせていた。寝台が特別に寝心地よかったわけではない。熟睡の原因は、ここ数日の疲労と僧院の静けさにあるにちがいなかった。それに、昨夜供された夕食が、質素ではあったが、それぞれに新鮮な材料が使われていたのが、良質の葡萄酒《ぶどうしゅ》とあいまって、負担をかけずに疲労した肉体を力づけたのだろう。

マルコは、木の寝台が大仰にきしむのもかまわず、寝台の上で二度三度と、思いきり身体《からだ》をのばした。

「もとどおりだ」

と、われながら満足する。とその時、扉を遠慮がちにたたく音がした。つづいて、

「御主人様」

という、これまた遠慮がちな従僕の声がする。マルコは、それに答えながら、勢いよく寝台を降りた。入ってきた従僕は、「よくお休みのようでした」と言い、もってきた朝食の盆を机の上におくと、閉じられていた板窓を開けに行った。開け放たれた窓からは、さわやかな陽光が、まるでそれまで留められていたのに仕返しをするかのような勢いで入ってきた。日はすでに高い。部屋の中は、陽光とともに、元気な森の鳥たちの囀《さえず》りでいっぱいになる。

朝食をたいらげるマルコのかたわらで寝台を整えていた従僕が、声をひそめて言った。

「御主人様、昨夜この近くで人殺しがあったそうでございますよ」

マルコは、朝食をとる手も休めずに言う。

「ほう、殺されたのは誰かね」

従僕は、台所で働く下級僧から聴いたと言い、話をつづけた。

「誰かはわからないそうですが、この僧院から西に五キロほど行ったところにある山荘で、今朝方死体が見つかったとのことです」

今どき死体が発見されるたびに驚いていたのでは、身体がもたないとマルコは思う。

何も言わなくなった主人に、従僕も口を閉じた。

朝食も終わる頃になって、若い僧が、水を満たした桶《おけ》をもって入ってきた。人なつこい僧らしく、まぶしそうな微笑を浮かべながら朝の挨拶《あいさつ》をし、桶に張られた水に、ふところからとりだした小びんから、何かを数滴たらした。部屋の中に、かすかだが良い香りが漂う。

「良い匂《にお》いだが、何の香りかな」

そう問うたマルコに、若い修道僧は再びまぶしそうな微笑を浮かべて答えた。

「イリスの香りでございますよ、旦那様《メッセール》。

あやめ《イリス》の花からとる香料で、市内にある聖《サンタ》マリア・ノヴェッラの僧院で昔からつくっている、フィレンツェにしかない香料でございます。イリスの花は、長い間フィレンツェ共和国の紋章になっておりました。今では、イリスに代わって、六つの球のメディチ家の紋章のほうが眼につきますが」

そういえば、フィレンツェの共和制が崩壊してから六年が過ぎていた。現在のフィレンツェは、メディチ家が支配する君主国に変わっている。若い修道僧は、マルコのおだやかな沈黙に力づけられたのか、言葉をつづけた。

「昔は、品の良いこの香りを、メディチ家の方々もことのほか好まれていたと言います。でも、今では、オリエントの濃厚な香りのほうを好む方が多いとか」

オリエント渡来の濃厚な香りとなれば、ヴェネツィアが輸入してフィレンツェに売っている商品の一つだ。マルコは苦笑するしかなかったが、秋の陽ざしを思わせるイリスの香りと、居心地のよいこの静かな僧院は、意外と似合っているのではないかとも思った。

同じ香りは、マルコがここに着いた昨夜、すぐにもってこられた桶の水からも匂っていた。そして、他に一度匂ったことがあったと考えたとたん、それはあの若い男と食堂の出口で一緒になったときだった、と思い出したのである。

男は、食堂ではマルコと向かい合った食卓に座を占めていたので、今度は顔を正面から見ることができた。

黒に近い褐色のまっすぐの髪は肩にふれるほど長く、細面の顔がそのために、もっとほっそりと見える。

簡単に美男と言ってすむ顔ではない。鼻すじの通っているのと頬のそげたような鋭い線はフィレンツェの上流の男の風貌《ふうぼう》に忠実だが、官能的な厚い唇がどことなく不調和だった。視線も、立ち居振る舞いの自然な品の良さを裏切るかのように投げやりだ。

二十代かと思われるほど若いのに、与える印象は大人びている。男は、どうでもよいような視線を一度だけマルコに向けたが、その後は一顧だにしなかった。

食堂の出口で出会ったのは、まったくの偶然だったろう。先をゆずったのは、若い男のほうである。イリスの香りが漂ったのも、無言でなされた礼に対してこちらも無言で礼を返したそのときだった。

身仕度を終えたマルコは、まだ荷物をまとめている従僕を残して、一夜の宿を恵んでくれたことへの感謝と出立の挨拶をするため、僧院長を探しに行った。僧院長は部屋にはいなかったが、通りすがりの修道僧が教えてくれたように、テラスにいた。テラスで、一人の若い僧に手伝わせて、鉢植えの木の手入れをしている最中だった。だが、マルコの言葉が終わると、こう言ったのである。

「今日はお発《た》ちにならないほうがよいでしょう。人殺しがあったのです。騒ぎが収まるまでは、ここに留まられたほうがよい」

マルコは、殺人のことは今聴いたというふりをした。

「それは知りませんでした。しかし、人が一人殺されたくらいで、フィレンツェの街に入れないということもないでしょう」

僧院長は、植木の手入れの手をとめて、マルコの眼をじっと見て言った。

「市壁に開けられた城門のすべてが、閉鎖されたのですよ。よほどのことでないと、内からは出られず、外からも入れないということです」

「ずいぶんと厳重な警戒ですね。殺されたのが、誰か重要な人物でもあったのですか」

「そこまでは、わたしは知りません。ただ、死体が発見された場所が、カレッジの山荘《ヴィラ》であったというのです」

「カレッジの山荘というのは、何か特別の場所でもあるのですか」

六十歳はとうの昔に越えているると思われるのに、衰えの見えない堂々とした体躯《たいく》は、粗末な僧衣よりも、鈍く光る甲冑《かっちゅう》のほうが似合いそうだ。鋏《はさみ》をもつ手を完全にとめた僧院長は、マルコのほうに向きなおって、それでも口調はおだやかに言った。

「ヴェネツィアの司祭からの手紙にあったところでは、この乱れた世には感心にも、あなたの関心事は静かな独り旅をすることにあるという。

フィレンツェの街に、一刻も早く入らなければならないというわけでもありますまい。このあたりを、散策してこられてはどうですかな。散策には恰好《かっこう》の秋日和《あきびより》でもある。そして、午後の祈りの時間が終わる頃に、このテラスに来られたらよい。わたしが、話し相手をつとめましょう」

マルコは、素直に従うことにした。

フィエゾレの丘を踏破することになってしまったほどの長い散策だったが、少々疲れはしたけれど、気分はまったく爽快《そうかい》だった。

収穫期に入っている葡萄畑は、そばを通るだけで芳醇《ほうじゅん》な香りを放っていたし、秋の陽光を浴びすぎたと思えば、糸杉の並木が深い影をつくっている涼しい道に入ればよかった。森も、太陽の光を拒絶するほど深くはない。木立の中にいてさえ、陽ざしのやわらかさを感ずることができた。やはり、フィレンツェは南国なのである。

そして、このフィエゾレの丘からは、どこにいても、フィレンツェの街が視界に入ってくる。時を告げる鐘の音も、近くで耳にするよりはずっと優しい音になってとどくようだった。

僧院長との午後の会話が愉《たの》しみだったマルコは、テラスには約束の時刻より早めに着いた。南向きの広々としたテラスは、アーチの列が陽光をさえぎるには高く堂々としすぎていることもあって、敷きつめられた煉瓦《れんが》も陽光を吸いこんで、眠気をさそうほど心地よい場所になっている。冬に向かってレモンの鉢植えを避難させるには、最適の場所にちがいない。テラスからは、昨夜も眼にしたように、フィレンツェの街全体が遠望できた。

僧院長は祈りの終わりを告げる鈴の音とともにテラスに姿をあらわした。ところにあるつくりつけの石の長椅子《ながいす》に、マルコをともなう。今度は、彼一人だった。そして、朝とちがって午後の僧院長は、少しばかり親しみを感じさせる口調で話しだした。

「カレッジの山荘《ヴィラ》のことは御存じないようだったから、そのことでも話しますかな」

マルコは、話のつづきを催促するようにうなずく。

「あの山荘は、メディチ家の所有する数ある別荘の中でも、豪華さということならば、最後のほうに数えられるくらい質素なものです。だが、フィレンツェの街からは最も近いということもあって、メディチ家の人々がことのほか愛用していたということならば、第一にあげねばならないくらいにメディチ家との縁は深かった別荘《ヴィラ》でした。コシモ様も、その子のピエロ様、そして孫にあたるロレンツォ様も、あの別荘で亡《な》くなられたのです」

「それはずいぶんと昔の話になりますね。メディチ家の主催でアカデミア・プラトニカの集まりが盛んであった時代だから、五十年は昔にさかのぼる」

マルコを裕福な世捨て人と思いこんでいるらしい僧院長は、ヴェネツィアの名門ダンドロ家の一員ならば相応の教養人で、プラトン・アカデミーを知っているのも当然と思ったのか、話をつづけた。

「まったく、昔の話になりますな。最後のロレンツォ様が亡くなられた年でさえ、一四九二年。わたしが、ようやく少年期を脱した頃でした。

カレッジの山荘はこういうわけで、メディチ家にかぎらず、フィレンツェの人々にとってもなじみの深いところになったのです。メディチの山荘とことわらなくても、カレッジと言うだけで、誰もがあの山荘を思いうかべるくらいに」

「偉大な《イル・マニーフィコ》」という綽名《あだな》でも有名だったメディチ家のロレンツォのことならば、この男の死んだ年にはまだ生まれていなかったマルコでも知っている。フィレンツェと言えばメディチ家、メディチといえばロレンツォ・イル・マニーフィコが連想されるのは、十六世紀も半ばに近づいたヴェネツィアでも変わりはなかった。死んだ後でも人々に語り伝えられる数少ない偉大な人物ということでは、生前のロレンツォにしばしば苦い想《おも》いをさせられたヴェネツィアでも、一致した評価であったからである。

生前のロレンツォを知ってでもいるのか、僧院長は、視線を遠くに向け、独り言のようにつづける。

「今から考えれば、ロレンツォ様の亡くなられた一四九二年という年が、フィレンツェという大輪の花が散りはじめた年でもあったように思う。

それまではメディチ家の賢明な統治のおかげで、活気にあふれ、イタリア中を引っぱる勢いであったフィレンツェも、あの年を境にして、修道士サヴォナローラの支配する狂信の時代に入ったのです。

わたしの属するフランチェスコ宗派は、サヴォナローラの率いるドメニコ宗派のやり方には反対だったが、恐怖政治というものは怖《おそ》ろしい。サヴォナローラの命ずるままに、まだ何も判断できない少年たちは、少しでも美しく華やかな品を身につけている人を見るや、それを奪いとるのが流行《はや》ったのです。心ある人でも、口をつぐんで家に引きこもるしかなかった。

かつてはあれほど強烈であった批判精神の都市フィレンツェも、当時は、神がかりの修道士の一群と、彼らに盲従する女と子供たちに占領されていたのですよ。

嵐《あらし》が過ぎ去ったのは、一四九八年になってからでした。その年、民衆の支持を失ったサヴォナローラは、ローマ教会からも破門され、火刑に処せられたからです。サヴォナローラ失脚後のフィレンツェは、嵐の吹き荒れていた間は家に引きこもっていた人々によって統治されるようになったのですが、ロレンツォ様の生きておられた時代にあった活力は、やはりもどってはきませんでした」

ここまで話してきた僧院長は、まるでためいきのように深く息をついて黙った。

「しかし、僧院長《パードレ》、わたしの国ヴェネツィアは、大変にフィレンツェのおかげをこうむっているのですよ。つい最近、ヴェネツィア政府が建築総監督としてわざわざ招聘《しょうへい》したのも、フィレンツェ生まれのサンソヴィーノでした」

イタリア語の発音からも、生粋のフィレンツェ人であることがわかる僧院長は、マルコの言葉に愛郷心を刺激されたようだった。

「まったく、わがフィレンツェは、国家としては満開の時代は過ぎ去ったかもしれないが、個人としてならば、大輪の花を咲かせることはまだできるのです。しかし、それらの色あざやかで香り高い花々も、今では、咲きほこるのはフィレンツェの外でのほうが多くなってしまった。

レオナルド・ダ・ヴィンチは遠くフランスの地で生涯を終え、ミケランジェロもほとんど帰ってこない。他の人々も、ローマやヴェネツィアに、花を咲かせるに適《てき》した土地を見出《みいだ》したようです」

国政に長く従事していたマルコには、その要因の見当はつくのだが、他国人の礼儀を守って口にしない。彼の言いたいことを、フィレンツェ人の僧院長が代わって言ってくれた。

「政情の不安定は、経済力の消耗を招かずにはすみません。経済の勢いが非常に強く、政情が不安定であるにもかかわらず独自に上昇できる力がある時代ならともかく、もはや十六世紀も半ばに近づいた今のフィレンツェには、そのような活力はないのです。学者や芸術家たちが他国へ行ってしまうのも、止めることのできない流れなのでしょう」

マルコは、祖国ヴェネツィアを思い出していた。ヴェネツィア内だけでなくフランスでもスペインでも名を知られるほど高名になっても、ヴェネツィア共和国の市民であるティツィアーノもヴェロネーゼもティントレットも、他国へ行こうとはしない。他国の君主たちからの注文は受けるが、画筆をふるう場はあくまでも自分の国においている。それどころか、フィレンツェやその他の国々から、芸術家《アルティイスタ》や職人《アルティイジャーノ》たちはヴェネツィアに移住してくるほどなのだ。

それは、ヴェネツィア共和国の政情が安定していて、大国スペインやフランスの干渉をしりぞけるだけの力をもっていることによって、イタリアではほとんど唯一《ゆいいつ》の独立国でいられるからだろう。

また、経済力のほうも、イタリア商人が市場を独占していた時代は過ぎ、フィレンツェやジェノヴァの商人たちの力が減退した今でも、ヴェネツィア経済だけは、手工業に投資を振り向けるなどして、通商で失った分を産業でとりかえすことに成功している。

そして、伝統的に政教分離の政策をとってきたヴェネツィアには、ローマ教会とて、簡単には手を出すことはできない。ヴェネツィアには、言論の自由もあるということだ。創造的な活動の源である精神の自由とは、あらゆる分野に自由のあるところでないと充分に発揮されないものなのだろう。

今のフィレンツェには、自由は失われてしまったのか。

今のフィレンツェの支配者である公爵《こうしゃく》アレッサンドロは、かつてはあれほどもこの意味の自由を守り育てることに熱心であった、メディチ家の血を継ぐ者ではないのか。

ヴェネツィア人のマルコには疑問はいくつもわいたのだが、それらを僧院長にただす気持ちにはなれなかった。客人としての礼儀と、どうしてもはじめから聖職を志した人物とは思えない、僧院長の風貌が邪魔したのである。

だが、好感はもった。僧院長のほうも同じであったらしく、ここを発った後も気が向いたときには訪ねてくるように、と言った。

その夜の夕食の席には、あの若い男の姿はなかった。城門はすべて閉じられているはずなのにと不思議に思ったが、それは誰にも聞かなかった。

翌朝早く、マルコはフィレンツェに向かって僧院を後にした。

半月館《メッザ・ルーナ》

北からの出入りを一手にひきうける聖《サン》ガッロの城門は、南に通ずるローマ門《ポルタ・ロマーナ》と並んで、フィレンツェの街にとっては大手門と呼んでよいほどに重要な玄関口である。それなのに、このわびしさはどうだろう。人馬の往来は盛んなのだが、それらが農産物を街に売りにくる近郊の農民たちで占められているのが、マルコの注意をひかずにはおかなかった。

海の都ヴェネツィアにとっての北門は、本土のパドヴァの町を流れるブレンタ川の船着き場といってよい。北からヴェネツィアを訪れる人は、パドヴァで馬を捨て、そこから船でブレンタ川を下って潟《ラグーナ》に入り、潟《ラグーナ》を満たす海水からそのまま姿をあらわしたという感じの、ヴェネツィアの街に上陸するのである。南のオリエントから訪れる人は船でくるから、船が横づけされる聖《サン》マルコの船着き場に上陸するのだが、通商国家ヴェネツィアだけに、得意先はヨーロッパにも多い。それで、パドヴァの町の船着き場は、朝ともなれば大変な混みようなのであった。

もちろん、海の上の都だけに土地は貴重で、農地に使うなどという贅沢《ぜいたく》は許されない。だからヴェネツィアの街には、近郊の農民たちの運んでくる農産物は欠かせない。朝の船着き場の混雑はそのためでもあるのだが、遠くロンドンやパリからやってくる商人も多かった。船着き場でさえ各国語が耳に入ってくるのが、日常になっている。船の上とて同じで、国際都市ヴェネツィアの活気は、母屋《おもや》から離れた通用門といってもよいブレンタ川の船着き場から、すでに強く感じられるのであった。

それなのに、かつてはヴェネツィアと並んでイタリアの都市国家を代表していたフィレンツェの玄関口の混雑は、小規模な町のそれと少しも変わらない。高価な荷を満載した荷馬車が列をなしているわけでもなく、片言のイタリア語を話すのに苦労する、一見して遠国からとわかる商人の姿も見かけない。

ヴェネツィアほど大規模ではなくても、フィレンツェとて金融と手工業で生きる国である。しかも中部イタリアでは、ローマに次ぐ大都市なのだ。それなのに、異国風が彩《いろど》りをそえる国際都市の雰囲気はどこにも見られなかった。

代わりに、警備の兵の姿が目立つ。その一人の持つ隊旗には、昔からのフィレンツェの紋章であるイリスの花ではなく、六つの球のメディチ家の紋章に、さらに公爵《こうしゃく》の位を示す冠までつけたものが染められてあった。

城門の前につづく人の列を眼にしたときから、マルコはここの通過に長い時間がかかることを覚悟したのだが、警備の兵は意外と簡単に通してくれた。まわりを見ると、マルコのように他国の人間のほうが簡単で、百姓たちのほうが厳重な調べをうけているようだ。農民は近郊の人間なのだから、フィレンツェ公国の領民である。フィレンツェの警察は、他国民よりも自国民に対して、より警戒の眼を光らせているのかもしれない。それに、この厳重な調べは、近郊で殺人があったとはいえ、少々度が過ぎていた。

旅宿「半月館《メッザ・ルーナ》」はフィレンツェでも高級な部類に属すと聴いて選んだのだが、着いてみれば相当に大衆的な宿だ。一階は居酒屋になっていて、そこでは料理も供する。二階から上には泊まり客のための小部屋が並んでいて、けっこう繁盛《はんじょう》しているようだった。

繁盛の理由は比較的にしても清潔なことにあるのは、部屋に通されてすぐ納得がいったが、もう一つの理由が主人の人柄にあるとわかったのは、その日の夕食に向かっていたときである。「半月館」の主人で、ジョヴァンニと名乗ったその男は、マルコのテーブルにやってきて、挨拶《あいさつ》しただけでなくこう言ったのだ。

「ここに坐《すわ》ってよろしいですかな」

そして、マルコが承知のつもりでうなずくや、給仕に葡萄酒《ぶどうしゅ》の入った壺《つぼ》と真鍮《しんちゅう》のコップをもってこさせ、マルコの正面の椅子《いす》にどっかと腰をおろした。

背は高くはないが、ふてぶてしい顔つきとがっしりした体格の、年の頃は五十を少し越えたかと思われる男だ。白髪が半ばを占めるもじゃもじゃの髪が、そのままあごまでつづいて反対側の頭髪につながっていて、それらでかくされていない部分の肌は、フィレンツェ人にしては珍しく赤銅色《しゃくどういろ》をしている。

「お客人は、ヴェネツィアのお方ですな」

マルコは、短く「そうだ」と答える。

旅宿の主人ジョヴァンニは、にこっと笑った。笑うと、ふてぶてしい面《つら》がまえがとたんに人なつこい顔に一変する。

「わたしは、ヴェネツィアには行ったことはないんですよ。でも、ヴェネツィア人はよく知っている。コンスタンティノープルに長くいましたんでね」

「だからですね、『半月館』と名づけたのは」

マルコも、話にのる気になった。キリスト教にとっては敵とされているイスラム教のしるしを自分が経営する旅宿の名に使うこの男が、なにやら愉快に思えたからだ。それに、赤銅色の日焼けも、昨日今日の成果ではないように思えた。

「トルコの首都では、船長でもしていらしたのかな」

ジョヴァンニは、文字どおり破顔一笑した。

「いやいや、船長《カピターノ》と呼ばれるようなものではなかったが、小船はいくつかもっていましたよ。コンスタンティノープルにいるフィレンツェの商人たちのために、あの近辺の港から、商品をコンスタンティノープルに運んでいたのです。あそこまで運べば、そこからヨーロッパまではヴェネツィアの船に頼むほうがいい。安あがりだし、安全でしたからね。

だが、年もとったし陸《おか》にあがりたくなった。長年、他国の海でくらした身では、故郷にもどってやれる仕事は旅宿ぐらいしかない。誰とでもつきあうのだけは、慣れていますからね」

マルコも微笑する。正直な男らしいと思った。旅宿の主人には、分けへだてなく人と接しられて、正直な人間が一番だ。使用人のあつかいも心得ているらしいのは、彼らの働きぶりを見ても納得できた。ジョヴァンニは、自分のコップだけでなくマルコのそれにも葡萄酒をつぎながら、話をつづける。

「わたしは、ヴェネツィア人が好きなんですよ。ワルだが、話はわかる。それに比べてフィレンツェの人間は、まっとうであるのが好きなだけに偏屈なところがあって困る。まっとうであろうとする人間ほどつきあいにくくなるのは、どうしてですかねえ」

マルコは笑ってしまった。なかなか的《まと》を射たことを言う男だ。食事も悪くないし、ここにしばらく逗留《とうりゆう》してもよいと思いはじめている。ただ、「半月館」が、小店の密集する聖《サン》ロレンツォ界隈《かいわい》にあるのが、静かな環境の好きなマルコには気になる点だった。だが、これも長期滞在を匂《にお》わせたとたんに返ってきたジョヴァンニの言葉で、半分くらいは解決したのである。

「そういうお考えなら、あなたのようなお客にはもってこいの『離れ』を用意させますよ。あそこは、聖《サン》ロレンツォ教会でも裏のほうにあるメディチ家の墓所と向かいあっているから、静かなことならばうけあいます」

というわけで、マルコと従僕は、フィレンツェに着いたその日に早くも、くつろいで荷物をとける一画の獲得に成功したのである。墓所といったって、地下にある墓所の入り口に面しているというだけだ。それでも、墓にはつきものの糸杉の小さな林があった。

食事は、朝と昼は従僕が用意したが、夕食だけは少し離れた「半月館」の食堂に行くことにした。わずらわしいどころか、マルコにはその時間が愉《たの》しみだった。ジョヴァンニは、どんな質問にも答えてくれたからだ。考えてみれば、旅宿というのは情報が入ってきて出ていく場所である。旅宿の主人が情報通であるのは当たり前なのだ。それに、ジョヴァンニのほうもマルコに好感をいだいたようである。マルコの旅の目的が商売になく、ただ漫然とした旅だと知ったときは、働くことしか頭にないヴェネツィア人にしては変わっていると笑ったが、

「それならフィレンツェには見るものはいっぱいある」

と言ったくらいだから、マルコの言葉を信じたのだろう。

カレッジの山荘《ヴィラ》で見つかったという死体の話も、そんなわけで、この旅宿の主人には気軽に聞くことができた。だが、ジョヴァンニはこの話になったとたん、マルコの

ほうにぐっと身を寄せ、声をひそめて言ったのだ。

「殺されたのは、アレッサンドロ公爵の、右腕と言われていたくらいの側近だったのですよ」

城門を一時にせよ閉鎖させたほどの厳重な警戒はそのためであったのかと、マルコもはじめて納得がゆく。旅宿の主人は、一段と声を低めて話をつづけた。

「公爵も人気はないが、あの男はもっと人気がなかった。フィレンツェは、六年前のことにしても、一年間という長い包囲戦を闘ったのです。その打撃から、まだ充分に立ち直っていない。都市内の商工業だけでなく、農村も疲れきっている。それなのに、税金を取ることだけは昔どおりです。いや、昔よりもひどい。しかも、疲れきった市民から取りあげた金は、公爵の気晴らしに使われるだけです。殺されたラーポという名の男は、税を集める元締めだった。殺されたからって、誰一人悲しんじゃいませんよ」

「犯人はあがったのかな」

「いや、まだです。警察も懸命に探しているってことですがね。

だが、公爵はびっくりしたらしい。上着の下に鉄の帷子《かたびら》を着こまないと、外には一歩も出なくなったという話だ」

「アレッサンドロ公爵の不人気の原因は、重税のためだけかね」

「いや、それだけじゃありません。なにしろ、包囲戦で勝ったスペイン王カルロスが、包囲戦に敗れたフィレンツェに押しつけた君主ですからね。フィレンツェ公爵の位だって、カルロスのおかげで得たようなものだ。自分の力ではなくて他人の力のおかげだから、敬意を払われるはずもないじゃありませんか」

「しかし、アレッサンドロ公は、かつてはフィレンツェ人があれほども支持を惜しまなかった、メディチ家の血をひいている男だが」

「ひいていると言えるほどの、血ではありませんや。お客人は、パッツィの陰謀の事件を知ってますかね」

「一四七八年に起きたあの有名な事件ならば知っている。父が話してくれたことがあった」

「それそれ、その事件なんだが、あのときに陰謀側が殺そうとはかったのは、ロレンツォ・イル・マニーフィコとその弟のジュリアーノの、メディチ家直系の二人だった。だが、殺すのに成功したのはジュリアーノ様一人で、ロレンツォ様のほうはからくも難を逃れたんだが、あの事件の直後に、殺されたジュリアーノ様には生まれたばかりの隠し子がいるとわかったのです。

ロレンツォ・イル・マニーフィコは、死んだ弟の子だというその幼子を、深くもさぐらずに養子になされた。ジュリオという名を与えたのも、ロレンツォ様だった。

このジュリオが、つい二年前まではローマ法王だったクレメンテ七世ですよ。法王になるくらいだから頭は良かったにちがいないが、生まれがこんなものだから、どことなく陰気なところがあって、腹の内のわからない人だったらしい。

この法王にも、隠し子がいたのですよ。母親の素性は知られていないが、下働きの黒人の奴隷女《どれいおんな》に手をつけた結果というのが、もっぱらの噂《うわさ》だ。その子というのが、フィレンツェの現公爵アレッサンドロなんです」

「法王の庶子では、公式の君主になるのはむずかしいが、フィレンツェでは問題にされなかったのかね」

「いやあ、フィレンツェでだって大っぴらにやれることではない。公式には、若死にしたウルビーノ公の庶子ということになっている。だが、誰もが法王クレメンテの息子だと思っていますよ。

なぜなら、メディチ家にはもう一人庶子がいたからです。名はイッポーリトという。この人も、ロレンツォ・イル・マニーフィコの三男だったが若いうちに死んだジュリアーノの庶子。このイッポーリトのほうがアレッサンドロより二歳年上だったのです。同じ庶子という身分ならば、年齢が上のほうが後継者争いには有利だ。ところが、アレッサンドロがウルビーノ公の庶子ということになれば、イッポーリトを完全に抜けるわけだ。ウルビーノ公は、ロレンツォ・イル・マニーフィコの長男のピエロの長男だから、メディチ家直系ということになる。同じく庶子同士なんだが、直系となれば、年齢が下であろうと優位に立つ。イッポーリトが聖職界に入り、枢機《すうき》卿《けい》になったのも、後継者争いからはずそうとした法王クレメンテの策略だと、皆は言ってますよ。そのうえ、憤懣《ふんまん》やるかたない想《おも》いだったイッポーリト枢機卿も、一年前、原因もたしかでない病にかかって、あっというまに死んでしまった。君主としての能力ならば、あの方のほうが断じて上だったと言われてますがね」

ここまで話してきて、旅宿の主人は葡萄酒をコップになみなみとつぎ、一気にあおった。

「もはや敵なしとなったアレッサンドロだが、出来があの程度なものだから、父親としてはまだ安心がならなかったらしい。

神聖ローマ皇帝でスペイン王でもあるカルロスに頼んで、カルロスの庶出の娘と結婚させるようはからった。スペイン王のほうも、法王に恩を売る好機だから受けますよ。

というわけで、マルゲリータ姫を后《きさき》にむかえて、ヨーロッパ最強の君主カルロスの婿《むこ》になったアレッサンドロは、出生が不確かであることなどおかまいなしって感じで、フィレンツェの領主の地位に坐ってるわけですわ。領民たちがなんとなくしっくりしない想いでいるのも、無理ありませんでしょう、これではね」

マルコは、慎重に言葉をはさんだ。

「メディチ家には、他に男子はいなかったのかね」

「いや、二人もいるんですよ。ロレンツィーノにコシモという名の。二人とも、母方はソデリーニとサルヴィアーティというフィレンツェきっての名門で、出生はだからはっきりしている。ただ、二人とも嫡子《ちゃくし》なんだが、父親はメディチ家でも、分家筋にあたるんですわ。年齢もたしか、ロレンツィーノ様は二十二歳で、コシモ様のほうはまだ十七歳。アレッサンドロ公は、二十六歳ですがね」

「その二人の評判はどうなのかな」

「性格はまったくちがうが、二人ともなかなかの出来だって話です。とはいっても、庶子ながら公式にはメディチ本家の血をひくということになっていて、二年前には亡《な》くなったが、それまではずっと法王クレメンテ七世の後ろ楯があったアレッサンドロにはかなわない。

本家と分家は、やっぱりちがうんですかねえ。メディチ本家の娘だからこそ、カテリーナ様も、フランス王の次男のアンリに嫁いでいかれたんですからね。フランスの地では、フランス風に、カトリーヌ・ド・メディシスと呼ばれてるってことだが」

マルコは、ほんの少しだが、国政にたずさわった経験のある者らしい意見を言った。

「アレッサンドロ公は民衆に人気がないそうだが、君主ともなると、民衆の人気を得るのは誰にとってもむずかしいものだが」

「半月館」の主人は、声をひそめてつづける。

「そんなたぐいとはちがうんですよ。あなたも一度、会ってみたらわかる。あのだれきっている様《さま》は、二十六歳とはとても思えない。度を過ぎた酒と女のためです。そのうえ、性格も陰険で、しかも残酷ときている。陰では誰もが、暴君《ティランノ》としか呼ばないんですからね。フィレンツェも哀れなもんだ。花の都も、踏みひしがれて息絶え絶えって感じだ。長年他国にいて帰ってみれば、故国はご覧のようなみじめさ。昔はトルコ人でさえ、フィレンツェと聞けば敬意を払ったもんでしたがね」

他国人とみて遠慮なく想いを吐き出したらしい「半月館」の主人は、それでもマルコを、明日は祭日だから花の聖母教会《サンタ・マリア・デル・フィオーレ》のミサに行かないかと誘った。メディチ家の人々も全員顔をそろえるはずだと言われて、マルコの気も動く。

メディチ家の人々

フィレンツェの花の聖母《サンタ・マリア・デル・フィオーレ》教会はヴェネツィアにとっての聖《サン》マルコ大聖堂と同じく、この都市第一の格を誇る教会だが、ヴェネツィア生まれのマルコから見ると、聖《サン》マルコ大聖堂がいかにもヴェネツィア的であるのに似て、花の聖母《サンタ・マリア・デル・フィオーレ》教会のほうもフィレンツェそのもののように思える。

聖《サン》マルコ大聖堂のほうは、長年かけてつけ加えた数々の彫像や絵が、一貫した方針のもとで為《な》されたわけでもないのに不思議な美的調和をつくりあげているのに対し、このフィレンツェ第一の教会建築は、長年かけてつくりあげられたということでは同じでも、一貫した美意識にもとづいて為されたということが一眼でわかるのだ。この種のちがいは、教会の内部に入るや、より強く感じられるのだった。

ヴェネツィアの聖《サン》マルコ大聖堂の内部は、人間が一人もいなくても美しい。だからであろうが、あそこが人でいっぱいになると、ヴェネツィア生まれのマルコでさえも息ぐるしく感じる。反対に花の聖母教会《サンタ・マリア・デル・フィオーレ》の広大な内部は、小人数の人間がいるくらいでは、空間に余裕がありすぎてがらんどうの感じだが、ミサに列席する人々で内部が埋まりはじめるや、この欠陥は完全に消えてしまうのだ。花の聖母教会《サンタ・マリア・デル・フィオーレ》をつくったフィレンツェ人は、教会の内部が人で埋まることを計算に入れてこの空間を設定したのだとわかったとき、マルコははじめて、フィレンツェの人々の美意識のすごさに脱帽する気になったのだった。

実際、祝祭日とて庶民にいたるまで常よりは華やかに着飾った人々で埋まった内部の空間は、なるほどとうなずく完璧《かんぺき》な美的調和をつくりあげている。その中でもとくに華やかなのは、メディチ家の人々の席とされているらしい一画だ。

左右別々に男と女の席は分かれているのだが、男女いずれの席でもメディチ一門はすぐにそれとわかる。男子席女子席とも、最前列のその一画だけは、甲冑《かっちゅう》に身をかためた武装兵の一群によって他の人々とへだてられていたからだった。

「あれが、アレッサンドロ公ですよ」

一緒に来ていた「半月館《メッザ・ルーナ》」の主人が、マルコの耳もとでささやいた。

祭壇に向かって右側にもうけられた男子席の、最前列の一番左はしにいる男がそれだろう。中背だが、頑丈な体格で肥《ふと》り気味だ。だが、はじめて彼を見る人の注意を引きつけずにおかないのは、ちりちりの黒い巻き毛と分厚くめくれた赤い唇である。これが、母親は黒人女であったとされる理由だろうと、マルコは思う。両眼は黒く大きいのだが、ときおりチラリと白い光を放つ以外は空洞が二つ並んでいる感じだった。

この公爵《こうしゃく》アレッサンドロに一人だけ親し気に話しかけている男がいる。公爵のすぐ右側に席を占めているからメディチ一門の一人にちがいないのだが、振り向いたその男の顔を眼にしたとき、マルコはただちに思い出した。

聖《サン》ミケーレの修道院で出会った、あの若い男だった。教会の石柱の陰に立っていたマルコからは、僧院で出会ったときとはうって変わって、華やかな彩《いろど》りの豪華な服の後ろ姿しか眼に入らなかったから気がつかなかったのだが、顔を見れば思い出す。投げやりな視線も、僧院のときと同じだ。マルコは、彼の案内役のつもりらしくそばを離れない「半月館」の主人に、そっと聞いていた。

「公爵の右どなりにいる男は誰かな」

旅宿の主人は声をひそめて答える。

「あの方が、ロレンツィーノ様ですよ。父親はメディチ家の分家筋の出だが、母親は、共和国時代の大統領も出したほどの名門ソデリーニ家の出身だ」

そして、マルコに問われる前に、このロレンツィーノのさらに右側に座を占めている、もう一人の若者の説明までしてくれた。

「あちらのほうが、コシモ様です。ロレンツィーノとコシモは、父親同士が従兄弟《いとこ》という関係だ。コシモ様の父親も、そういうわけでメディチの分家の出だが、『黒隊のジョヴァンニ《ジョヴァンニ・ダッレ・バンデ・ネーレ》』という綽名《あだな》で有名だった武将です」

その男のことならば知っている、とマルコは答える。一五二六年、大挙してイタリアに侵入してきたドイツ軍を迎え撃つ戦いで、華々しく戦死した勇将だ。あれがその息子か、と思うのは、当時でもマルコ一人ではなかったにちがいない。武勲の誉れとは無縁であったメディチ家の男たちの中にあって、珍しい存在として有名だったからである。

しかし、十七歳というコシモには、若者らしい雰囲気は感じられなかった。落ちつきすぎているのである。その日も、決められた席に坐《すわ》って、祭壇に顔を向けたままだ。左どなりのロレンツィーノが話しかけるのにも、短い答えを返すだけだった。身体《からだ》つきは、肩幅もがっちりし、もうすでに立派に青年のものになっている。ただ、この若者の性格は、豪放磊落《らいらく》なことでも知られていた父親の「黒隊のジョヴァンニ」とは、どうやら似ても似つかないものらしかった。父親似であるのは、体格だけかもしれない。父親の戦死の年はまだ少年でしかなかったのだから、とつい同情的に見てしまうのは、マルコも同じ年頃に父親を失ったからだろう。

すっかり案内役気どりの「半月館」の主人は、聞きもしないのに説明をつづける。メディチ家の男たちの説明が終わると、祭壇に向かって左側の最前列に坐る、メディチ家の女たちへと説明は移っていった。

「一番右端の席にいるのが、公爵アレッサンドロが今年の六月に結婚式をあげたばかりの、公爵夫人マルゲリータ様ですよ」

いまだ十代の半ばかと思えるほど若い女だ。きわだった美人ではないが、きわだって不美人というわけでもない。小肥りの、印象に残らない若い娘だった。

だが、どれほど印象の薄い娘であろうと、そして側室腹であっても、父親はヨーロッパ最強の君主で神聖ローマ帝国皇帝とスペイン王も兼ねるカルロスだ。ハプスブルグ王朝の血をひくこの小娘を妻に迎えたことで、黒いちぢれ毛で唇のめくれあがったアレッサンドロも、フィレンツェの支配者の地位を獲得できたのだろう。

しかし、メディチ家のアレッサンドロがフィレンツェの領主になれた理由が、一にも二にも舅《しゅうと》のおかげであるということは、舅の、つまりスペイン王カルロスの権力の傘の下に、フィレンツェもついに組みこまれたということを意味する。

そのことは、台頭いちじるしいスペインやフランスやトルコなどの大国に抗して、独立を守るために必死の努力をつづけるヴェネツィア共和国で国政にたずさわった経験をもつマルコ・ダンドロには、ことのほか強く感じられることなのであった。

その彼の眼が、身をつつむ豪華な服さえなければその辺の小娘と少しも変わらない公爵夫人に向けられたまま、しばらく動かなかったのも当たり前だ。だが、そんなマルコの胸のうちを察することなどできない旅宿の主人は、先を説明したくてうずうずしている。

「公爵夫人の左どなりにいる婦人が、『黒隊のジョヴァンニ』の未亡人で、だからコシモの母親でもあるマリア・サルヴィアーティです」

言われてその方を見れば、豪華な服の小娘のとなりには、黒っぽい服に灰色の薄絹を頭からかけた婦人が坐っている。ヴェールに隠れて、顔は見えない。だが、マルコの胸を強く打ったのは、この婦人の後ろ姿ににじむ言いようのない淋《さび》しさだった。

そんなマルコにかまわず「半月館」の主人は先をつづけた。

「あの方は、メディチ家の一員である『黒隊のジョヴァンニ』に嫁いだだけでなく、あの方自らも、メディチの血をひいてるんです。ロレンツォ・イル・マニーフィコの娘の一人とヤコポ・サルヴィアーティの間に生まれたから、ロレンツォ様の孫娘ってわけですよ。嫁いだ先も分家筋とはいえメディチ家だし、その結婚から生まれたのがコシモというわけで」

これほどにもメディチ家と縁が深く、しかも父方は、サルヴィアーティ家というフィレンツェきっての金融業者の出というのに、全身からにじみ出るようなあの孤愁はなぜだろう。この疑問がマルコの想《おも》いを引きとめていたのだが、旅宿の主人は先をつづけた。今度は、声さえも愉《たの》し気に変わっている。

「その左どなりの方を見てくださいよ。美人でしょう。ロレンツィーノの妹御だが、メディチ家きっての美形と評判の方です。

ごく若い頃にサルヴィアーティ家に嫁入ったのだが、老齢だった夫がまもなく亡《な》くなって、今は未亡人だ。ほんとうはまだ喪服をつけてなくちゃいけないんだが、あの若さと美しさ。男たちが頼みこんで、喪服は一年だけでやめたという話です。嫁ぎ先のサルヴィアーティ家でも、一年だけで喪服を脱ぐのを承知したというから、美は何者にも勝つというわけですな」

なるほど、孤愁をにじませる中年の婦人の左どなりに坐っている女は美しかった。だが、近寄りがたいほどの完璧な美女というのではない。それよりも、世の中のもろもろの苦悩さえも彼女には一吹きの西風ほどの冷たさも与えないのではないかと思わせるような、優美と愛らしさに満ちた若い女だった。

大司教が入場してきたのを合図に、全員が起立した。ミサがはじまるのだ。聖歌が、はじめはゆるく、そして少しずつ広がりをもって、教会の中を満たしはじめた。

と、その時、マルコのわき腹が軽く突かれた。振りかえったマルコは、声にならない叫びをあげていた。

「オリンピア！」

あでやかな笑みを投げかけただけで、ローマの高級遊女《コルティジャーナ》は離れていった。濃い灰色の地味な服に黒いレースを目深《まぶか》にかぶった姿は、祭日用の派手な服の群れの中に消えてしまいそうだったが、マルコだけは見逃さなかった。女たちの席の一つにそっと坐り、静かに十字を切り、神妙に祈りの姿になったオリンピアから眼を離せないでいるマルコにとって、荘厳な聖歌ももったいぶった大司教の説教も、遠いところで奏《かな》でられる楽の音でしかなかったのである。

マルコの胸のうちは、たがいに相反する三つの想いが混ざりあって化学反応を起こしたような、不可思議な感情で爆発しそうだった。

「C・D・X（十人委員会）」での諜報《ちようほう》活動の苦労が三年間の公職追放という不名誉で終わったのも、結局は彼女のせいなのだ。オリンピアがヴェネツィアでのスパイ行為にマルコを利用したからだった。

しかし、とすぐ、べつの想いが頭をもたげる。オリンピアにとっては、他に選択の道があったろうか、と。彼女にすれば、マルコを利用しなければ、他の誰かを利用していたにちがいない。まんまとそれにはまった自分こそが軽率であったのだと、マルコは反省する。

オリンピアを憎む権利は、自分にはない。彼女を許す権利も、自分にはない。ローマの遊女は、それをやらなければ彼女自らの生存にかかわるからやったにすぎないのだ。それに今のマルコは、三年間の公職追放期間を、三年間の休養期間と考えるようになっている。この想いは、憎しみの炎に水をかけるくらいの理性を、マルコに与えはした。

第三の想いは、彼女の肉体への執着だった。

オリンピアとともに過ごしたヴェネツィアでの日々は、男であるマルコの肉体にも、深い刻印を残さないではすまなかったのだ。あの女ほど、愛しあう場でしっくりいった女はいなかった。ベッドを離れればすぐにも自由に飛び立っていく女とは気付いてはいたが、ベッドの上でのつながりの深さは、思い出すだけでもマルコの血を熱くする。

もう、ミサもメディチ家の人々もマルコの頭からは消えていた。だが、女たちの席のすみのほうに坐っているオリンピアは、マルコの強い視線も感じないかのように、祈りに没入している。マルコのいる方角を、見ようともしなかった。

周囲がざわめきはじめたのは、ミサが終わったからである。まずメディチ家の人々が退場し、それを待って、ミサに列席していた人々がにぎやかに教会を出る。マルコの視線は、オリンピアから離れない。「半月館」の主人が、昼食が待っているから一緒に帰ろうと言うのにも、しばらく散歩してから旅宿にもどる、と答える。

教会からいちどきに吐き出された群衆の中で、オリンピアを見失わないようにするのは容易ではなかったが、肉体のすみずみまで知りつくした女ならば、たとえ衣服をまとっていようとも、背中を見ただけで識別できる。十メートルほどの距離をおいて、マルコは女の後を従《つ》けた。

ローマの遊女は、祭日の昼とて人でごったがえす大通りを、シニョリーア広場《ピアッツァ・シニョリーア》の方へと歩いていく。どうやら、彼女も連れはいないらしい。一人で、早くも遅くもない歩調で、シニョリーア広場の手前で右に折れた。

その辺りに住んでいるのかと思ったが、歩調はそのままで、今度は左に折れてポール・サン・マリーアの通りに入った。そして、この通りがつきるところからはじまるポンテ・ヴェッキオの橋を渡りはじめた。

アルノ河の川向こうに住んでいるのか、とマルコが思ったそのときだった。橋の中ほどまできたところで、突然、振りかえったのだ。振りかえった女の顔は笑っていた。近づいたマルコとオリンピアは、ほとんど同時に同じ言葉を発していた。

「なぜまた、フィレンツェに」

と言った後で、二人とも声をあげて笑った。マルコの胸からは、その瞬間、もっていた想いのうちの最初の二つが、きれいさっぱりと消えていた。残ったのは、第三の想いだけだった。

ボルゴ・サン・ヤコポの通りに肩を寄せあうように建っている建物の一つの最上階が、オリンピアのフィレンツェでの住まいだった。

窓を開ければ、眼のすぐ下をアルノ河が流れている。右下方に視線を向ければ、ポンテ・ヴェッキオを行き交う人々が眺められた。

二人には、言葉は無用だった。服を脱ぎ捨てる間も惜しかった。窓からははるかに眺められるフィレンツェならではの屋根の美しさも、後で賞《め》でればよいことだった。二人とも、相手をむさぼることしか頭になかった。女は、歓喜の波をさらに呼び寄せようと激しくうめき、無言の男は、思いどおりに翻弄《ほんろう》しつくした後ではじめて、女に休息を許したのだ。ヴェネツィアでの二人に、もどった感じだった。

マルコは、明日の再会を約して、オリンピアの家を出た。もっと居てくれという女の願いを満足させたからといって、誰からも文句を言われない身ではあったが、「半月館」の主人には、昼食にはもどると言ってある。それに、ここフィレンツェでは遊女はしていないというオリンピアとは、これからはいつでも会えるのだった。

「半月館」にもどるには、ポンテ・ヴェッキオからはもう一つ下流にかかる、聖《サンタ》トリニタの橋を渡るほうが近道だ。その橋を渡りきったところから北にのびているトルナブォーニの通りを終点までいき、そこから少しだけ北に進めば、「半月館」のある聖《サン》ロレンツォ地区にぶつかる。マルコは、身体にまつわりつく女の残り香を愉しみながら、早足で旅宿に向かった。

昼食にはだいぶ遅れたと思いながら扉を開けたマルコは、いつもはにぎやかな「半月館」の食堂が、いやにひっそりと静まりかえっているのに驚いた。客がいないのではない。昼食だって供されている。それなのに客たちも給仕も、まるで影絵のように音もなく動いている。思わず立ちつくすマルコに、顔見知りになっていた客の一人が言った。

「兵士が押しかけてきて、ジョヴァンニを連行していったんですよ」

なぜ、と言葉では問わなくても、マルコの表情がそう言っていたのだろう。もう一人の客が、その後をつづけた。

「カレッジの山荘での、殺しの下手人という話だ」

調理場の奥で、ジョヴァンニの妻の泣き叫ぶ声が聞こえた。

晩秋の一日

妹に会っている時間だけが自分にとっては安らぎのときなのだと、ロレンツィーノは今日も思う。妹のラウドミアが亡《な》き夫の喪が明けるまでの期間を過ごしている聖母マリアの尼僧院《にそういん》は、ファエンツァ通りも市壁に近い、フィレンツェの街でも北西の端にあった。

街の中心から北に走るラルガ通りに面したメディチ宮のすぐわきに、ロレンツィーノの住まいはある。家を出てからは聖《サン》ロレンツォ教会を左に見ながら教会の裏手にまわり、そこからはじまるファエンツァ通りをまっすぐに行けば、尼僧院には半時《はんとき》もないで着けるのだった。馬を駆れば、走らせるのは無理な街中はゆっくり行ったとしても、その半分もかからないだろう。ロレンツィーノは、従者も連れず、この道を三日に一度は通う。妹が尼僧院にこもるようになった春のはじめから、この単独行は、時計がときを刻むに似た正確さでつづいていた。

何事にもあらかじめ決めた計画に従うということをしないロレンツィーノには、珍しいことだった。しかも、妹に会いに行くとは誰にも言っていない。どれほど公爵《こうしゃく》との間で大切な用があろうと、その日そのときになるとロレンツィーノは姿を消す。公爵アレッサンドロのまわりにいる宮廷人たちは、隠し女のところにでも通っているのだろうと噂《うわさ》をしあったが、ロレンツィーノはこの誤解を解こうともしなかった。

妹のラウドミアとは、約束を交わしていたのだ。妹が兄の訪問を心待ちにしているのは、誰よりも彼がわかっていた。

無理もない。まだ十八歳という若さだ。分家筋とはいえメディチ家の娘ともなれば誰とでも結婚できるわけはなく、フィレンツェ名門中の名門サルヴィアーティ家に嫁いだのだが、老齢の夫は、ほとんどすぐにという感じで世を去っていた。しかも少女時代を同じ尼僧院で育ち、その後もなにかと親しかった同い年のカテリーナは、メディチ家直系の嫡子《ちゃくし》であるところから、フランス王フランソワ一世の次男、アンリ・ド・ヴァロアの后《きさき》になって、遠くフランスの地に行って三年がたつ。

親しい女友だちもなく、外出といえば教会に行くときしか許されず、それ以外は尼僧たちにかこまれて過ごす日々は、若い娘にとっては息のつまる日々であったろう。男の訪問は、肉親にかぎられていた。そして、この権利を活用していたのは、ただ一人の兄のロレンツィーノしかいなかった。二人の父であるピエール・フランチェスコ・デイ・メディチは、六年前に世を去っていた。母は、それ以前に失っている。四歳年上の兄は、若くして夫を亡くしたというだけで、尼僧院の塀の内側に引きこもっているしかない妹を、心からの愛《いと》しさで守り抜く想いであったのだ。二人の間で決めた日時には、その時刻きっかりに尼僧院の扉をたたく若者の胸は、義務を忠実に果たす以上の志で熱くなるようだった。

春には咲き乱れる花々でいっぱいの内庭も、秋も終わりに近いこの季節では常よりは広々として見える。その内庭をかこむ回廊が、兄と妹のおしゃべりの場所だった。特別な話題について語りあうわけではない。細々《こまごま》とした街の噂や公爵の宮廷の舞踏会での婦人たちの服装など、尼僧院の塀の外のことならばなんでも、十八歳の娘には興味の対象になるらしかった。兄が話せば、妹はそれについて自分の意見を言う。自らの判断をはっきりと口にする妹に、若い兄は、愛らしい美しさ以上の好ましさを感じていた。午後の陽ざしを背後からうけて、豊かな栗色《くりいろ》の髪がレースのようにゆれて光るのを、四歳年上の兄は、まぶしいものでも見るかのように細めた眼で眺める。次の訪問を約して立ち去るときには、兄は、ひんやりした妹のひたいに、そっと口づけをするのが常だった。

聖母マリアに捧《ささ》げられたこの尼僧院の高い石塀の外には、わずか二年前までは、人でにぎわうファエンツァ通りが通っていたのである。その通りの突き当たりには「ファエンツァ門《ポルタ・デイ・ファエンツァ》」と呼ばれた城門があって、フィレンツェの街と北西に広がる郊外とを結ぶ役割を果たしていた。

ファエンツァ通りは、いまでもある。ただ、人通りが極端に減ってしまったのは、その通りの終点にあった城門が取り払われ、代わりに、水をたたえた深い堀に周囲を守られた大城塞《だいじようさい》ができてからである。おかげで、北西の方角に向けてフィレンツェの郊外に出ようとする人たちは、街の西に口を開けている「プラート門」か、北に開いた「聖《サン》ガッロの城門」までまわり道をしなければならなくなった。

広大な内部をもつ城塞は、公爵アレッサンドロ・デ・メディチがつくらせたものである。この大工事のために取り壊されたのは、「ファエンツァ門」だけではすまず、城門を出たところにかたまってあった村落も、二百年の歴史を誇る大修道院も移転を強制された。工事は建築家のアントニオ・サンガッロにまかされ、この規模の建築物としては異例の早さで、つい先頃完成していた。

大砲時代にふさわしく、城壁は、低めだが分厚いつくりになっている。形は五角形で要塞建築の伝統に忠実だが、要塞と呼ぶのがはばかられるほど内部は広い。一個大隊がまるまる生活していけるという大きさだ。ただ、市民には内部を見ることさえ許されていなかった。

この大城塞を、公爵の命名した「聖ジョヴァンニの城塞」という名では、市民たちは呼ばなかった。低地帯にあるのと城壁の低さから、密《ひそ》かに「低い城塞《フオルテッツア・ダ・バツソ》」という名で呼んだ。彼らは、この建造物が、フィレンツェの市民たちを外部の敵から守るよりも、公爵アレッサンドロを、内部の敵、つまりフィレンツェ市民から守るためにつくられたのを感じとっていたのである。そのような建造物に聖ジョヴァンニの名を冠《かぶ》せる気になれなかったのだ。イタリア語読みだとジョヴァンニとなる洗礼者聖ヨハネは、フィレンツェ市の守護聖人でもあった。

「低い城塞」に行く手をはばまれたファエンツァ通りは、そんなわけで、フィレンツェの市民たちが近づきたがらない一画になってしまったのである。塀の外とはいえ伝わってくる人声によってようやく俗界とつながっている感じの尼僧院が、ますます人里離れた淋《さび》しさの中に孤立してしまったのも、しかたのないことだ。ただ、このことがまた、ロレンツィーノの妹を訪ねる義務感を強め、そして、傍若無人に振る舞う従兄弟《いとこ》の公爵への反感を強めもしたのだった。

しかし、妹と会った今日は、おだやかな気分を満喫している。まっすぐに都心に向かうファエンツァ通りを、ロレンツィーノは馬が進むにまかせていた。馬も、主人の気分が移ったのか、ゆっくりと乱れのない歩みを進める。

だが、二十二歳の若者は、この気分も長くつづかないことを知っていた。しばしば彼には、胸の奥底から燃えあがってくる激情に、彼自身が振りまわされてしまうことがあった。自分でも制御しようのない、いや制御しようという気持ちさえ、ある時点から放棄してしまうという感じで激情に身をまかせるメディチ家の若い貴公子の行動には、人々はあきれかえることが多かったのだ。二年前にはローマ中を憤慨させたあの不祥事も、彼自身も説明不可能なこの激情の爆発が原因だった。

当時はまだ存命していた法王クレメンテ七世は、父のいないロレンツィーノをローマに呼び寄せた。同じメディチ家に属すこの若者の後見人を、法王自ら買って出てくれたのだ。はじめの数年は、ロレンツィーノのローマでの生活はまるで優等生で、法王も鼻を高くするくらいだった。古典の学問に熱中する彼に、人々は、ロレンツォ・イル・マニーフィコ以来のメディチ家の知的伝統の再来を見る想いであったのだ。ロレンツィーノという名自体が、ロレンツォと言う名の縮小形で、小ロレンツォという意味の愛称でもあった。

しかし、良い評判も、それがつづいたのは二年足らずの期間でしかなかった。アレッサンドロが正式にフィレンツェ公爵を名のるようになった一五三二年あたりから、ローマでのロレンツィーノの生活に乱れが見えはじめる。しかもその翌年、母親は黒人の奴隷女《どれいおんな》と噂されたこの従兄弟のほうが、ヨーロッパ最強の君主カルロスの娘を妻にむかえることに成功した。真の父親と言われる法王クレメンテの後援があったとはいえ、いまだ部屋住みの身分のロレンツィーノとの差は、広がる一方であったのである。

事件が起こったのは、そんなある日のことだった。

老人らしく早起きが習慣になっていた法王クレメンテ七世は、その朝も侍従の来室が遅いと腹を立てていたのだが、ようやく寝室の扉をたたいた侍従がもってきたのは、朝食ではなくて悪いしらせだった。ローマ市内にあるコンスタンティヌス帝の凱旋門《がいせんもん》に彫られている八体の彫像の頭部が、夜中に何者かによって打ち落とされていたというのである。他にも、この凱旋門に近い古代ローマ時代の中心フォロ・ロマーノに立つ彫像二つも、首を打ち落とされているとのことだった。

常日頃、文化愛好者と自任してきた法王は激怒した。また、ローマの民衆もこれを知って憤慨していると知らされる。ローマの庶民たちが特別に文化を愛好していたわけではないが、古代の遺物をないがしろにすると神罰がくだるという言い伝えはあった。ローマの首長である法王としては、放っておくことは許されない。

法王はただちに、捕らえた犯人は即刻首をはねるよう命令を発した。

ところがまもなく、犯人は誰かが判明したのである。目撃者がいて、届け出たからだった。犯人の名を告げられた法王は、絶句するしかなかった。ロレンツィーノにはローマ追放が言いわたされ、フィレンツェにもどるよう命令がくだった。フィレンツェには、最も手強《てごわ》いライヴァルであった枢機卿《すうきけい》イッポーリトも死んで、我が世の春を謳歌《おうか》するアレッサンドロが君臨していた。

ロレンツィーノよりは四歳年上の公爵アレッサンドロは、犯罪者同様にローマを追い出されてきた若い従兄弟を、表面上はあたたかくむかえ入れた。メディチとはいえ分家筋であるために、メディチ一党が追放されていた時代に財産のほとんどを失ってしまった父親と、フィレンツェきっての名門でも財政的には豊かとはいえないソデリーニ家を母方にもつロレンツィーノには、保護者なくしては貴公子の体面を保つことはむずかしかったからである。公爵の付添役を務める代わりに、ロレンツィーノにはいくらかの年金が与えられることになった。

しかし、アレッサンドロは、実に陰険な方法での復讐《ふくしゅう》を考えていたのである。ローマに住んでいた頃の、年長の自分の存在がかすんでしまったほどの年若の従兄弟の才気豊かな振る舞いを、ちぢれ毛の公爵は忘れてはいなかった。それが今では、自分の保護を必要としている。生かすも殺すも、自分の意のままなのだ。二十六歳のフィレンツェ公爵は、しかし、このような内情を知っている人々が密かに注目しているのがわかっていてわざと、ふところに飛び込んできた窮鳥を厚遇することにしたのである。

それ以後のロレンツィーノ・デイ・メディチは、フィレンツェ公爵にとっては欠くことのできない存在になる。少なくとも市民たちの多くは、そう見ていた。公爵の行くところロレンツィーノの姿がないところはない、と言われたほどだ。ただ、それが実際はどのようなものかは、当事者の二人しか知らないことではあったのだが。

ファエンツァ通りをもどってきたロレンツィーノが、聖《サン》ロレンツォ教会の裏手をまわり、メディチ宮のあるラルガ通りに向かおうとしたときだった。このあたりまでくると店が密集しているためか、さすがに人の往来は多い。ロレンツィーノも、馬の手綱をにぎりなおす。道の端に男たちが群れているのが眼に入ったが、別に不審にも思わず、そばを通りすぎようとした。

男たちのほうが、彼を認めた。馬もろとも取りかこまれたのは、一瞬の出来事だった。市民の武器携帯は禁じられているので、物騒なものを手にしている者はいなかったが、雰囲気は明らかに殺気立っている。馬上のメディチ家の若者を見あげ、男たちは口々に押し殺した怒声を浴びせかけた。

「『半月館』の亭主を、いつまで引っぱっておく気かい」

「あの男はシロですぜ。どんなゴロツキ相手だろうと、人を殺すなんてことは、マリア様に誓ったってできねえ男よ」

「公爵はどう思ってるのかね。いつもそばにべったりのあんたに、知らねえとは言わせませんぜ」

脇腹《わきばら》をこづかれて、悲鳴のようないななきをあげたのは馬のほうだった。だが、馬も、前脚を蹴立《けた》てようにも、男たちが前後左右からしめつけているのでそれもできない。

メディチ家の若者は、身の危険までは感じなかった。恐怖よりも、不快感のほうを強く感じた。彼は、アレッサンドロを憎んでいたが、それはフィレンツェの庶民を愛しているからではなかった。まして、眼前の男たちの自分に向けられている憎悪《ぞうお》は、自分とアレッサンドロを同一視しているからなのだ。不快感も単なる不快を越え、屈辱の想いになって彼を苦しめた。荒々しく手綱を引いた若者は、男たちの群れの中を強行突破しようとする。

馬の鼻面《はなづら》を押さえていた一人が、耐えきれずに倒れた。悲鳴があがる。男たちは色めき立った。馬上の若者を引きずり降ろそうとする。すぐにも引きずり降ろされずにすんだのは、馬の両わきにいた男たちのいずれもが、若者の身体《からだ》にいっせいに手をかけたからだった。だが、この奇妙な平衡状態が長つづきしないことは、誰よりもロレンツィーノにわかった。若者ははじめて、恐怖に襲われたのだ。

考えごとをしながら借りている家にもどろうとしていたマルコが出会ったのは、そんな状態のロレンツィーノだった。マルコは、馬上の青年が誰なのかに、すぐに気づいた。そして、それをかこんでいるのが、「半月館」に一杯やりにくる常連の男たちであるのもわかった。

マルコは迷わなかった。男たちの群れに割って入った彼は、馴染《なじ》みの顔を見まわしながら、はっきりした口調で言った。

「ここは、わたしにまかせてほしい。ジョヴァンニのためにはなんの役にも立たないことは、しないほうがいい」

旅宿「半月館」に出入りしている者ならば、このヴェネツィア人の泊まり客が、旅宿の主人ジョヴァンニが連行されてからのこの一週間、どれほど親身に心配してきたかを知っている。心配するだけでなく、監獄のジョヴァンニに会いにまで行ってくれたのだ。男たちは、誰言うともなく群れを解いた。自由になったロレンツィーノは、五、六歩馬を進ませたところで、自分から馬を降りた。そして、ヴェネツィアの男が近づいてくるのを待った。彼も、この異国の男とは、聖《サン》ミケーレ修道院で会ったことがあるのを思い出したのである。

馬の口輪をとった若者とマルコは、ラルガ通りが見えるところまで並んで歩いた。若者は、つい今しがた自分を救い出してくれたこのヴェネツィア人の名も問わずに言った。

「世話になった。一夕をともにしたいが、どこに住んでいるかを教えてもらえれば、従者をむかえに行かせよう」

マルコは、オリンピアがいつも言う、知らぬ間に人の警戒心を溶かしてしまう彼独特のおだやかな微笑を浮かべながら答えた。

「メディチ家の墓所の裏門と向かいあう家を借りています。お招きには、いつでも喜んでうかがいましょう」

メディチ家の若者と別れた後のマルコは、再び考えごとに入っていったが、今度は頭を占めているのは別のことだった。彼は、ロレンツィーノにつめ寄った男たちと、同じことをしようと考えていた。だが、フィレンツェの庶民とマルコでは、やり方はまったくちがうはずだった。昨日になってようやく会うことのできたジョヴァンニの悲惨な姿が、マルコの胸に焼きついて離れなかったのだ。あのままでは殺される、と彼は思った。

監獄・バルジェッロ

マルコは、旅宿「半月館《メッザ・ルーナ》」の主人のジョヴァンニ逮捕の一件に自分がここまで深入りするとは、当初は思ってもいなかったのである。

たしかにジョヴァンニは、旅宿の主人と泊まり客の関係以上に、マルコに対して親切だった。人物も好感がもてた。だが、マルコは、ここフィレンツェでは異国人なのだ。それに、気ままな独り旅を愉《たの》しむのが、彼がヴェネツィアを離れた理由だった。滞在先の住民がからむ事件に関係するくらい、その理由に反することもない。そのようなことからはなるべく距離を保ってこそ、裕福な貴族にふさわしい旅を愉しめるというものなのだから。

しかし、事情は、彼の思惑とは反対の方角にマルコを向かわせてしまうことになったようであった。

その原因はおそらく、マルコ自身の性格にあったにちがいない。かかわりをもつのを避けようと思えば、ジョヴァンニの逮捕が起こった段階ですぐ、「半月館」を引き払って別の旅宿に移ればよかったのである。非難する者もいなかったろう。だが、彼はそれをしなかった。

ジョヴァンニの女房は動転していた。無理もない。ジョヴァンニがコンスタンティノープルにいた頃に結婚したギリシア女なので、帰国する夫に従《つ》いてきたものの、この国には、夫以外は縁戚《えんせき》もないまったくの独りなのである。ジョヴァンニとの間に生まれた息子二人は、父親が故国にもどった後も、生まれ育ったトルコで商人になる道を選んでいた。一人はトルコの首都コンスタンティノープルで、もう一人はトルコ第二の都アドリアーノポリで、大商人の家に住みこんでの修業中だ。父親の不幸に、なにもかも捨てておいてとんでこられる身分ではない。しかも、イタリアからトルコまでは、手紙で知らせたにしても一カ月は優《ゆう》にかかった。

ジョヴァンニの女房の絶望がどれほど大きく深いものであったか。それは、このギリシア女のそれまでは相当な程度に話せたイタリア語が、まるでイタリア語に対してだけ肉体が拒絶しているかのように、まったく話せなくなっていることでも明らかだった。口をついて出てくるのは、ギリシア語かトルコ語だけなのだ。「半月館」の常連客の中で、この二カ国語がわかるのは、マルコ一人しかいなかった。

ただ、原因はこれだけなら、マルコは絶望にくれる異国の女の、歎《なげ》きを聴いてやる役目を果たすだけで充分であったろう。それがジョヴァンニ救出の先頭に立つ形になったのは、「半月館」に出入りする男たちの信頼まで獲得してしまったからである。

商用の泊まり客や近辺の小店の主人である彼らは、マルコに向かって口々に訴えた。

「旦那《シニョーレ》、ここはジョヴァンニのためと思って一肌脱いでくださいよ」

「わしらじゃ、警察も相手にしてくれないんだ」

「正直で開けっぴろげな性格で世話好きで、ほんとにいい奴《やつ》だった。あんなことにかかわるはずはないんですよ」

ジョヴァンニの女房は、もう哀願口調だった。せめて、バルジェッロへは、一緒に行ってくれという。男たちも、黙っていたら、当然保証される権利も保証されないのが今のフィレンツェだ、と言った。

男たちが探りを入れた結果、おおよそのことはわかったのである。

それによると、公爵《こうしゃく》の右腕といわれた租税取り立ての責任者ラーポの死体発見と同時に張りめぐらされた警察の捜査網に、一人の葡萄酒《ぶどうしゅ》商人がひっかかったところから、ことははじまっていた。

フィレンツェの街をめぐる市壁に口を開けた城門の一つ、聖《サン》フレディアーノの城門の出入りを見張っていた警備兵たちは、葡萄酒の樽《たる》を満載した荷車を引く男が不審な行動に出たのを見逃さなかった。男は、城門の前に立ちはだかる警備兵の群れを眼にするや、他の人々のつくっていた列に加わらず、市壁と平行して走っている小路に馬首を向けたというのである。男は、たちまち兵にかこまれ、城門の中にある詰め所に連行された。そこで身ぐるみはがされて調べられた男の内ポケットから、一片の紙きれが発見されたのである。紙片には、三人の名が書かれてあった。名の一つは、つい先頃までフィレンツェの軍隊に傭《やと》われていた傭兵《ようへい》隊長とわかった。だが、兵たちが急襲したときには、この男の住まいはもぬけの殻《から》だった。近所の人の話では、五日前に発《た》って行ったという。行き先は、誰も知らなかった。

二つめの名は、毛織物商人のものだった。この男も、フィレンツェにはいなかった。ただ、この男のほうは、商用で二カ月前にロンドンに向けて発っている。少なくとも一年は帰らないという。留守家族は、葡萄酒の新酒が配達されることは聞いていた、と言った。三番目にあったのが、「半月館」の主人の名であったのだ。

不審をとがめられた葡萄酒商人は、調べの場所が城門の詰め所からバルジェッロの監獄に移されてからも、この三人の名は葡萄酒の樽のとどけ先だと言い張った。傭兵隊長の出立も、まったく知らなかったと言った。だが、聖《サン》フレディアーノの城門の前の行列に加わらずわき道にそれた理由については、列が長かったので通行に時間がとられると思い、ローマ門《ポルタ・ロマーナ》まで行ってそこから市内に入ろうとしたのだと言ったが、これには刑事が納得しなかった。

聖《サン》フレディアーノ門は、フィレンツェの西に開いた城門である。ローマ門は、南への出入り口なのだ。それに、聖《サン》フレディアーノ門からローマ門までは、市壁づたいの道を直行したとしても、相当な距離がある。また、聖《サン》フレディアーノ門でさえあれほどの数の警備兵が見張っているのに、北をかためる聖《サン》ガッロ門と並んでフィレンツェの南をかためることから重要な城門であるローマ門の警備が、手薄であるはずはない。人の出入りだって、ローマ門のほうがずっと多いのだ。おとなしく行列に加わっていたのならば、聖《サン》フレディアーノ門から市内へ入るほうが、時間も手間も少なくてすむとは、誰もが考えることだった。

この点を突かれて男はしどろもどろになってしまったのだが、拷問《ごうもん》にかけられてからは、あることないことすべて白状してしまったようである。「半月館」が兵士の一隊に踏みこまれ、ジョヴァンニが引き立てられていったのは、それから一時間もしない正午過ぎだった。

「半月館」の主人は、葡萄酒の新酒を注文したにすぎないと言い張った。旅宿と居酒屋を兼ねているのだから、葡萄酒の注文は仕事のうちだ。しかし、ジョヴァンニの泣きどころは、対決させられた葡萄酒商人を、知った仲とは断言できなかったことである。葡萄酒は多量に注文するのだから、いつも顔見知りの業者とだけ取引をするわけではないと説明したが、刑事は疑いを解いてはくれなかった。「半月館」が、フィレンツェにある他の旅宿に比べて他国の人々の出入りが目立つということも、取り調べにあたった「八人委員会」の疑念を深めたようである。ジョヴァンニも、拷問にかけられた。拷問が、軽いとされているものから段々と残酷なものに変わっていくのも、フィレンツェでも他の国々と大差なかった。

しかし、拷問の種類は似たようなものであっても、呼び名の多くは、フィレンツェ独特の名をもっていた。

ヅーホリと呼ばれているのは拷問器具の名で、これに足をはさまれて締めあげられると、くるぶしの骨が壊れてしまう仕掛けになっている。

タッシーリというのは拷問の方法の呼び名で、爪《つめ》と肉の間に木片をはさみ、それに火を点《つ》けるやり方だ。

ビジーリアといえば、高い先のとがった棒の上に、拷問される者の身体《からだ》が突き落とされる仕組みを呼ぶ。串刺《くしざ》しの拷問といってもよい。

リガトゥーラ・カヌービスというのは、滑車仕立てで、綱で両手首をしばられた人間をつりあげ、腕の関節がはずれるまで放置しておく拷問だった。

カペッリといえば、同じ器具を使っても、両手首の代わりに毛髪の束をつりあげるところがちがっている。髪の長さがある程度は必要なために、女専用の拷問とされていた。

しかし、もっとも多用されたのは、トラット・ディ・コルダ、つまり「つるし責め」と呼ばれた拷問の方法である。綱で両手首をしばり、滑車で高々とつりあげ急激に下に降ろすやり方で、これを何度もくり返すのだが、それでも拷問の中では軽い部類に属す、とされていた。

葡萄酒商人は、これをやられただけで、取り調べの刑事たちの尋問すべてに、首をたてに振ってしまったのである。ために、二カ月前にフィレンツェを発って現在はロンドン滞在中という鉄壁のアリバイをもつ毛織物商人以外の二人、姿を消した傭兵隊長とジョヴァンニの二人は、ラーポ殺害の下手人とされてしまった。いや、傭兵隊長のほうは行方知れずなのだから、追及の集中砲火を浴びたのは、ジョヴァンニ一人ということになる。

逮捕からの一週間というもの、「半月館」の主人は、カペッリ以外のあらゆる拷問を経験させられた。長年海できたえた頑健な肉体も、執拗《しつよう》にくり返される拷問には、いつまでも耐えきれるものではなかった。それでも、ジョヴァンニは、ラーポという人物とは顔を合わせたこともない、と言いつづけたのだ。

女房との会見が許されたのも、人道的な処置によったからではない。かたくなに無実を主張するジョヴァンニに、正直のところ手を焼いた取り調べの刑事たちが、女房の顔でも見れば白状する気になるかと考えたからである。その妻の付添役ということでバルジェッロに同行したマルコが眼にしたのは、人間というよりも崩れた肉塊と言ったほうが適切な、ジョヴァンニの哀れな姿だった。

冷静なマルコも、顔が硬直するのが自分でもわかった。両手を背後でしばられ、足《あし》枷《かせ》をはめられてころがっているジョヴァンニから、人間らしさを感じとるとすれば、赤く血走った両眼しかなかった。ギリシアの女は、小鳥が鳴くような悲鳴をあげて倒れた。

ころがった姿のまま、ジョヴァンニは女房のほうに優しい眼差《まなざ》しを向けたが、そのままのかっこうでにじり寄ってきたのは、マルコに向かってだった。思わずマルコもひざを折り、哀れな男をかかえこむ。男の身体中から発するすえた悪臭が、鼻をついてにおった。

ジョヴァンニは、そんなマルコの視線を引きこむように強く捕らえながら、声をふりしぼって言った。

「旦那《だんな》、おれは知らない。なにもしちゃいないんですよ！」

言えたのはこれだけだった。マルコにできたのは、くり返しうなずいてやることだけだった。

弁護人についてたずねるマルコを、バルジェッロの監獄の役人たちは、奇妙なことを言う異国人という眼つきで眺めただけだった。

フィレンツェには、市民ならば誰でも弁護人によって守られる権利があるという考え自体が存在しないのである。マルコは、呆《あき》れかえるとともに憤《いきどお》りを感じずにはいられなかった。

この時代、スペイン王の領国と化したミラノ、法王庁国家のローマ、やはりスペイン王の領国になっているナポリ、その中で唯一《ゆいいつ》独立を維持しているヴェネツィアと分かれていたイタリアの諸国の中で、法の公正と平等を誇れたのはヴェネツィア共和国のみであることは、他国の人々ですら認める事実だった。

ヴェネツィアには、大きく分けて四つの司法機関があった。刑事事件を担当する「刑事四十人委員会《クワランティア・クリミナーレ》」と、民事を受けもつ「民事四十人委員会《クワランティア・チビーレ》」、そして海運国ヴェネツィアならではの海事裁判所に、諜報《ちょうほう》機関でもある「C・D・X（十人委員会）」である。海事裁判所と「C・D・X」は特別な任務を受けもっていたので、一般市民に関係ある司法機関となれば、刑事、民事ともの「四十人委員会」ということになった。

だが、担当する個人の意向に左右されない客観的な運用を期待するとなれば、整然とした組織づくりを心がけるしかない。個人の自然発生的な善意というものをあてにしない現実主義的傾向の強かったヴェネツィア人は、対象に応じて細分化された下級裁判所の整備も忘れなかった。

旅宿や居酒屋でしばしば起こる争いを専門とする部署、不動産売買関係、租税関係等々。ヴェネツィア共和国領内に居住する人は、外国人でさえ、これらの部署に訴え出ることができ、訴えられた場合でも、国選弁護人によって守られることを期待できたのである。確たる理由も示されずに、手枷足枷つきで一週間以上も拘禁され、その間夜も日もあけずに拷問に責められるなど、国家反逆罪に問われないかぎり、ヴェネツィアでは問題外であったのだ。

これが当然と思いこんできたマルコにとっては、メディチ家支配下のフィレンツェの状態は憤慨ものだった。まるで、土地に権力の基盤をおいていた中世の封建領主時代への逆もどりではないか、と思ったのだ。ヴェネツィアやフィレンツェに代表される都市国家の中核は、土地に経済的な基盤をおくやり方を捨て、個人個人の頭脳と技能に力の基盤をおくやり方を選択した、商工業に従事する都市型人間なのである。この体制がうまく機能するかどうかは、一に、個人の権利がどの程度守られているかによるのだった。

元老院議員であり、「C・D・X」の委員を務めた経験をもつマルコには、フィレンツェの司法の現状を理解するのに、バルジェッロでの一時間で充分であったのだ。

ヴェネツィア共和国では、立法も行政も司法も、そして監獄すらも、元首官邸《パラッツォ・ドゥカーレ》の中に同居している。それでいて、立法、行政、司法とも独立していた。反対にフィレンツェでは、立法と行政は、パラッツォ・ヴェッキオと通称される政庁におかれ、司法機関は、バルジェッロ宮に分離されている。監獄は、未決囚はバルジェッロの地下牢《ちかろう》に、死刑囚以外の囚人は、スティンケと呼ばれる、少しばかり離れた場所にある監獄に収容されていた。しかし、建物は独立しているのに、機能のほうは渾然《こんぜん》とした状態だ。司法の最高機関である「八人委員会《オット・デイ・ジュスティツィア》」も、メディチ家の意向を反映するのだけが仕事だった。

フィレンツェでは、立法も行政も、そして司法ですらも、パラッツォ・ヴェッキオやバルジェッロでなされているのではなく、ラルガ通りに面したメディチ宮の意向に左右されているのだ。公爵アレッサンドロ・デ・メディチの邸宅が、すべての発信地なのである。

メディチ家の一員であるロレンツィーノとの出会いは、このようなフィレンツェの現状を察知したマルコにとって、天から降ってきた贈り物のように思えた。組織の整備も遅れ、客観的な規準での機能さえ充分でない共同体では、頼れるのは人的ネットワークしかない。マルコは、ロレンツィーノからの招待を、首を長くして待った。日課のようになっていたオリンピアを訪ねることさえも、中止して待ったのである。

だが、その日はなかなかやってこなかった。招待すると言ったのは、名門の生まれの若者の気まぐれにすぎなかったのかと、心配する日がつづいた。もう一度偶然にも出会わないものかと、ラルガ通りのメディチ宮のすぐ隣にある家の前に行ってみたが、屋敷の玄関の扉は閉まったままだ。ラルガ通りに面した窓も、最上階の使用人部屋の窓からは灯がもれるのだが、主人の使う一階と二階の窓はみな閉じられている。これが三日もつづいた日、マルコも、メディチの若者は家を留守にしていると思うしかなかった。

その隣にそびえる広大なメディチ宮の窓は、夜ともなれば灯がこぼれんばかりだ。主人の公爵アレッサンドロは在宅しているのである。その公爵に影のごとくつき従うといわれたロレンツィーノのこれほどの不在は、他にそれをただす人もいない他国の人間であるマルコにとって、気をいら立たせる以外のなにものでもなかった。

さすがのマルコも、あせっていたのだ。ジョヴァンニに対する刑の言いわたしの日は、三日後に迫っている。バルジェッロで会った日以来、哀れな男には会うことさえも許されなかった。そして、マルコは、メディチ支配下のフィレンツェの法の公正を、まったく信じなかったのである。

メディチ家の紋章を胸につけた、ロレンツィーノの従僕という少年が門口に立ったのを眼にしたとき、マルコは、ほとんど神に感謝していた。

硬石の器《うつわ》

広壮なメディチ宮に接して建っているためか、ロレンツィーノの屋敷は、なおのことこぢんまりとして見える。しかし、屋敷の扉を押して一歩中に入ると、石だたみの一階から直接に二階にあがる階段のつくりといい、内庭への出口に立つ透かし彫りの鉄製の扉といい、さすがにフィレンツェの上流に属す人の住まいを実感させるものだった。

豪華を誇示するところはなかったが、高度な美的感覚に裏打ちされた品位が漂う。そして、そのすべてに手入れがゆきとどいていた。ほこりをかぶって放置されているものなど、一つも見られない。壁にかけられている古代の大理石の浮き彫りまで、人肌を思わせるやわらかい光沢を放っている。この家の主人は、あの若さでいて、自分の持ち物には執着を強くもつ性格であるらしい。これが、投げやりな態度のロレンツィーノだけ知っていたマルコには、意外な気がしないでもなかった。

従僕に導かれて階上の部屋に入ったマルコは、燃えさかる暖炉に左手をかけた姿で立つ、ロレンツィーノにむかえられた。

今夜は、ゆったりとつくられたブルーのビロードの上着に、脚にすいつくほどぴったりした同色のタイツを着けている。飾りは、胸にまわされた繊細なつくりの銀の鎖だ。黒ずくめであった聖《サン》ミケーレ修道院のときよりは、ずっと若く見える。花の聖母《サンタ・マリア・デル・フィオーレ》教会のミサのときは赤と白と金の織りこまれた豪華な服を着ていたが、それよりもこのブルーのほうが、黒に近い褐色の髪によく似合った。

マルコのほうは、黒い絹の胴着とタイツの上に、口のつまった広い袖《そで》と足もとまでとどく長さの、ゆったりとした黒の毛織りの長衣を身に着けている。左の肩からは、真紅のストールが長くたれる。頭には、ふちのない黒の帽子をかぶっていた。ヴェネツィア共和国の貴族の身なりである。しかも、真紅のストールは、貴族は貴族でも、一門の中では国政にたずさわる役割をになった者であることを証明していた。他国の人間でも、ある程度以上ならば、ほとんどの人が知っている。マルコは、今夜はわざとこれを着てきたのである。

効果はすぐにあった。暖炉のふちに左手をあずける姿で立っていた若者は、商人とでも思っていたのが裏切られて、少しは眼を見張ったようであった。しかし、暖炉のふちにあずけた左手はそのままで言った。

「御姓名をうかがってよろしいかな」

マルコは、暖炉の火を正面から浴びながら、口もとに微笑を浮かべて答えた。

「マルコ・ダンドロと申します」

メディチの若者は、動きもせずに再びたずねた。

「ダンドロとは、あの……」

「ええ。大運河《カナル・グランデ》のダンドロです」

大運河《カナル・グランデ》ぞいのダンドロといえば、ダンドロ一門の本家であることの別の言い方だ。ロレンツィーノは、はじめて暖炉のふちにあずけていた左手をはずし、軽く笑った。

「たいそうな御方に助けていただいたわけだ」

だが、好奇心はより刺激されたようだった。

「二男か三男でいられるのか」

「いえ、わたしは一人息子でした」

「それならばなぜ、フィレンツェあたりにいられるのか。ヴェネツィアの貴族の長子は、元首官邸《パラッツォ・ドウカーレ》づめで年中忙しい身と聞いている」

マルコは、どこまでほんとうのことを言うべきかと一瞬迷ったが、今のところは笑い話で処理することにした。

「ヴェネツィアの貴族も数が増えましてな。休耕地にしておく余裕をもてるようになったのです。そのほうが翌年の収穫も多いと思ったのかどうか、それはわたしのような若輩にはわかりませんが」

若者は再び笑った。暖炉の前の椅子《いす》に腰をおろした二人に、静かな物腰の老いた従僕が飲み物を運んできた。年代物の葡萄酒《ぶどうしゅ》らしかった。ひどく強い酒ではないが、ほのかな香りが立ちのぼる。両側に小さな把手《とって》のついた硬石づくりの杯《さかずき》は、あらかじめ温められていたのだろう。このようなやり方で香りを賞《め》でながら飲むのは、マルコにははじめての経験だった。

メディチの若者は、ヴェネツィアの男の想《おも》いに気づいたのか、自分の持ち物を紹介するのは客に対する礼儀という感じで言った。

「この葡萄酒には、醸造のときにイリスのエキスを入れさせている。わたしの趣味だが」

　そして、満足に思うのは当たり前とでも思っている人の、無頓着《むとんちやく》さでつづけた。

「ダンドロ殿、あなたは今、古代のローマ人と同じ器《うつわ》で酒を楽しまれているのです」

　マルコは、手にしている器をはじめて眺めた。縞模様《しまもよう》は判然としない黒っぽい色だが、この直径六センチほどの器は、瑪瑙《めのう》をくり抜いてつくられている。あきれるほど値の高い品にちがいなかった。ロレンツィーノのもつ杯も同じ形だから、まったく損傷のない千五百年昔の古美術品を一対所有していることになる。これには明らかに眼を丸くしたマルコに、メディチの若者は、言葉の上では卑下していても声音ならば誇らし気に言った。

「わたしのものではない。メディチ家本家の所有品だが、公爵《こうしやく》はこのようなものにはまったく無関心だから、わたしが活用の役割をつとめているのです」

　古代ローマの器で酒を飲むのならば、マルコだって買って出たい役割だと思う。そう言ったマルコに、ロレンツィーノは親しみを感じたようだった。口調が、なめらかになったのだ。はじめて会った人にさえいつのまにか心を開かせてしまう、マルコの人柄が効果を発揮しはじめたのかもしれなかった。

精巧な刺繡《ししゅう》をほどこした白い麻のテーブル掛けがかかった食卓は、隣の部屋に用意されていた。食卓のところどころに、切り花がおかれている。まるで天から花が降ってきたという感じだ。食堂の壁ぎわには、見事な浮き彫りをほどこした木製の食器戸棚があり、その中には、これも古代のものらしい銀製の飾り盆が並んでいた。食卓の上の皿も杯も、メディチ家の紋章を装飾した銀製品。なにもかもが、この家の主人の月並みでない美的感覚をあらわしている。

だが、老いた従僕が物音もさせずに運んでくる料理は、質素といったほうが似合っていた。エジプト豆のスープもほろほろ鳥のローストも、チコーリアという名のほろ苦い味の野草をゆでてオリーブ油で和《あ》えた一皿も、ペコリーノと呼ばれる山羊《やぎ》の乳からつくるチーズも、紋章入りの銀の皿で食べることを考えなければ、「半月館《メッザ・ルーナ》」で供される食事とたいして変わらない。量ならば、「半月館」のほうが豊かなくらいだ。

しかし、ちがいは、イリスの香りを漂わせる葡萄酒と、古代の銀の飾り皿に盛られて供された菓子であったろう。一口で食べられる大きさの菓子は、アマンドの粉を使った皮につつまれた中に、クリームがつまっている。これが、食後に供された強い古葡萄酒と、実によく合った。

菓子の洗練された味に感心しながら、マルコはそのときになって、食卓に並ぶ器の表面に、文字が刻まれているのに気がついた。

マルコは、その文字を読みとろうと、果物の盛られている直径二十五センチほどの器を手でまわした。硬石をくり抜き、銀の飾り台にのったその器の肌には、左から右に、LAV・R・MEDと刻まれている。

マルコが最後のDの文字までたどるのを待っていたかのように、ロレンツィーノが食卓の向こうからはずんだ声をかけた。

「ロレンツォ・デ・メディチの略ですよ。イル・マニーフィコと呼ばれた彼の所有の品でした。自分のものということを明示したくて、略文字を刻ませたのでしょう。飾り台も彼がつくらせた。だから、銀製の台だけは、十五世紀のフィレンツェ細工です」

マルコは、あらためてその器を眺めた。古代の遺品に大きく自分の名を刻ませるとは、花の都フィレンツェの事実上の君主であったロレンツォ・イル・マニーフィコにして、はじめて思いつき、実行できたことなのだろう。銀の飾り台も、ゆったりした模様の間に繊細な宝玉細工を配したところなど、注文主の感覚の高さを想像させた。と同時に、微苦笑もわきあがってくる。LAVとは、ロレンツォの略字でも、イタリア語の略ではなく、ラテン名の略だからだ。イル・マニーフィコと尊称されたあの男は、密《ひそ》かに古代のローマ人にもどって愉《たの》しんでいたのかもしれない。

ロレンツィーノのほうは、もう得意をかくさなかった。椅子を立ってきた若者は、食卓の上に並ぶ他の器の紹介をはじめたのだ。それまではなに気なく葡萄酒を注いでもらっていた、これまた硬石づくりの葡萄酒差しは、ササン朝ペルシアの古美術品だという。これも、台と頭部の飾りは、十五世紀のフィレンツェの制作だ。この器の肌にも、大きく七文字が刻まれていた。

何を入れるのかわからなくてただ飾ってある、と言われて示されたのは、紺色の地に地図が浮きあがったような模様をもつ、両側に把手のついた器である。ふたのあたる部分と下部に、銀製の見事な飾りがついていた。これには、明らかに六つの球からなるメディチ家の紋章が刻まれている。ロレンツィーノは、肌に彫られた例の七文字を示しながら、

「これもイル・マニーフィコのものだったが、飾り台はわたしがつくらせた」

と言った。他の器に比べると台の装飾が複雑に変わっているのは、同じフィレンツェの職人の手になる細工物でも、十五世紀後半と十六世紀前半のちがいであろうか。

飾りといってもその真の目的は、くり抜いて薄手になっている硬石の保護にあることぐらいは、マルコだって知っている。

「ヴェネツィア製の器もあるのですよ」

と言われて、マルコはまたも驚かされた。従僕が食後の時間になって食卓に出した器《うつわ》で、中には色とりどりの砂糖菓子を入れただけの器と思っていたが、ロレンツィーノの説明によれば、これが一二〇〇年代のヴェネツィア製の菓子器だという。華やいだ赤い色の硬石をくり抜いた胴と、同じ材料を使ったふたに把手が二ついている。例の七文字が刻まれているから、これもイル・マニーフィコの所有品であったのだろう。しかし、ふたがあたる部分と下部の銀の飾りは、古代ローマ時代の器についている模様と同じだ。イル・マニーフィコは、古代ローマであろうとササン朝ペルシアであろうと、また中世ヴェネツィア産であろうと、飾り台の制作は自分の都市の細工師にまかせていたのが、いかにも堂々としていて面白い。それに、時代のちがうものを組み合わせていながら、違和感を与えないところが憎かった。

古美術品に自分の名を大きく刻ませるところといい、ただ鑑賞するだけでなく実際に使うために、台や注ぎ口をつけ加えさせたところといい、十五世紀末のメディチ家のロレンツォは、なかなかの人物ではなかったかとマルコは思う。ロレンツィーノの口から出た言葉にも、自然にうなずく心境になっていた。

「古いというだけで愛蔵しておくのは、感受性のない人のやることです。ならば、遺跡にころがっている石を拾ってくればよい。古くて、しかも美しいものだけが、尊重される価値があると思う。そして、それをしまいこむのではなく、わかる人には見せ、使う愉しみもともに分かちあってこそ、古美術品を所有する喜びを味わえるのだと思う。

イル・マニーフィコはそれをしたのです。彼こそ、無冠だったけれど真の君主だった。わたしも、それを見習いたい。といって、名を刻む必要もない。わたしの正式の名も、イル・マニーフィコと同じロレンツォなのだから」

マルコは、メディチ家の若者の気負った言葉を、優しい気持ちで聴いていた。もの笑いにする気にはなれなかった。だから、ロレンツィーノが次のことを言ったとき、哀《かな》しささえ感じたのである。

「これらの美しい器は、ほんとうはわたしのものではないのです。しかも、つい半年前までは、正統な所有者と言わねばならないアレッサンドロのところにあった。隣のメディチ宮にあったのです。ただ、公爵というのはああいう男だから、古美術品であろうと先祖の使った品であろうとまったく無関心なので、かえって散逸をのがれて保存できたのかもしれない。あなたの国ヴェネツィアの商人に注目され、高い値をつけられでもしていたら、今頃は散り散りになっていたことでしょう。

しかし、眼をつけた人がいなかったわけではない。半年前にフィレンツェを訪れた神聖ローマ帝国皇帝でスペイン王のカルロスに随行してきたうちの一人が、メディチ宮での招宴の際に注目したのです。それで皇帝に、進言したらしい。皇帝は、婿《むこ》にあたるアレッサンドロに、あの一群の器を所望したからです。舅《しゆうと》の言うことならば何でも受け入れるアレッサンドロのことだ。これらの器も、すんでのことでスペイン行きになるところでした。

それが避けられたのは、まったくの笑い話ですよ。随行員の一人が、例の七文字に気づき、これはキズモノだと、カルロスに耳うちしたからです。

神聖ローマ帝国皇帝という、キリスト者の世界では法王をのぞいて第一人者の地位にあり、広大な領国をもつスペイン王でもあるというのに、このヨーロッパ最強の君主は、美しいものへの愛ならば、公式にはフィレンツェ共和国の一市民でしかなかったロレンツォ・イル・マニーフィコに、はるかに及ばなかったらしい。ロレンツォの名が刻まれていては、キズモノだと思ったのですよ。もちろん、フィレンツェを花の都たらしめたロレンツォは、ヨーロッパ中に知られた人だから、話には聞いてはいたでしょうが。

カルロスの無教養が、これらの器をフィレンツェに残してくれたのです。ただ、これからも誰かがアレッサンドロにいらぬ知恵をつけるようなことが起こってはと、このわたしの家に移してしまったのですよ。

預かりたいと言ったら、わが公爵は、好きなようにしろ、と言っただけだった。彼も、キズモノなんて身近におきたくないと思ったのかもしれない」

マルコは、この話を聞きながら優しく笑った。そして、あらためて、これらの愉しいキズモノを賞《め》でる想いになったのだった。

しかし、ヴェネツィアの男は、ここを訪れた真の目的は忘れてはいなかった。メディチの若者との会話は実に愉しかったが、胸の奥では、話の切り出しのときをうかがっていたのである。それは、食事を終わって、再び暖炉の火も暖かい広間に移ったときに、ようやく訪れた。

ロレンツィーノは、年長の異国の友人に、すっかり気を許したらしかった。彼の年齢にふさわしい無防備の立ち居振る舞いがもどっている。これも、イル・マニーフィコの持ち物だったと言って、小さな壺《つぼ》を見せたときなど、知っていることは全部話してしまわないと落ちつかないとでもいう、若々しさがあふれていた。これも硬石をくり抜いてできているのだが、黄金の飾り台は、十四世紀のヴェネツィア細工だという。この器《うつわ》にも例の七文字が刻まれていた。

暖炉の前の椅子に坐《すわ》ったマルコは、これが癖なのか左手を暖炉のふちにあずけた姿で立つロレンツィーノに向かって、少しばかりあらたまった口調で切り出した。

「聖《サン》ミケーレ修道院での二夜の後は、旅宿『半月館』の主人の好意で、彼の持ち家の一つがわたしのフィレンツェの住まいになって、二カ月がたちました。ジョヴァンニという名のその男のおかげで、わたしのフィレンツェ滞在も快適に過ぎていたのです。ところが、つい十日ほど前に、そのジョヴァンニが逮捕された。公爵側近のラーポという人物殺害の嫌疑によるということです。他に力になる人もいないようなので、他国人のわたしが、ようやく面会を許された女房の付添役でバルジェッロに行ったのだが、一週間の牢獄《ろうごく》生活は、ジョヴァンニを無惨《むざん》な姿に変えていました。聞いてみれば、嫌疑の根拠さえ薄弱だ。それに、わたしに向かって無実を訴えたときの彼の眼の光は、嘘《うそ》を言っている男のものとはどうしても思えなかった。

ロレンツォ殿――マルコは正式の名でロレンツィーノを呼んだ――あなたはアレッサンドロ公爵に最も親しい人と聞いています。公爵に口ぞえしていただくわけにはいかないだろうか。拷問《ごうもん》で痛めつけるのでなく、確実な証拠を見つける方向に捜査を向けてもらえないだろうか。そして、近日中に言いわたされるという判決も、慎重にことを運ぶよう説得していただけないだろうか。無実かもしれない、一人の男の命がかかっているのです」

ロレンツィーノは、暖炉のふちにあずけていた左手をはずし、暖炉から五、六歩離れてから立ちどまった。その一画は暖炉からも燭台《しょくだい》からも死角になっているのか、無言の若者の表情をうかがい知ることはできない。だが、マルコは、闇《やみ》にかくれているロレンツィーノの顔にじっと眼をあてて、若者の言葉を待った。

一つの考え

二十歳《はたち》そこそこでは、心中の動揺を顔に出さないなどという芸は、簡単にはできないほうが当たり前だ。無意識にしてもロレンツィーノが、暖炉や燭台からの明かりから逃げたのは、この問題こそここ数日の彼を悩ませていることだからであった。

フィレンツェを留守にしていたのも、聖《サン》ミケーレ修道院の院長に呼び出されて、このことについて問いただされていたからである。メディチの若者が父とも思っている院長は、無実の人々が罪に問われているのを傍観できなかった。親しい仲にだけ許される激論が、二人の間でとび交った。

ロレンツィーノは、公爵《こうしゃく》アレッサンドロがこらしめの意味でも誰かを血祭りにあげると決めていることを言った。法の公正な施行など、公爵にはどうでもよいことなのだ。アレッサンドロは、殺された自分の側近の復讐《ふくしゅう》をしようとしているのではなかった。ラーポのような家臣の代わりは、容易に見つかる。専制君主に寄生して甘い汁を吸いたいと思う者は、いつの時代にもいた。二十六歳の公爵は、自らの権威をないがしろにされたことで怒っているのである。その権威も自分で築きあげたものでなく、実の父とされる法王や舅《しゅうと》の皇帝の後押しがあって手にできたものであるためにかえって、少しの失墜にも神経質になってしまうのだった。

そのようなアレッサンドロに、法は公正に施行されてこそ君主の権威も確立するなどという、正論で説いても効果はない。はじめから誰かを血祭りにあげると決めているのだから、疑いをもたれた人には不運というしかなかった。

聖《サン》ミケーレ修道院で夜を徹して話し合っても、適当な方策が見出《みいだ》せなかったのも当然だ。だが、それで忘れ去るには、メディチの若者の心情は繊細すぎた。

ロレンツィーノは、じっと彼の言葉を待つマルコに向かって、これだけは言った。このヴェネツィアの男に対しては、嘘《うそ》を言う気になれなかった。言わないことはあるかもしれないが、口にすることだけはほんとうのことを言いたかった。

「この問題については、わたしも聴いて知っている。それに、あなたの言われることがすべて正しいこともわかっている。

ただ、あれに関しては公爵自らことに当たっていて、わたしにかぎらず宮廷の誰にも、意見さえ聴こうとしない。口をはさもうとする者がいれば、不機嫌になって当たりちらすだけです。

それに、わたしは、あなたが考えるほどは公爵に対しての影響力はない。公爵がわたしの意見に耳をかたむけるのは、女の品さだめぐらいのものですよ」

マルコは、若者がほんとうのことを話していると直感した。これ以上、何を頼もうとも無駄であることも知った。マルコは、内心の失望も感じさせない静かな口調で言う。

「わかりました。お招きを受けた身でいながらの失礼、許していただきたい」

しかし、マルコは、内心の失望によってそれまでの会話の快感を帳消しにしてしまうほどは幼くはない。一夜の愉《たの》しみをともにできたことへの心からの感謝を感じさせる、しっとりはしていても快活な口調でつけ加えた。

「まったく、旅人には味わえない夜をすごさせていただいた。古美術品というだけならばわたしでも驚きはしないが、かのロレンツォ・イル・マニーフィコが使っていた器《うつわ》で夕食を愉しんだとなると、誰にでもめぐりあえる幸運ではない。これらの楽しいキズモノの記憶は、いつまでもわたしの胸に残るでしょう。正統の所有主ではなくてもあなたのような理解者を一門のうちにもてて、メディチはやはりメディチだと、わたしのような他国の人間でも思いますよ」

マルコの言葉も優しかったのだが、ロレンツィーノの表情は、救われたように明るくなった。気を重くさせていたあのことに、マルコが深入りしなかったためもある。だが、それよりも強い理由は、従兄弟《いとこ》の公爵と自分とはちがうと自負していた点に、このヴェネツィアの男は気づいてくれたことだった。

ロレンツィーノは、若者が親しい年長者に話すときの、甘えを感じさせる少しせきこんだ口調で言った。

「次の機会には、ぜひともわたしが正統な所有主である品を見てください。今は見せません。あれだけは昼間の光で見てほしいからです」

マルコは、これにも優しくうなずいた。そして、ロレンツィーノに別れを告げた。

「フェリーチェ・ノッテ」

幸せな夜を、というマルコの別れの言葉に対して、メディチの若者は、同じ意味の挨拶《あいさつ》をラテン語で言った。古代ローマ人を装《よそお》うのが好きなのかと、例の七文字も思い出されて、マルコの微笑をさそう。

外に出ると、フィレンツェの冬にはつきものの深い霧が一面にたちこめていて、道の曲がり角ごとにある常夜灯が、その夜も淡くかすんで見えた。

次の日、マルコは久しぶりにオリンピアの住まいに向かっていた。その日も朝方は霧がたちこめていたが、正午近くになると晴れわたり、冬に入ったのが嘘かと思うほどの暖かい日和《ひより》になっている。

従僕に訪問を告げさせてあるから、ローマの遊女は待っているはずだが、マルコは道を急ぐ気になれなかった。

「半月館」の主人のことが頭から離れないのだ。といって、どうすれば道が開けるかもわからない。

借りている家のある聖《サン》ロレンツォ教会の裏手からオリンピアの仮住まいのあるボルゴ・サン・ヤコポの通りに向かうには、道すじは二つあった。

二つの道すじとも、家を出て細い路地をたどるまでは同じだが、古代ローマ時代には市壁がめぐっていたのが広小路になっているところまで出た後は、右手に向かうか左に折れるかで分かれてくる。

左に折れ、花の聖母《サンタ・マリア・デル・フィオーレ》教会所属の八角形の洗礼堂《バティステッロ》を左手に眺めながら、その前を通っているカリマーラの広小路をしばらく行くと、アルノ河にぶつかる。いや、両側に肉屋の並ぶにぎやかなポンテ・ヴェッキオの橋は、河にぶつかったと感じないうちに道の延長のような想《おも》いでわたってしまうのだが、その橋をわたってすぐに右に折れれば、そこがもうボルゴ・サン・ヤコポの通りだった。

この第一の道すじは、フィレンツェの都市のほぼ中央を走っている。フィレンツェが共和国であった時代は、芸術家たちの工房からヨーロッパ全土に支店網をもつ銀行や大商店の、言ってみれば本社が軒を並べていた一画だった。あの時代の栄光は褪《あ》せてしまった今でも、都心であることには変わりはない。人の往来も多いし、異国の商品を店頭いっぱいに広げた店が、街に華やかな彩《いろど》りをそえている。食料品を商う市場も、街の中心の一つとポンテ・ヴェッキオの橋の上に並ぶ肉屋も数えれば、二つともがこの一画に集中していた。

マルコは、この道を行くときはいつも、人間の営みの懸命さを思って、感動すると同時に愉しくもなってしまう。肉屋の店頭で湯気をたてている豚の足の山とか、大釜《おおがま》で煮られているエジプト豆に群がっている地味な服装の庶民の女たちを見ると、料理の下ごしらえに充分な時間をかけられない彼女たちの忙しい日常も想像されてしんみりとした気持ちになるが、一家中でゆでた豚の足に喰らいつき、エジプト豆の浮かぶスープをさわがしくすする情景は、想像するだけでも微笑がうかんでくるのだった。

第二の道すじというのは、同じ都市の、しかもたいして距離も開いていないにもかかわらず、上品に気取ったフィレンツェと出会う一画といってもよかった。

第一の道すじだと左に折れるところを反対に右手に行くと、第二の道すじがはじまる。メディチと並び称される大銀行家のストロッツィの屋敷がある通りで、十五世紀ルネサンス建築の傑作といわれるこの宮殿《パラッツォ》を左手にまっすぐつづく広小路の左右には、ストロッツィに刺激されてであろうか、美しい邸宅が軒を並べていた。人通りは少ないというわけではないが、カリマーラ通りに比べればずっと落ちついている。馬で行く人が多い。これも美しいトルナブォーニの屋敷をすぎれば、そこがもうアルノ河。対岸へは、聖《サンタ》トリニタの橋《ポンテ》をわたればすぐの距離。ボルゴ・サン・ヤコポの通りに向かうには、その橋をわたって左手に折れればよいだけだった。

トルナブォーニの屋敷があるところからその名で呼ばれているこの広小路は、こういうわけで上品な通りだが、この通りの延長の感じでアルノをまたいでいる聖《サンタ》トリニタの橋も、肉屋の並ぶポンテ・ヴェッキオの橋に比べればよほど上品な感じだ。ポンテ・ヴェッキオのように店も連らなっていなければ、その上流にかかるグラツィエの橋のように、橋の両側に礼拝堂や祠《ほこら》が立ち並んでいるわけでもない。下流にかかるカライアの橋と同じに、アルノ河をわたるためだけの橋なのである。だから、人はわき目をふらずに通りすぎるのが普通なのだが、橋の上に立ちどまって周りを眺める人には、この橋も捨てがたい良さを感じさせた。

肉屋に群がる人までふくめていつも騒々しいポンテ・ヴェッキオの喧噪《けんそう》も、適当な距離をおいた聖《サンタ》トリニタの橋から眺めれば、愛すべき人間たちのにぎわいと見ることができる。渦中《かちゆう》にいてはわずらわしく感ずる現象も、ほんの少し離れているだけで好意をもって見ることもできるのをあらためて感じさせるのが、聖《サンタ》トリニタの橋の隠れた効用でもあった。

しかし、ときには、人々の営みからもっと離れていたいと思うこともある。その日のマルコの心境がそれだった。ために、マルコの選んだ道すじも、第一でもなく第二でもない、それまでに通ったこともなかった第三の道だったのである。

この道すじは、都心のにぎわいとも縁がなく、また上品な気取りとも縁があるとはいえない。庶民的な活気はありながらも、ひなびた雰囲気を漂わせる一画を通っていた。

まず西の方角に向けて路地伝いに行くと、聖《サンタ》マリア・ノヴェッラの教会前の広場《ピアッツァ》に出る。

この教会は、花の聖母教会《サンタ・マリア・デル・フィオーレ》、聖《サンタ》クローチェ、聖《サン》ロレンツォとともにフィレンツェの四大教会の一つに数えられているが、これらの三つの教会ともが、教会建築の最後の仕上げといってもよい正面《ファサード》が未完成の段階で留まっているのに、聖《サンタ》マリア・ノヴェッラだけは、白と黒の大胆で美しい模様の大理石の正面《ファサード》が完成している。十五世紀後半の建築家レオン・バッティスタ・アルベルティの作品という。

聖《サン》ロレンツォ教会がメディチ家の墓所であれば、この聖《サンタ》マリア・ノヴェッラの教会は、かつてはメディチ家と並ぶ権勢を誇っていたフィレンツェの名門、ルチェライ、ストロッツィ、トルナブォーニらの墓所がある。美しい正面《ファサード》も、ルチェライ家の寄贈によるものだ。内陣の壁面いっぱいに描かれた、トルナブォーニ家がギルランダイオに依頼したという大壁画はすばらしいものだと聴いていたが、それを鑑賞していてはオリンピアを待たせすぎる怖《おそ》れがあった。教会内部の鑑賞は、後日にゆずろうとマルコは思う。聖《サンタ》マリア・ノヴェッラの教会を右後方に残しながら南にしばらく進むと、アルノ河にかかる四つの橋の中では最も西に位置する、カライアの橋に突きあたるのだった。

この橋《ポンテ》をはじめてわたるマルコは、橋の中頃まできたところで思わず立ちどまっていた。そこからは、カライアの橋以外の三つの橋が、重なりあうように眺められるのだ。

ゆるやかな稜線《りょうせん》を描く聖《サンタ》トリニタ橋の向こうには、肉屋の立ち並ぶポンテ・ヴェッキオの、この橋独特の景観が控える。そして、ポンテ・ヴェッキオの上流には、礼拝堂や祠の並ぶ、グラツィエ（感謝）の橋がはるかに眺められた。

フィレンツェの橋はどれをとってもそれぞれ特色のあるつくりで美しいと思ったが、まったくちがう構造の三つの橋が重なりあっている景観は、思わず人を立ちどまらせる価値充分というところ。しかも、その下を流れるアルノ河は、上流と下流の二カ所でせきとめてあるためか、湖面のような静かさをたたえて流れる。岸辺で釣り糸をたれる人の姿も見られる、なつかしいおだやかさに満ちていた。

ヴェネツィアだと、こうはいかない。都市を二分しているということならばアルノ河に比べられなくもない大運河《カナル・グランデ》には、艀《はしけ》が水すましのように行き交うだけでなく、二百トン級のガレー商船の姿も珍しくはない。大運河にかかる橋がリアルト橋一つだけで、いまだにそれも木造であるのは、十五メートルにもおよぶ帆柱がくぐり抜けることのできる高さの石橋づくりが、簡単にはいかないからであった。対岸に向かうには、海水をたたえた潟《ラグーナ》なのだから、渡し舟で充分ことは足りる。木造のリアルト橋も（十六世紀後半になってはじめて現在見られる石造になる）、中央部がはね橋づくりになっているのは、帆柱を通すためである。海洋都市国家であるヴェネツィアの「河」は、河であると同時に港の働きも務めているからだ。マルコが、橋の重なりあう景観に新鮮な美しさを感じたのは、彼がヴェネツィア育ちであったからだった。

カライア橋《ポンテ・カライア》をわたって土地っ子が「アルノの向こう《オルト・ラルノ》」と呼ぶ南岸地区に入ると、職人の工房も小規模になり、家並みも、ところどころにそびえ立つピッティ宮のような豪勢な屋敷をのぞけば、つくりはぐっと質素に変わる。家々の窓をおおうのに布地が目立つのだ。布地を張った枠組みを張り出し、それをそなえつけの棒でささえるのが、庶民の家の窓のつくりだった。開閉式の板窓は、ささえ棒をはずして閉めた布の窓の外側から、閉める構造になっている。

ガラスの窓は高価なので、政庁舎や教会などの公共建築物をのぞけば、ガラス工業が盛んでないフィレンツェでは、公共建築か、裕福な人の屋敷にしか使われていない。ガラス工業が国の重要な産業の一つになっているヴェネツィアとは、この点でもちがっていた。ヴェネツィアではガラスは輸出製品でも、フィレンツェでは輸入製品なのだ。オリンピアの住まいも、小ぎれいで居心地よいつくりだが、アルノ河に面しポンテ・ヴェッキオの上を通る人を眺められる場所にあっても、窓だけは布製だった。

ローマの遊女は、待ちかねていたようにマルコの腕に身を投げてきた。だが、次の一瞬、けげんな表情で身を離し、マルコの眼をじっと見つめる。

「疲れているの。それとも、なにかあったの」

愉しいまわり道をしたおかげで重い胸も少しは晴れたかと思っていたが、敏感な女には気づかれてしまったらしい。いつもならば、顔をあわせたとたんに言葉も惜しんで女の身にまとうものをはぎとるマルコなのに、その日は優しく抱いただけであったのだから。

しかし、これがオリンピアのよいところなのだが、自分がどれほど男を求めていようと、男のほうがそういう自分を求めていないことがわかっても、屈辱など感じたりはしない。すぐに自分自身を変えることができる。薄物の上に豪華な絹の部屋着をまといながら、さっぱりとした口調で男に言った。

「まあ、なんであろうと言ってしまいなさい。三日も姿を見せなかったのだから、なにもないということはないでしょう」

マルコは微笑した。こういうときのオリンピアは、やはり好きだと思う。だが、今日彼女を訪ねたのは、ジョヴァンニの件について相談しようと思ったからではなかった。打ち明けて話したからといって、ここフィレンツェでは自分同様他国の人間である彼女に、良い策が思い浮かぶはずもないと思いこんでいたからである。訪問に目的があるとすれば、ジョヴァンニの救出に妙案が浮かばない状態で、無為無策のまま何もしないでいる時間が耐えられなかったからであった。

ところが、華やかな緋色《ひいろ》に金糸の縫いとりのほどこされた絹の部屋着をまとった女が、モザイク模様も美しい硬石づくりのテーブルに頬づえをつき、微笑をたたえながら自分を見ているのに安らかな気分を感じたとたんに、ある考えが頭に浮かんできたのである。

その考えになぜ今まで気がつかなかったかと思うと、自分の馬鹿《ばか》さかげんに自分で腹が立った。

マルコは、女の眼にじっと視線をあてたまま、口調だけは静かに言った。

「これまでは聞かないできたが、いったいきみは、ここフィレンツェでは何を生業《なりわい》にしているのかね」

皇帝の間諜《スパイ》

オリンピアは、マルコの打ち明け話を聴くつもりでいたのが自分のほうが打ち明け話をする羽目になったらしいのに、少しばかり驚いた顔をした。だが、それもすぐにもとにもどる。相手の心を読むのが巧みな女だ。

「ヴェネツィアでは、あなたに迷惑をかけたわね。あのことのつぐないというわけではないけれど、今日はほんとうのことを言いましょう。

ここでもわたしは、皇帝カルロスの間諜《スパイ》なの。だから、見てよ、外に出るときの地味でつまらない服装。好きな装《よそお》いができるのは、家の中でしかないんだから」

すぐに本題からそれてしまうのが女の話の欠点だが、頭の良いオリンピアでも、この点では他の女たちと変わらない。それでもマルコは、我慢づよく話のつづきを待つ。

間諜《スパイ》を仕事としていることは、ここフィレンツェで思わぬ再会をした当初から予想していたので驚きはしなかった。

「ヴェネツィアに行ったのも、皇帝の間諜《スパイ》としてヴェネツィア政府の内情を探るためだった。それが気づかれてしまったのを、皇帝側はまだ知らないのよ。知られたら大変なことになると思うけれど。

まあ、こんなわけもあって、フィレンツェに来たのも皇帝側の間諜《スパイ》が仕事。ここに駐在しているヴェネツィア大使は、わたしのいることさえ知らないはずよ」

ローマの遊女は、ここまで話し終わって一息ついた。マルコは、女の眼にじっと視線をあてたまま、一言も言葉をさしはさまずにつづきを待つ。彼が知りたいと思っていることを、オリンピアはまだ言っていなかった。

「間諜《スパイ》といっても、ここでのそれは少しちがうの。情報を探る仕事よりも別の仕事をしているの。皇帝から公爵《こうしやく》アレッサンドロに命じたいことがあれば、それは公式の大使の口を通じてではなく、間諜《スパイ》のわたしを通じて伝わることになっているのよ」

いよいよ本題に迫ってきたと、マルコは全身を耳にする。

だが、表面上は反対に、女の打ち明け話を優しく聴いてやっている男の風情《ふぜい》で、長椅子に長々と身体《からだ》をのばしても左の腕《かいな》は二つ重ねた羽根枕《はねまくら》でささえ、上半身が軽く起きる姿勢になった。死んだアルヴィーゼがよくしていた姿だったと、一瞬苦い想《おも》い出が胸をよぎる。エトルリア時代の貴人の墓棺によくある彫像の形なのだが、この姿勢は、女に対してはとくに効果が大きいことも、アルヴィーゼから学んだようなものだった。

なぜなら、女は、相手の男が長々と身をのばしていることで、自分の話が男の注意をひどくひいているわけでもないと感じて、気楽に話せる気分になるらしい。だが、男の注意力はないわけではない。女の話の内容にはひどく気をひかれなくても、愛する女の話すことだから優しく聴いているという程度にはあるということは、示す必要がある。そうでないと、女のほうに話す気がなくなってしまう怖《おそ》れがあった。古代のエトルリア人が発明してくれたこの姿勢は、相手の女の警戒心を解き、それによってこちらの知りたいことを自然に言わせてしまうための、優雅な技能《アルテ》でもあったのだ。

オリンピアも、そんな姿のマルコに近寄り、軽い接吻《せっぷん》をした後で、マルコの横たわる長椅子の足もとの敷物の上に横坐《よこずわ》りになり、話のつづきをはじめた。

「フィレンツェでのわたしの身分は、公爵夫人マルゲリータおかかえの仕立て屋ということなの。だから、メディチ宮にはしげしげと出入りしているし、公爵に皇帝側の意を伝えたいときは、夫人に、公爵にも見立てに加わっていただきましょう、と言えばいいわけ。そうすればすぐ公爵は夫人の部屋にやってくるから、そのときに耳うちすれば、簡単にしかも自然なかたちで伝達ができてしまうのよ」

なるほど、カルロスもうまいやり方を考えたものだと、マルコも感心する。

「皇帝も考えたのよね。今のフィレンツェは、妾腹《しょうふく》とはいえ自分の娘を嫁がせて婿《むこ》になったアレッサンドロに統治させることで、事実上の属国にすることには成功したけれど、この状態をつづけていくには、フィレンツェ人をいたずらに刺激しないほうがよいと考えたのでしょう。

フィレンツェ人は昔から共和制が好きだし、メディチ家の専制にさえ反対した歴史があるのに、スペインが背後で糸をひくメディチの専制を露骨に示されたら、今の状態でもやむをえないとあきらめている人々まで、反メディチ、つまり反カルロスに立ちあがらせてしまうかもしれない。なにしろ、密《ひそ》かにしてもいまだに、メディチ家の紋章がはずされ、共和制の象徴でもあるイリスの花の紋章がかかげられたりする国ですからね。共和制のシンパは、まだ相当に根強いみたい。

そんな中で公爵を動かす実際の手がわたしってこと。まあ、能無しと言ってもいいアレッサンドロが相手だから、そうはむずかしい仕事でもないけれど」

ここまで聴いて、マルコは身を起こした。横たわっていた長椅子からも降りた。そして、不審な面持ちでそんな男を見あげるオリンピアの上半身に手をまわし、優しく立ちあがらせてから寝台まで連れていき、こわれ物をおくようにそっと寝台のふちに腰をかけさせた。女の上半身にまわした手はそのままで、自分もその横に腰をおろす。

「きみに、頼みたいことがある。わたしが家を借りている『半月館』という旅宿の主人のジョヴァンニの件についてだが、話ぐらいならば聴いているね」

女は、黙ってうなずいた。

「逮捕された後にバルジェッロで一度だけ会ったが、拷問《ごうもん》でひどい目にあっている。それだけでなく、死刑にされそうなのだ」

オリンピアは、ここではじめて口をはさんだ。

「公爵は、斬首刑《ざんしゅけい》と決めているわ。行方の知れない傭兵《ようへい》隊長も、不在裁判で斬首刑と決まったし。葡萄酒商人《ぶどうしゅ》のほうは、数年の禁固で済むらしいけれど」

マルコは、いつもの静かな口調を乱しもせずに言う。

「ジョヴァンニについてならば、無実だ。無実の男が、市民の権利がないがしろにされている国で、支配者の専横の犠牲になろうとしている」

ローマの遊女は、ここで、からかい気味の笑みを浮かべた。

「冷徹な政治人間のあなたにしては、旅宿の主人と泊まり客の関係にすぎないのに、おかしなくらい人情にもろいのね」

「冷徹な政治人間であったことは、残念ながら、あまりない。もしもいつもそうであれば、ヴェネツィアでやられたように、きみにあれほど見事にあやつられることもなかったはずだ」

オリンピアは、少しだがすまなそうな顔をする。マルコは話の向きを変える好機と感じた。

「公爵も、ジョヴァンニを殺したところでことは解決するとは思っていないにちがいない。彼は、誰かが背後で糸を引いているとでも感じているのだろう。極刑は、その背後にいる人物への警告なのだ。そして、公爵にそれを思いとどまらせることのできる人間は、公爵がただ一人無視を許されない皇帝しかいないということになる。

それでだが、皇帝の意向であるということをほのめかす形で、アレッサンドロに伝えてもらいたいのだ。ジョヴァンニを釈放したほうが、公爵のためになるとでも言えばよい。人気のある正直な人間を、ほとんどの人が無実と感じている罪で極刑に処すくらい、民心の安定の逆を行くこともないと、婿の身を案ずる舅《しゅうと》は考えているとでもつけくわえたら、より効果があるだろう」

オリンピアは、わかった、と言うように大きくうなずいてから言った。

「まあ、いいでしょう。皇帝の不利益になることでもないのだし、やってみるって約束するわ」

そして、とたんに女の顔に変わり、甘い声を投げてきた。

「ねえ、もしもこのことをうまくやれたら、あなた、わたしに何を御褒美《ほうび》にくださる?」

胸の重しからひとまずは解放された想いのマルコは、豊かな女の胸をかろうじてかくしている、部屋着のえりもとからこぼれるレースの波を指ではじきながら、愉《たの》しそうに答えた。

「きみがもうやめてと言うまで、きみを接吻漬けにしよう」

女は、男の言葉が終わるのを待たずに、男の腕に身を投げてきた。息づかいが変わっている。マルコは、こういうのを前払いというのかと一瞬は考えたが、あとは女の中ですべてを忘れた。

判決の日は、「半月館」では朝から異様な空気が張りつめていた。慣例によって、判決が言いわたされるのは夜になってからなのだ。それなのに、「半月館」では泊り客までが早くから起き、一階の食堂で、用もないのにかたまっていた。

それでも、商用の客が多いので、彼らは昼間は外に出る。だが、行きずりの旅人のはずの彼らも、用事がすめば早々に旅宿にもどる。ほとんどがなじみの客なものだから、主人のジョヴァンニとは友だちづきあいの仲であったのだ。

午後ともなると、一仕事終えた近所の商店主たちが集まってきた。それこそジョヴァンニとは仲間づきあいの彼らは、わがことのように沈痛な面持ちで戸口をまたぐ。一階の半ば以上を占める広い食堂兼居酒屋の中は、これらの男たちであふれそうになっていた。

仕事おさめに一杯やるにしては時刻が早すぎたが、誰もそんなことを口にする者はいない。誰が最初に注文したのかわからないが、いつのまにか男たちの手には、葡萄酒の入ったコップがにぎられていた。

それでいて、一人として酔う者はいない。相当な速度でコップは空になり再び満たされるのだが、いつもならばどこかで起こるはずの陽気な冗談も、その日は絶えてない。皆、黙りこくって飲むだけだった。

泊まり客ではマルコだけが、その日は朝から家に引きこもっていた。家でやることがあったわけではないが、「半月館」に行って、ジョヴァンニの身を案ずる男たちの質問の矢を浴びるのを避けたかったからである。

彼には、答えることがなかった。いや、答えることはできなかったのだ。オリンピアからは、あの後で一度、頼んでもいないのに仕立てあがりの男物の絹のシャツがとどけられた。予想したとおり、シャツの間には手紙がかくされていて、それには簡単に次のことだけが書かれてあった。

「あちらはひどく怒っていました。でも、多分うまくいくと思います」

とはいえ、マルコの心配が晴れたわけではなかった。相手は、こちらの予測が可能な常識に長《た》けた人間ではない。また、専制君主にも、トルコのスルタンのスレイマンやフランス王のフランソワ一世、それに、スペイン王で神聖ローマ帝国皇帝でもあるカルロスのように英邁《えいまい》な君主もいるが、フィレンツェの公爵アレッサンドロには、これらの帝王たちと似かようところはどこにも見出《みいだ》せなかった。偉大な君主とは、短所をもちあわせていない人物なのではない。長所も短所ももちあわせているのだが、そ

の両方ともが並はずれて大きいのだ。彼らに次ぐのが、長所短所とも適当にもってい
ながら、それらを均衡させることも知っている人物だろう。良識のある人とは、この
第二の部類に属す人々を指すような気がする。

ところが、フィレンツェの専制君主であるアレッサンドロは、この二つの型のどち
らにも属さないとマルコは思った。そうなると、二十六歳という若さまで気になる。
経験が豊富ならば、どれほど非常識で無能でも、なにかがブレーキの役をつとめるか
らだ。アレッサンドロ型の専制君主は、きわめて合理性を尊ぶことでは筋金入りのヴ
ェネツィア育ちの教養人マルコにとっては、最も予測のむずかしい人種に属した。

夕方になって、マルコはようやく家を出た。「半月館」に向かう。判決言いわたし
に同席を許されたジョヴァンニの女房の付き添いが、マルコの頼まれた役目であった。

旅宿の扉を開けたとたんに、男たちがいっせいに彼を見た。皆なにか言いたそうだ
ったが、マルコはそれをさえぎるように、視線を誰にも向けずに調理場に入った。そ
こは、ジョヴァンニの女房のいつもいる場所だった。

女房は、肩かけをはおって、もう身仕度を終わっていた。恐怖で、身体中が硬直し
てしまった感じだ。マルコはそっと、女の腕をとる。その日は、女は生国のギリシア

の言葉さえも口から出ないようだった。表情を失っている女房をささえるようにして、マルコは再び、無言で見つめる男たちの間を通って外に出た。

満月が、紺青色《こんじょういろ》に澄みきった夜空にこうこうと照っている。深くたちこめた霧の間にほんのりと浮かびあがるフィレンツェの街並みも謎《なぞ》めいていて魅力的だが、紺青色の夜空に照りわたる満月の下のフィレンツェは、なんといおうが南欧の都市の美しさに満ちていた。

聖《サン》ロレンツォの教会を後に、花の聖母教会《サンタ・マリア・デル・フィオーレ》の前も抜け、そこから政庁《パラッツオ・ヴェッキオ》のあるシニョリーア広場までの道を行く間も、また、シニョリーア広場の左側にそってそのすぐ裏の通りにあるバルジェッロの監獄までの道も、マルコは、フィレンツェの夜の美しさを味わうことだけを思って歩いた。他のことは、なにひとつ考えたくなかった。

バルジェッロの監獄は、外から眺めるならば、フィレンツェの建物の中では最も厳《いかめ》しい建造物に映るだろう。十三世紀の末に建造された政庁《パラッツオ・ヴェッキオ》よりは半世紀も前に建てられたので、より中世的な厳しさが残ったのかもしれない。小さめに切られた窓からは灯ももれず、威圧するようにそびえている。

だが、一歩中に入れば、やはりバルジェッロとてフィレンツェの建物だ。柱廊をめぐらせた石敷きの中庭は均整のとれた美しさで、そこから直接に二階に通ずる石の階段との調和の妙といい、真の玄関はここに開かれていると感じるほどである。もともとが代官の公邸としてつくられたものを後に司法の役所に転化したのだから、バルジェッロがイタリア一美しい監獄といわれるのも当然かもしれない。だが、石の柱ごとにとりつけられている鉄製の籠《かご》の中で燃えあがる松明《たいまつ》の火は、柱廊の壁面に描かれた重罪人の処刑の絵図を映し出し、この美しい建物を、重く張りつめた雰囲気の漂う場所にしていた。

判決が言いわたされるのは、二階の一画にある礼拝堂と告げられる。マルコたちは、メディチ家の人々や高官用であるらしい中庭から直接に二階に通じる広い階段ではなく、建物の内部を通っている狭くて急な勾配《こうばい》の石段をのぼった。二本の大蠟燭《おおろうそく》の火だけが照らす礼拝堂の中には、眼の部分だけが開いた黒頭巾《くろずきん》を頭からすっぽりかぶり、足もとまでとどく黒の長衣姿の男たちが並んでいた。

「黒い教団《コンパニーア・デ・ネーリ》」と呼ばれる、犯罪者の世話が目的の奉仕団体に属す男たちである。フィレンツェでは、既決囚の世話は彼らにまかされていた。

「黒い教団」の男たちの、くぐもった声音の讃美歌《さんびか》が流れはじめたときだった。二人の囚人が、左右を黒衣の男たちにささえられて入ってきた。その一人はジョヴァンニだ。前に会ったときよりは足どりがたしかなのが、マルコの心を少しばかり明るくした。

最後に姿を見せたのは、フィレンツェでは司法の最高機関とされている「八人委員会《オットー・ディ・ジュスティツィア》」の委員たちである。そのうちの一人が、冷たい事務的な口調で判決文を読みあげる。

葡萄酒商人という男には、スティンケの牢《ろう》での五年の禁固刑。ジョヴァンニは、不在裁判の傭兵隊長とともに、斬首刑を言いわたされた。

マルコは、自分の耳を疑った。しかし、刑を宣告されて床に崩れおちたジョヴァンニの姿を見れば、聴きまちがいではない。オリンピアの策動は、失敗に終わったのかと思う。

だが、何かが変だった。

蠟燭の明かりもとどかない、寒くて広い礼拝堂のすみに立ちながら、マルコはもはや、神の恩寵《おんちょう》をたたえる讃美歌などは聴いてはいなかった。「八人委員会」の委員たちの表情から何かが読みとれないかと、視線だけは鋭く投げながら立ちつくしていた。

処刑される者たちが監獄から刑場まで引かれていく道すじを告げられたときだ。引きまわしの道は二とおりあるのだが、当然第一の道すじと思っていたのが、告げられたのは第二の道のほうであったのである。これが、マルコの疑惑を呼びおこしたのだった。

刑場の朝

フィレンツェの刑場は、市街をめぐる市壁のすぐ外にある。

パッツィの陰謀のような大事件だと、犯人は現行犯なのだし、陰謀の的にされたロレンツォ・イル・マニーフィコを愛していたフィレンツェの人々はひどく激昂《げきこう》していたこともあって、政庁《パラッツオ・ヴェッキオ》の窓もバルジェッロの窓も、捕らわれた時点でそのまま絞首刑《こうしゅけい》に処されたパッツィ一門の死体で鈴なりになったものだった。また、フィレンツェ共和国を数年にわたって牛耳ったあげくに失脚して火刑になった修道士サヴォナローラの場合も、政庁前のシニョリーア広場にわざわざ特設された刑場で刑が執行されたのだ。この二つの例とも、見せしめには政治的な意味があったからである。

同じく民衆への見せしめであっても、通常の犯罪者の処刑は、市内では行われない。

フィレンツェの街の東側をめぐる市壁のすぐ外側に、常設の刑場があった。それがために、刑場に向かう城門は、「裁き《ポルタ・アラ・ジュスティツィア》の門」と呼ばれていた。

しかし、人が近づきたがらない場所で処刑したのでは、見せしめという目的が果せない。それで、これは古今東西誰でも考えることは同じという例だが、処刑囚の市中引きまわしが、刑執行前に不可欠な行事になる。フィレンツェでは、この市中引きまわしの道すじが、二とおりあったのだ。

第一の道すじだが、刑宣告の場であるバルジェッロを出た後は、まず南に向かう。そして、政庁《パラッツォ・ヴェツキオ》の裏を通りながら政庁の正面にまわって、シニョリーア広場に出る。このフィレンツェ第一の広場を引きまわされた後、広場の北に口を開けている広小路に入るのだが、この広小路をまっすぐに進めば突きあたる花の聖母教《サンタ・マリア・デル・フィオーレ》会には、すぐには向かわない。かつては芸術家たちの工房が軒を並べていたことから「画家たちの通り」と呼ばれているこの広小路と道一本へだてたところには、どこよりも人でにぎわう市場があるからである。だから、市中引きまわしの道すじも左に折れて、この市場の一画を通るよう決められていた。

また、この道だと、花の聖母《サンタ・マリア・デル・フィオーレ》教会所属の八角形の洗礼堂の、ちょうど西側に出る。洗礼堂のすぐ前には、花の聖母《サンタ・マリア・デル・フィオーレ》教会がフィレンツェ第一の格をもつ教会であることからも、フィレンツェの宗教面の第一人者である、大司教の公邸がある。

処刑囚とて、行き先は天国か地獄かは問わないとしても、少なくとも罪ぶかい現世を捨ててあの世に向かうのだ。二階の窓からにしても、前の道にひざまずく罪人に祝福を与えるのは、大司教の仕事の一つになっていた。

これが終わると、広大な花の聖母《サンタ・マリア・デル・フィオーレ》教会の周囲をぐるりとまわる道程が待っている。そして、その後は、家の立てこむ間の道を右折左折をくりかえしながら通り抜けると、聖《サンタ》クローチェの教会の前の広場に出る。ここからは、この教会の北側を走る、さして広くないがまっすぐ通っている道を行けば、「裁きの門」に突きあたるのだった。

聖《サンタ》クローチェの教会から「裁きの門」にいたるこの道は、市中引きまわしの第二の道すじでもここまでは共通しているので、処刑囚の全員がこの道を通ることになる。そのためかこの道を、「不満者たちの通り《ヴィア・デ・マールコンテンティ》」と市民たちは呼んでいた。

第二の道すじになると、政庁もシニョリーア広場も、市場の横も花の聖母《サンタ・マリア・デル・フィオーレ》教会も通らない。大司教の祝福も受けられないのは気の毒だが、この道すじを引きまわされる処刑者には泥棒などが多く、処刑も死まではいかないからだろう。都心の引きまわしをまぬがれるのも、軽犯罪者ゆえに見せしめの必要を、司法関係者が強く感じないからであった。

それで、バルジェッロを後にしてからは、人家は混み合っていても寄り道もあまりない道すじを、刑場まで直行する。唯一《ゆいいつ》の寄り道は、「黒い教団《コンパニーア・デ・ネーリ》」の本部があるところから「黒い通り《ヴィア・デ・ネーリ》」と呼ばれている道をとることだろう。それを通り抜けてからは、聖《サンタ》クローチェの教会前の広場まで行き、そこからは「不満者たちの通り《ヴィア・デ・マールコンテンティ》」をまっすぐに進んで、「裁きの門」に達すれば、市中引きまわしも完了するのだった。

ジョヴァンニが引きまわされるのは、この第二の道すじのほうなのである。

これは、公爵《こうしゃく》アレッサンドロの信頼篤《あつ》かった側近殺しの犯人としては、不可思議な待遇だった。それほどの重罪人ならば、市中引きまわしも第一の道すじであるべきではないか。マルコが疑惑をかきたてられたのは、この点にあったのだ。

夜中つづいた讃美歌《さんびか》の陰鬱《いんうつ》な流れがとまったのは、礼拝堂の祭壇の背後の窓をうっすらと朝の光が照らしはじめた頃だった。出発の時刻が迫っていた。

バルジェッロの中庭には、その美しさとは不似合いな、柵《さく》でかこんだだけの馬車が待っている。不在裁判で死刑を宣告された、行方不明の傭兵《ようへい》隊長の代わりに首を斬《き》られる張り子の人形《ひとがた》が、生きた人間でもあるかのように馬車の上の柵にしばりつけられる。ジョヴァンニも、後ろ手で柵につながれた。

柵をめぐらせた馬車には、この他に三人の人間がのりこんだ。二人は、「黒い教団《コンパニーア・デ・ネーリ》」の男たちだ。残る一人は、「黒い教団」に属す奉仕者たちが眼のところだけ開いた黒い頭巾《ずきん》とくるぶしまで達する黒の長衣姿であるのとちがって、眼と鼻と口のところだけ穴が開いている、ぴったりと頭部をおおう頭巾をつけている。筋肉の盛りあがった両腕はむき出しで、上半身は短いチョッキをまとうだけ。下半身には、ぴったりとした短めのタイツを着けている。手にもつ大斧《おおおの》が眼に入らなくても、ひと眼で首斬り人とわかる猛々《たけだけ》しさだ。馬車の後には徒歩で、三人ずつ二列に並んで進む「黒い教団」の男たちがつづく。これが、市中引きまわしの陣容だった。

囚人も、馬車で行くのだから楽だということにはならない。引きまわしの道を行くのは馬車の上だが、道すじにあたる建物の壁面に聖像が祭ってあったりすると、いちいち馬車を降りてそれに祈りを捧《ささ》げなくてはならない。

壁面をくり抜いてつくったこの種の小さな祭壇は、それに捧げられた常夜灯が街灯の役目も果たしている事情もあって、過ぎたと思えばまたあらわれると言ってもよいくらいに多い。ということは、待ちかまえている運命を思って身体《からだ》の力も抜けてしまっている哀れな処刑囚にとっては、しばしば馬車の乗り降りを強制されるということでもある。マルコも、道端に群がる人々の背後を馬車を追って進みながら、ジョヴァンニが倒れそうになりながらもその苦行をくりかえすのを、つらい想《おも》いで見守るしかなかった。

道端の群衆からは、侮蔑《ぶべつ》の言葉どころかはげましの言葉が投げられるのと、苦行をくりかえすジョヴァンニを「黒い教団」の男たちが親切に助けるのが、マルコの胸の苦しさをわずかにしても軽くはしたのだったが。

ゆったりと長い黒衣で全身がかくれているために、身体つきも年齢も想像のしようがないが、「黒い教団」には、階級も職業も種々雑多な男たちが属している。貴族もいれば、商人も職人も、そして市民には数えてもらえない下請けの未熟練労働者もいる。この人々に共通しているのは処刑囚への奉仕だけで、これに要する諸費用さえ団員のふところから出るのだった。

刑の宣告と執行の日時が決まると、バルジェッロからは教団の本部に連絡がいく。本部では係が団員の家を一軒一軒まわって、密《ひそ》かに招集をかける。「黒い教団」の団員の素性は、フィレンツェの司法機関であるバルジェッロの役人でさえ知らなかった。招集の時刻がくると、どこからか集まってきた団員たちは、ひっそりと本部の建物の中に姿を消す。出てくるときは、黒衣姿に変わっていた。

この奉仕に対しての代償は、神への奉仕なのだから個人には何もなかったが、教団には与えられた。本部の建物や刑場近くにある教団所属の教会の建つ土地は、フィレンツェ政府が寄付したものである。この他にも、代償はあった。処刑されると決まった囚人を教団が引きうけるという形で、実際は釈放することが許されていたのだ。ただし、それは年に二人以内と決められていた。とはいっても、「黒い教団」は、誰でも自由にすることはできない。国家反逆罪と殺人の罪は、この権利を行使できる範疇《はんちゆう》からは除外されていたからである。

フィレンツェの刑場を見るのはマルコにははじめてだったが、刑場ならばどこでも大差ない。人間の背丈ほどの高さに板を並べた台をつくり、そこまでのぼる階段をそなえつけ、台の上に絞首刑用の木のわくをわたせばできる。斬首刑には、処刑者の頭部をのせる木の輪切りをおけば充分だ。

また、午前中というのに仕事を放り出して見物を決めこむ庶民の顔ぶれも、どこでも見られそうな顔が並んでいる。処刑囚とは無関係な人々からすれば、残酷な場面も見世物の一つでしかなかったのだった。

はじめに処刑台に運びあげられたのは、不在裁判で死刑を宣告された傭兵隊長の身代わりの張り子である。意外とうまくつくられた人形《ひとがた》で、粗末なものながら甲冑《かっちゅう》まで身に着けているから、遠目にはひどく現実的な感じを与える。「黒い教団」の男たち二人が左右からささえて処刑台にのぼらせる光景も、武人でも死を前にして気が動転し、足のはこびもままならないのを助けてのぼらせているようで、象徴を越える現実感をかもしだしていた。

首斬り人も、まるで生身の人間に対するように重々しく、輪切りの木の幹に頭部をのせ、後ろ手にしばられてひざまずく張り子に近づく。ふりあげられた大斧の刃《やいば》に陽の光が当たって、鈍く反射した。

次の一瞬、音もなく大斧がふりおろされた。張り子づくりなのだから当たり前だが、束ねた藁《わら》を一刀両断したときのような、さっぱりとした音がしただけだった。見物人の群れからは、どっと歓声があがった。

いよいよ次は、ジョヴァンニの番である。「半月館」の主人の左右に立つ「黒い教団」の二人の男が、ジョヴァンニをささえて階段をのぼらせるために四人に寄りそうのを眼にした瞬間、マルコは、それまではあった一縷《いちる》の望みも断ち切られた想いで、斬りつけられでもしたかのように胸が痛くなった。

ジョヴァンニは、よろよろと前に出る。その彼を黒衣の男二人がささえて階段をのぼるのだが、五、六段にすぎない距離なのにひどく長い時間がかかった。

処刑台の上に立たされた哀れな男は、「黒い教団」の一人の手で、黒い布地の眼かくしをされる。両手は後ろ手にしばられたままだ。そして、張り子の処刑のときと同じように、判決文が読みあげられた。つい一刻前に張り子の首が斬られた輪切りの幹の上に、ジョヴァンニもまた頭をのせる形でひざまずいた。首斬り人が、前に進み出る。見物人たちも、今度は本物の処刑なので、息をひそめて見守っている。

マルコも、眼は開いていたが、もう何も見ていなかった。この場を逃げ出したかったが、身体のほうが動かない。ジョヴァンニの女房が判決を聴いただけで気を失い、「半月館」に連れ帰られてこの場にいないのが、せめてもの慰めだった。

と、そのときである。「黒い教団」の一人が処刑台にあがってきたのだ。そして、ふところから取り出した巻紙をひらいて読みはじめた。

「『黒い教団《コンパニーア・デ・ネーリ》』に与えられている恩典により、囚人ジョヴァンニは刑を免ぜられ、教団に預けられる」

群衆はどよめいた。「黒い教団」が年に二人の囚人を自由にする恩典を与えられていることは誰でも知っていたが、それは今までは、軽い刑の、しかも情状酌量の余地ありと思われた囚人にだけ適用されていたのである。死刑囚が対象になったことはなかった。群衆からあがった声にならないどよめきは、意外な結果に彼ら自身も驚いたからなのだ。

マルコのほうは、全身が眼と耳になった感じだった。教団預かりということは、これまでの例からみても、即釈放を意味する。

「黒い教団」の二人が、まだ何が起こったかわからないでいるらしい囚人に近づき、彼を立ちあがらせ、眼かくしの布をとった。両手をしばっていた綱も、ほどかれる。そして、茫然《ぼうぜん》としたままのジョヴァンニを左右からささえて、処刑台からおろしてやった。

走りよったマルコを、しかし、「黒い教団」の数人が手で制した。そして、そのうちの一人が、頭巾でおおわれているのでくぐもってしか聴こえない声で言った。

「『黒い教団《コンパニーア・デ・ネーリ》』所属の礼拝堂での感謝の祈りが、まだ終わっていない」

教団所属の礼拝堂は、この刑場のすぐ近くにある。そこまで歩くジョヴァンニに従《つ》いていったのは、「黒い教団」の団員たちの他には、マルコと、つらい想いながら友人の死に立ちあう勇気をもった、ジョヴァンニの仲間の数人の男だけであった。


旅宿「半月館」は、キリスト聖誕祭と復活祭と聖母マリアの昇天祭が、一度に訪れたような喜びで爆発しそうになっていた。

女房は、悲しみの涙で腫《は》れぼったく変わってしまった顔に、今度は喜びの涙をとめどなく流している。ジョヴァンニの仲間の男たちは、葡萄酒《ぶどうしゅ》を頭からかぶったりして大騒ぎだ。ジョヴァンニ自身も、拷問《ごうもん》で痛めつけられ、死の恐怖で消耗しきっていたのに寝室に収まる気になれないらしく、枕《まくら》をいくつも重ねた上に身体を休ませているとはいえ、泊まり客たちまでが一緒に祝う食堂の中央にいた。

皆がいちように話題にしたのは、ジョヴァンニの幸運についてだった。ジョヴァンニの釈放は無実なのだから当然にしても、彼の救出には誰かが裏で動いたにちがいない、というのである。

食堂にいる人々の眼はマルコにそそがれたが、彼がほんとうのことを言えるわけがなかった。

「わたしは何もできなかった。神の恩寵《おんちょう》のおかげでしょう」

と言っただけである。だが、ジョヴァンニは、身体を横たえたままでマルコの手をとり、マルコの耳もとでささやいた。言葉づかいが、以前よりはずっと親しみを増している。

「旦那、あんたがやってくれたんだね。言わなくったって、わたしにはわかっている。あんたが動いてくれたんだ。何も聴きませんよ。だが、この恩は生涯忘れないと、産みの母親に賭《か》けて誓いますぜ」

マルコは、ジョヴァンニの手を黙ってにぎりかえしただけだった。

祝いにはしばらくはつきあったが、マルコの想いはアルノ河の向うにとんでいたのである。オリンピアに、一刻も早く会いたかった。会って感謝の言葉を言うのは最低の義務でもある、と自分自身に言いきかせたからだが、ほんとうのところは愛《いと》しさでいっぱいだったのだ。

ようやく祝いの場を抜け出せたマルコは、走るように女の家に向かった。いつもならば感嘆する街並みや橋の美しさも、今日だけは眼に入ってこない。女には、ジョヴァンニに付き添って「半月館」にもどってきた直後に従僕を送って訪問を告げさせてあるから、彼女も待っているにちがいなかった。

狭い急な石の階段も、三段おきぐらいに走ってのぼる。マルコの前に開いた扉の向こうに、少しばかりの得意さを隠さない、大輪の花のようなオリンピアの笑顔があった。

トレッビオの山荘

ロレンツィーノは、数日にしてもフィレンツェから逃げることにした。公爵《こうしやく》アレッサンドロの、理由のない怒りの爆発の巻きぞえをくうのはご免だと思ったからである。理由はあるのかもしれないが、公爵はそれをロレンツィーノにも打ちあけない。それでいて、ほんの些細《ささい》な召使の落ち度にさえ怒声を張りあげた。もともとが落ちついた静かな振る舞いには無縁の男だが、ここ数日のいらいらした態度は異常である。しばらく一人にしておけばもう少しましな状態にもどるだろうと、公爵とは無二の親友の仲と周囲では思っているロレンツィーノでさえ、逃げ出す気になったのだった。

それに、ロレンツィーノには、公爵の不機嫌を癒《いや》してやる気持ちなど、はじめからなかった。向こうが打ちあけないのをよいことに、放っておくことにしたのだ。

行き先は、トレッビオの山荘と自然に決まった。だが、アレッサンドロには、同じメディチ家所有の山荘でも、カステッロの山荘のほうに行くと言ってある。カステッロは、ロレンツィーノの祖父の持ち物だったから、現所有者はロレンツィーノで、葡《ぶ》萄酒《どうしゅ》の出来具合の監督に行くといえば、誰からも不思議に思われなかった。

トレッビオの山荘に向かうと正直に言わなかったのは、あの山荘に住む従兄弟《いとこ》のコシモとロレンツィーノが親しくするのを、公爵アレッサンドロが愉快に思わないからである。何ごとも疑い深いのはアレッサンドロの気質だが、自分が母の名も知らない生れであるためか、いずれもフィレンツェの名門を母方にもつ従兄弟二人が親しくするのをひどく嫌った。

しかし、ロレンツィーノは、コシモに会いたいと思って、トレッビオの山荘に行くのではない。幼い頃よりともに育ちともに学んだ仲なのに、五歳年下の従兄弟に、ロレンツィーノはどうしても親しめなかった。若いのに閉鎖的なコシモの性格が、ともすれば奔流のようにほとばしるロレンツィーノの感情を、眼に見えない堤をめぐらせて阻止してしまうのである。彼が会いたいと思ったのは、コシモの母のマリアだった。

トレッビオの山荘は、カレッジやカステッロの山荘よりもずっと遠く、フィレンツエからは北に向かって、丘陵にそう山道を三十キロも行かねば着けない。近くには、もう一つのメディチ家所有のカファジョーロの山荘もあった。

フィレンツェの市街からはそうそう気軽に行けるわけではないこの地帯に、トレッビオ、カファジョーロと二つも山荘をもっているのは、すぐ近くのムジェッロの村一帯が、メディチ家発祥の地であったからである。

トレッビオの山荘も、フィレンツェで成功したメディチ家が、最も早い時期に購入した不動産の一つだった。ロレンツォ・イル・マニーフィコの祖父のコシモが、お気に入りの建築家ミケロッツォに改築をまかせてからでも、八十年がたっている。優れた美意識の持ち主でもあったミケロッツォは、中世の建物の厳しさと不便さを、ルネサンス風の簡潔な快適性に変えることに成功していた。メディチ家所有の他の別荘に比べればよほど小ぶりだが、それだけに、周囲に広がる農地で働く百姓たちの住まいとも隔離しすぎていない愉《たの》しさがある。まったく、田舎ぐらしのためでしかない山荘がトレッビオだった。

しかし、フィレンツェの街からは相当な道のりがある。それで、トレッビオを美しく改装させたコシモも、「アカデミア・プラトニカ」に集まる学者や芸術家を招くのには、フィレンツェから近いカレッジの山荘を使うほうが都合よかったのだろう。祖父に似て学者や芸術家にかこまれてときを過ごすのが好きだったロレンツォ・イル・マニーフィコも、同じ理由でカレッジを使う場合が多かった。

このトレッビオの山荘に一年を通して人が住むようになったのは、マリア・サルヴィアーティが当時七歳であった息子のコシモを連れて、夫の死後に移ってきてからである。

「黒隊のジョヴァンニ」の綽名《あだな》で有名だったマリアの夫は、イタリアに攻めこんできたドイツ軍に対し、指揮官でありながら最前線で闘って戦死したのだ。武人を出した例のないメディチ家の男たちの中では珍しい存在だったが、父の死を知らされた七歳は、こう言っただけだった。

「あんなふうにして死ぬと、いつも思っていた」

武将であったから、生前でも夫は家を留守にする日のほうが多かったので、結婚後もマリアは、実家のサルヴィアーティ家に住みつづけていた。手広く金融業を営むサルヴィアーティ家は、フィレンツェの街中に壮麗な屋敷をかまえている。不在がちな夫でも、マリアは淋《さび》しさに苦しんだことはなかった。

だが、その夫も死んでみると、残された息子の養育ということが妻のマリア一人にかかってくる。幼い子を育てるには田舎ぐらしのほうがよいということになり、夫の実家のメディチ家所有の、トレッビオの山荘に移り住むことになったのである。「黒隊のジョヴァンニ」はメディチ分家の出身だが、マリアのほうも、母方をたどればロレンツォ・イル・マニーフィコの孫にあたる。その彼女が息子ともどもメディチ家所有の山荘に落ちつくのには、誰も異存はなかった。

しかし、トレッビオの田舎では、マリアの日常もまた変わらざるをえない。もう舞踏会もなく音楽の集いとも無縁になり、実家の夕食の席をにぎわせていた、ヨーロッパ各地からの客の物珍しい話も聴けなかった。サルヴィアーティ銀行の支店は、経済の活発な地ならばヨーロッパ中におかれていたからだ。

夫の生前にもトレッビオの山荘で過ごしたことはあったが、親分肌の「黒隊のジョヴァンニ」はいつも手下にとりかこまれていて、兵営と呼んだほうが適切な活気が山荘に満ちていたものである。だが今は、マリア・サルヴィアーティのかたわらには、幼いのに何を考えているかわからない息子が一人いるだけだった。

その淋しさが薄れたのは、トレッビオに移ってきてまもなく、コシモには従兄弟にあたるロレンツィーノがともに生活するようになってからである。

ロレンツィーノはそれまでカステッロの山荘でくらしていたのだが、母を失い、妹のラウドミアとともに、マリアの許《もと》に預けられたのだ。十二歳の年だった。

同じ年頃のメディチ家の子供たちがともにくらすよう計らったのは、メディチ家出身で、当時はローマ法王の位にあったクレメンテ七世である。他の二人のメディチ家の男子であるアレッサンドロとイッポーリトは、十六歳と十八歳になっていたので、ローマに招《よ》ばれ、法王の近くで養育されることになっていた。こういうわけで、ロレンツィーノは、十二歳から十五歳までの三年間を、トレッビオの山荘で、マリアを母親代わりに育ったのだ。マリアは、少年時代の家庭教師で今では聖《サン》ミケーレ修道院の院長になっている男とともに、ロレンツィーノにとっては、数少ない心を許せる人になっていた。

トレッビオの山荘の全景は、正面に見える城塞《じようさい》づくりの館《やかた》がなければ、裕福な農家のそれとほとんど変わらない。門柱は立っていても、扉もない開けっ放し。山道の延長という感じの敷地内に入ると、左側に太い樫《かし》の木が繁《しげ》り、その陰に小さな礼拝堂がある。あの中ではよく隠れんぼをしたものだと、ここを訪れるたびにロレンツィーノは思う。右手には、山荘所有の農場で働く、百姓たちの家がかたまってある。葡萄酒醸造のための倉も、その一画にある。夏でもひんやりと涼しい倉の中に並ぶ見あげるように高くて大きい樽《たる》にも、よくのぼって遊んだものだった。

さすがに館の正面には、石塀がめぐっている。だがこれも、子供にもよじのぼれる高さで、敵の襲来を防ぐには、ほとんど役立たずであったろう。そのすぐ近くにある菜園の周囲にめぐらしてある石塀と同じく、放し飼いも同然な家畜の無遠慮な散歩から、人間たちを守るのが目的だった。

館の背後の庭をめぐる囲いにいたっては、そこから向こうは丘陵の斜面が下りになっているためか、石塀さえもない。その一帯には、家畜の侵入の阻止だけを目的につくられた、木の柵《さく》が囲むだけ。トレッビオの山荘は、どこへも、またどこからも、自由勝手に出入りできたのだ。木の柵をくぐりぬけ、丘陵の斜面を駆け降り、そこに流れる小川のほとりで、少年のロレンツィーノはよく空想にふけったものだった。庭の一画から彼の名を呼ぶ教師の声が聴こえてきても、少年はなかなか腰をあげなかった。彼の名を呼ぶ声が、妹のラウドミアか伯母のマリアのものであったときだけ、少年は、若鹿《わかじか》の敏捷《びんしょう》さで林を駆けあがり、家にもどるのだった。

鉄の鋲《びょう》を一面に打ちこんだ頑丈な木の扉が重い音をひびかせて開くと、少年時代から慣れ親しんだ老僕の顔がそこにあった。不意の訪問なのに驚いた様子もなく、柔和な振る舞いもいつものままだ。三十キロ近くの山道を来た汚れを落とすのがまず先と、ロレンツィーノをわきの小部屋に招き入れ、下女に水を張った桶《おけ》をもってくるよう言いつける。そして、奥方様にお伝えしてきます、と言い、二階につづく階段をのぼっていった。

女主人の居間の扉を開けると、窓ぎわに寄せた刺繡台《ししゅうだい》の前に坐《すわ》っていたマリアが、待ちかねたように立ちあがってむかえる。ロレンツィーノも目上の女性に対する礼儀で、腰を折ると同時に左手を胸に、帽子をもった右手を横にもっていく挨拶《あいさつ》をしたが、そんなことはどうでもよいという感じで、マリアの顔は笑っていた。

今日も、見慣れた地味な服を着けている。

腰のところだけを締めたゆったりと長い服は毛織りの地の灰色で、四角に開けた胸もとと袖口《そでぐち》からだけ、白い絹地がのぞいていた。

豊かな褐色の髪は、後ろに引きつめられて小さく結われているのだが、白い薄絹にかくされてしまっている。薄絹は頭部をおおうだけでなく、ひたいも耳もかくし、肩まで広くたれていて、胸もとのところで小さなブローチが止めていた。夫が亡《な》くなってから十年が過ぎようとしているのだから、喪服を着る義務はもうないのである。それでもこの式のヴェールを離さないのは、彼女がドメニコ宗派の在家尼であったからだ。

再婚をしないという、意志の表示でもある。在家尼とは、尼僧院《にそういん》には入らずに自分の家にいるが、神に身を捧《ささ》げる立場では、尼僧たちと変わりはなかった。

在家尼になったのは、マリア自身の意志というよりも、情況がそれ以外の選択を許さなかったと言ったほうが当たっている。マリアはメディチ家の一員と結婚した身であり、その結婚から生まれた息子があった。

もともと子に恵まれなかったか、恵まれたにしても女子であったり、成年に達した男子であったならば、マリアの美しさと実家の財力をもってすれば、再婚などは容易であったろう。だが、当時息子は七歳。分家筋とはいえ、メディチ家の血をひく嫡子だった。

一応にしても格式どおりの挨拶が終わるや、ロレンツィーノは、笑いでいっぱいの伯母の腕の中に飛びこんでいった。ただ、飛びこむといっても、昔とちがって注意する必要がある。ロレンツィーノのほうが断じて背が高く、幅も、細《ほ》っそりとした身体《からだ》つきのマリアがかくれてしまうほどになっていた。

それでも、マリアのほうが若者をつつみこむ感じのほうが強かった。マリアの眼は、はじめてこの山荘に来た頃のロレンツィーノしか見ていなかったのだ。そして、その後もずっと、彼女はこの甥《おい》の本当の母親の気持ちになって、育ててきたのである。実の息子のコシモよりも、ロレンツィーノのほうを自分の子のように感じたときも多い。いつもは青白く透きとおっているマリアの顔色に、ほんのりと血がさしたようだった。

「ほんとうにうれしい不意打ちだわ。大きくなって、まあ。会うたびに美しい青年におなりね」

「伯母上もお変わりなく。田園の生活は、やはり身体によいのでしょうね」

マリアは、珍しくも軽やかな笑い声をひびかせながら言った。

「さあ、どうかしら。身体にはよくても心にもよいのかどうか。あなただって、街中に住んでいて、カステッロの山荘にもほとんど姿を見せないと聴きましたよ」

ロレンツィーノもほがらかな笑い声で応ずる。マリアは、姿を見せた老僕に、甥の都合もきかないまま、ロレンツィーノがここで過ごした時期に使っていた部屋を用意するよう命じた。

「コシモはどこに？」

と、ロレンツィーノは聞く。マリアは、ふと考えこむ顔つきになって答えた。

「どこにいるのやら。あの子は、ここにはほとんど寄りつかなくなってしまったの。何人かのお仲間を集めて戦いの進め方を勉強しているという話だけど、父親ゆずりなのかしらね。

ただ、父親のほうはお仲間をここにも連れてきていたけれど、息子はそうでないから、お仲間がどういう人たちなのかも知らないのよ」

ロレンツィーノは、微笑して聞いている。だが、この話は公爵の耳には入れないほうがよいと思った。

「でも、今夜はもどってきますよ。院長様が来られるので、良い機会だから久しぶりに夕食をともにしましょうと伝えてあるから」

マリアが院長様といえば、ロレンツィーノとコシモの少年時代の家庭教師で、今では聖《サン》ミケーレ修道院の院長をしている人物のことだ。ロレンツィーノは、数日前に激しく言いあったあの人と顔を合わすのは気が進まなかったが、それは黙っていた。

「あの方は、あなたたちが十五歳になってローマの法王様のもとに行ってからも、よく訪ねてくださっていたのよ。わたしが一人になってしまったから、たまには話し相手が必要だろうとおっしゃって。ときおりは訪ねてきてくださるの。

コシモが家にもどって後《のち》も、ときおりは訪ねてきてくださるの。街中の聖《サン》マルコや聖《サンタ》クローチェのような大きな修道院の院長にでもなっていたら、忙しくて暇もつくれないだろうけれど、フィエゾレの丘の上の小さな僧院の院長だから、時間は自由にできるのですって」

若者は、孤独な日常を過ごしているためか、久しぶりの彼に向かって堰《せき》を切ったように話す伯母の声に優しく耳をかたむけていたが、ふと、ある想いが胸をよぎった。聖《サン》ミケーレ修道院の院長は、密《ひそ》かにマリア・サルヴィアーティを愛しつづけてきたのではないか、という想いだ。

院長の前身は、聖職者ではなかった。マリアの夫であった「黒隊のジョヴァンニ」配下の、武将の一人だったのである。ただ、彼は配下の将の中でも、毛色がちがっていた。当時では教養人である証明のように思われていた、ギリシア語やラテン語も読める武将であったのだ。

方向をまちがえたと、あまり教養の高くない「黒隊のジョヴァンニ」はよく笑いもそのにしたが、武将としても実に有能だったので、手許《てもと》から離そうとはしなかった。それで、「黒隊のジョヴァンニ」の戦死の後に主君の遺児の教育を担当するようになっても、誰もが当たり前のことと受け入れたのである。この異色の武将は、ギリシア、ローマの書物だけでなく、ダンテの『神曲』のような、〝現代文学〟も教えることができた。

聖職界に入ったのは、少年たちが成人してローマへ移った後だから、年齢的には遅い。それも、ローマへともに来るようにとの法王の勧めも固辞して、僧院に入ったのだ。法王庁内での栄達の道を捨てて、フィレンツェに残るほうを選んだのであった。伯母のマリアは感づいているのかと、ロレンツィーノは思う。いや、なにも知らないのではないか。

居間の扉が開かれて、聴き慣れた院長の太く安らいだ声が入ってきた。

「奥方様《マドンナ》、ついこの先で珍しい人物とばったり会ったのですよ。連れてきてしまったが、よろしいですかな」

振りかえったロレンツィーノの眼に、院長の背後に立つ、一人の男の姿が入ってきた。ひどく意外な想いがした。

家族の団欒《だんらん》

「まあ、どうしたことでしょう。今夜にかぎって、いちどきにお集まりくださって」

マリア・サルヴィアーティは、整いすぎるほどの端整な美貌《びぼう》を華やかに崩して、いつもとはちがう若々しい声で言った。

僧院長が、偶然に近くで出会ったので連れてきたという男は、マリアもよく知っている人物であったのだ。

六十は越えたかと思われる年頃のその男は、名を、フランチェスコ・ヴェットーリといった。フィレンツェの名門の一つヴェットーリ家の一員であるだけでなく、ローマやフランスなど主要国駐在の大使を歴任したほどの重要人物である。共和制時代のフィレンツェでは、大統領も務めたこともあった。フィレンツェが君主制に変わってからも、年齢からいって公職からは離れているが、いまだに隠然たる影響力をもちつづけているのは誰もが知っている。

ただ、洒脱《しゃだつ》な性格の持ち主であることと、優れた教養でも人に知られているため、もつ力も人々に強圧的な印象を与えないで発揮できるという、不思議な能力の持ち主でもあった。

「ヴェットーリ様、よくぞおこしで」

この洗練された老紳士には、マリアも、ごく自然にフィレンツェ名門出身の女として振る舞う。ヴェットーリも、さし出された美しい手に、伊達男《だておとこ》たちの間で流行《はや》っているという、女の手にくちびるがふれそうなほど近づく型の挨拶《あいさつ》を返した。

実によく似合っている、とロレンツィーノは感心する。この男がやると、下品とされている振る舞いでも少しも下品でなくなるのだ。それでいて、ヴェットーリの経歴が失脚から無縁でありつづけたことが示すように、この人物の内心は常に醒《さ》めているのを、ロレンツィーノは知っている。

しかし、このようなことを深く考えなければ、食卓の仲間としては彼以上に愉《たの》しい人物はいなかった。マリアも、身内でもないヴェットーリなのに、夕食に残るだけでなくその夜はこの山荘に泊まるものと決めこんで、召使に部屋の用意を命じたくらいだった。

広々とした食堂の間は、久しぶりにすべての燭台《しょくだい》に火がともされ、人の背丈ほどもある暖炉にも盛大に薪《まき》が投げ入れられて、明るく暖かい広間に一変していた。召使たちの動きまでが、いつもより生き生きして見える。

中央におかれた細長い食卓は、レースのふち飾りも美しい純白の食卓掛けでおおわれ、銀の皿と食器とヴェネツィア製の繊細なつくりのグラスが並んでいる。それらの間には、フィレンツェの豊かな家の招宴にはつきものの花々が、まるで花籠《はなかご》からとって無造作に散らしたかのようにおかれていた。

食卓の一方の主人の席には、夕食の直前になって帰宅したコシモが坐《すわ》る。それと反対側の女主人の席はもちろんマリアのものだが、マリアの左ななめ横の席、最上の客のためにあるその席には、フランチェスコ・ヴェットーリが坐った。

ヴェットーリの正面、マリアの右ななめ横の席は、ロレンツィーノに与えられる。身内というよりも客としてあつかわれたのだが、これが、伯母のマリアの冷たい仕打ちではまったくないことは、当のロレンツィーノにはわかっていた。コシモが主人席にいることといい、もう少年の頃とはちがうのである。十七歳のコシモも、二十二歳になっているロレンツィーノも、もう立派な成人であった。

ヴェットーリの左横でコシモの右ななめ前の席には、僧院長が坐る。コシモの父の「黒隊のジョヴァンニ」が生きていた頃から、婦人の客さえいなければ、この席は常に「黒隊のジョヴァンニ」第一の配下であった彼のものと決まっていた。

料理は、やはり街中とちがって、野趣あふれる皿が並ぶ。その中でもとくに、一週間前にコシモがとどけさせたという野鴨《のがも》の、中につめものをしてとろ火でゆっくりとまわしながら焼いたものは絶品だった。無愛想なコシモも、たまには母親を想《おも》うこともあるらしい。葡萄酒《ぶどうしゅ》は、この山荘の農園の産物だ。トレッビオの葡萄酒といえば、フィレンツェでも知られた銘柄で、マリアにはそれを商売にする必要はなかったが、マリアの農園で働く百姓たちには、確実に現金収入を得られる重要な物産だった。

マリアの好みがもっとも正直にあらわれていた料理は、はじめから食卓の上に脚つきの銀盆に盛られておかれ、野趣に満ちた料理の後では誰もが喜んで手を出した、ビニェと呼ばれる小さな菓子であったろう。卵と牛乳と小麦粉を使って焼いたふわりと軽い皮の中に、香料の匂《にお》うクリームがつめられている。フィレンツェの人々が好む菓子の代表といってよい。フランス王室に嫁いだメディチ家のカテリーナが紹介したこともあって、今ではフランスの地でも好まれているという。大きさは種々さまざまだが、マリアは一口で食べられる大きさにつくらせるのが常だった。ロレンツィーノも、これを口にすると幼い頃を思い出す。マリアの食卓にはいつもこれがあって、あの当時は飽き飽きしたものだったが、今ではなつかしい味がした。

食卓の話題は、やはり年長のヴェットーリを中心にして進んだ。なにしろ、三十年を越える国際政治の現場証人なのだから、話題の豊富さからしても群を抜いている。はじめはドイツのマクシミリアン皇帝のもとに派遣され、次いでローマで、レオーネ十世とクレメンテ七世という、メディチ家出身の二人の法王につかえ、その後もただちに、フランス王のもとに送られた人物だ。フィレンツェ共和国大統領として、国政の最高責任者の経歴もある。

しかし、フランチェスコ・ヴェットーリという男は、なによりもまず趣味人だった。醒《さ》めた視点でとらえた事象を、洒脱な言葉で表現する達人でもある。彼にかかると、弱肉強食の論理が支配する国際関係も、人間の背丈まで降りてくるから愉しめるのだった。

僧院長がそれに、かつては前線で闘ったことのある者の視点で応酬する。マリアも、必ずしも女向きの話題でもないのに愉しんでいるようだった。ロレンツィーノも、聴き手にまわるほうが多かったにもかかわらず、少しも不愉快ではなかった。若者は、この老貴族を、半分は好いていた。洗練された振る舞いは、彼にも心地良かったからである。だが、残りの半分は、嫌うというのではなかったが、信用していなかった。この優雅な現実主義者の心は、一度として激情に燃えたことがない、と思っていたのである。

主人の席に坐るコシモは、ほんの短い受け答えでもないかぎり、終始無言だった。一座では最年少であるからだけではない。コシモは、いつでもどこでも口数が極端に少ない若者なのである。だが、彼の無言は、一座の人々に気まずい想いをさせるたぐいの無言ではなかった。言葉は口にしなくても、この十七歳の若者の視線は皿に落ちることはなく、発言者をはじめとする一座の全員の顔に静かに向けられていたからだ。ただ、その彼の眼《まな》ざしから、彼の胸のうちを読みとることはできなかった。

食卓の話題が、メディチ家におよんだときだった。ヴェットーリが、こんなことを言ったのである。

「輝かしい伝統をもつメディチ家のたった一つの不運といえば、当主にただちに代わりうる、親族に恵まれなかったということではありませんかな。

ロレンツォ・イル・マニーフィコは四十三歳まで生きられたから、次の世代への引きつぎはまずはできたとしても、その御子のピエロ殿が三十二歳で亡《な》くなられた後は、当時十一歳のウルビーノ公ロレンツォが引きつぐしかなかった。ピエロ殿の弟君のジュリアーノ殿は二十七歳になっていたが、御病身だったし、もう一人の弟君は聖職界に入っていて枢機卿《すうきけい》までなられていては、後つぎにすえるわけにはいかない。

ところが、ウルビーノ公ロレンツォも、人々の期待をにないながらも、二十七歳の若さで亡くなられた。嫡子《ちゃくし》としてならば娘のカテリーナ姫しかいず、一人息子だったから弟君もいない。男子としてならば、庶出のアレッサンドロ公が残されただけだ」

ヴェットーリは、アレッサンドロが実は法王クレメンテ七世の実の息子であることは知っていながら、公式にはウルビーノ公ロレンツォの庶子となっているため、こう言ったのである。そしてまた、話をつづけた。

「しかし、これからはもう問題はない。アレッサンドロ公爵《こうしやく》にもしものことが起こっても、そのような不幸が襲わないよう神に祈っているが、それでももしもなにかが起こったとしても、後継者不足という事態はくり返さないですむからですよ」

ここで話を切ったのは、ヴェットーリの狡猾なところだった。わざわざ名指ししなくても、誰もがわかったろう。二十六歳の公爵アレッサンドロとはさほど年齢が離れていず、心身ともに健全なメディチ家の男子となれば、ロレンツィーノとコシモの二人だけであったのだから。

ロレンツィーノは、他の人ならば先に進めるところでとめた老練な政治家であるヴェットーリは、後継者候補に、自分とコシモのどちらを優先させているのだろうと考えていた。

従兄弟《いとこ》とは簡単に呼んでいるが、ほんとうは従兄弟同士であったのは、ロレンツィーノもコシモも、互いの父の世代であったのだ。しかもロレンツィーノの祖父は長男で、コシモの祖父にあたる人は次男だった。だから、メディチ分家の筆頭ということならば、ロレンツィーノなのだ。年齢も、彼のほうが、コシモより五歳年長だった。

だが、コシモの立場が単にメディチ家の末端につらなるだけのものではないことは、ロレンツィーノでも認めざるをえない。コシモの母方の祖母は、ロレンツォ・イル・マニーフィコの娘だから、その縁でメディチ本家とつながっていることになる。しかも、母親の実家サルヴィアーティ家は、メディチ本家の娘が嫁ぐくらいだからフィレンツェきっての有力家門。ロレンツィーノの母の実家ソデリーニ家も名門中の名門だが、現状では、縁戚《えんせき》の密度でも財力でも、サルヴィアーティ家に遠くおよばない。そして、すでに他界しているとはいえ、コシモの父の「黒隊のジョヴァンニ」は、フィレンツェの庶民でも知らない者はないほどの高名な武将。学者肌で目立たない存在だった父をもつロレンツィーノに比べれば、この面でも有利だった。しかも、ロレンツィーノには、父も母もすでにないのである。それまでは一度も浮かんだことのなかった疑惑が、ロレンツィーノの頭を満たしはじめていた。

僧院長は、偶然近くで出会ったので連れてきたと言ったが、それは嘘《うそ》で、ヴェットーリとはあらかじめ示しあわせて来たのではないだろうか。

フランチェスコ・ヴェットーリという人物が、ときの権力者と密な関係をもつことでは抜群の才能の持ち主であるのは、フィレンツェでも多くの人が知っている。権力者は失脚しても、彼は失脚したことがなかった。

まさか、現公爵アレッサンドロの将来を見こして、コシモに近づきはじめたのでもあるまい。しかし、六十歳は越えた今でも波乗りの名人であることからは引退しそうもないこの男の心中を探ることは、二十二歳のロレンツィーノには無理だった。だが、疑惑だけは残ったのである。

と、そのとき、ヴェットーリが話題をロレンツィーノに向けてきた。

「『半月館』の主人の件だが、あれをあのような形で処理したのは、公爵にしては上出来だった。ロレンツィーノ殿、公爵と親しい仲のあなたの尽力のおかげと風の便りに聴いたが、ほんとうですかな」

ロレンツィーノは、言葉につまった。彼の性格だ。これまでならば正直に、自分はなにもしなかった、と答えていただろう。だが、老練な政治家の眼は、まるで試験でもしているかのように彼にそそがれている。そして、この件では数日前に言い争いまでした聖《サン》ミケーレ修道院の院長は、もしかしたらあのときの口論は無駄でなく、彼が忠告したように、ロレンツィーノは公爵を説得してくれたのかという想いで、かつての愛弟子から眼を離さなかった。

だが、ロレンツィーノの心を乱したのは、コシモの冷たい眼つきであったのだ。年若の従兄弟は、そんなことがあるはずはないと確信しているかのように、ロレンツィーノには視線さえも向けない。二十二歳の若者は、思ってもいなかった言葉を口にしていた。

「公爵が命じたことは、それがなんであれすべて、公爵自らの考えで為《な》されたとするのは、われわれ臣下の役割ではないでしょうか」

公爵アレッサンドロがあのようなことを考える人物でないことは、この夜の夕食の席につらなる人ならば知っている。ロレンツィーノは、暗に、自分の功績だと言ったのである。あんのじょう、ヴェットーリはうなずいただけで、追いうちをかけてこなかった。僧院長も満足気に、深くうなずく。マリアでさえ右手をロレンツィーノの左手に重ね、母が幼子を賞《ほ》めるように言った。

「あなたは昔から、優しい男の子でしたよ」

コシモだけは、ほんとうかという眼つきを投げてきたが、言葉には出さなかった。

ヴェットーリは、名指しを許されない人への讃辞《さんじ》を言うようにつづける。

「『黒い教団《コンパニーア・デ・ネーリ》』を使ったところなど、実に巧妙なやり方だった。無実の人間は救われ、かといって公爵の顔も立ったのだから、見事にも高度に政治的な処理法です。フィレンツェの若い世代も、なかなかのものですな」

ロレンツィーノは、もうこれ以上この件について話を聴くのが耐えられなくなっていた。彼は、話題を変える。だが、ごく自然に頭に浮かんできた別の話題が、結局は「あの件」につながることになったのは、彼の若さのせいかもしれなかった。ロレンツィーノは、にこやかな顔の僧院長に向かって言った。

「院長様《パードレ》、聖《サン》ミケーレに宿を乞《こ》うたことのある、ヴェネツィアの貴族を覚えていらっしゃいますか」

「おお、ダンドロとかいう」

「そう、そのダンドロと再会したのです。家の近くで『半月館』の主人の拘留に憤慨した男たちにかこまれていたわたしを、あの人が助け出してくれたようなものです。ダンドロ家の当主が助《すけ》っ人《と》とは、豪勢な話でしょう」

これには、ヴェットーリもひざをのり出してきた。

「ダンドロ本家の当主が、大使でもないのにフィレンツェに滞在しているのは不思議ですな」

「ヴェネツィア政府の役職には休職期間があるので、それを利用しての旅だと言っていました」

「まさか、フィレンツェに新たな諜報《ちょうほう》機関を設立するためでもないと思うが」

僧院長が、おだやかに口をはさむ。

「もの静かな立ち居振る舞いの、なかなか立派な紳士でしたよ」

ヴェットーリは、笑いながら僧院長のほうに身体《からだ》を向け、冗談をいう口調で言った。

「あなたのように戦場と僧房の二つしか知らない人は、ものごとを直截《ちょくせつ》に眺められるからうらやましい」

僧院長も、笑いながら言い返す。

「裏ばかり見ていても、問題の解決には役立たないからですよ。ヴェットーリ殿のほうは、それが仕事なのでしょうが」

「まったく、天国には誰よりも後まわしにされそうなのが、わたしの世界に棲《す》む男たちでしょうな。疑うことが、本性になってしまっている。それもこの歳《とし》になると、脱皮さえ絶望的だ。女にもてないのも、歳のせいばかりではありませんな」

マリアでさえ、これには笑い声をあげる。その中で、ヴェットーリは、ロレンツィーノのほうに顔を向け、笑みをふくみながらも、はっきりと答えを要求する口調で言った。

「そのダンドロ殿に、会ってみたいですな。あなたに機会をつくってくれるよう願いたいが、よろしいかな」

ロレンツィーノは、うなずいた。彼も、「半月館」の主人が自由になった今なら、あのヴェネツィア人に会うのに、気遅れを感じないですむ想いであったからだ。

ラファエッロの首飾り

オリンピアの部屋の窓からは、赤い煉瓦《れんが》の屋根が重なりあう向こうに、フィレンツェの有名な建物のほとんどが眺められる。眼下を流れるアルノ河の対岸に軒をつらねる家々は、いずれも四、五階の高さなのだが、ブルネレスキ作の花の聖母教会《サンタ・マリア・デル・フィオーレ》の円屋根《クーポラ》も、そのすぐわきに見えるジョットー作の鐘楼もそれ以上の高さなので、赤い屋根瓦《がわら》の波の上からくっきりと顔を出しているのだ。見えるのはこの二つだけではない。

ほんの少し右手に視線をまわせば、政庁《パラッツォ・ヴェッキオ》の塔が高く青空を突きさすのが眺められ、それと重なりあう感じで、バルジェッロの塔と、フィレンツェでは最も古いといわれるバディアの塔、いずれも一貫した美意識によってつくられていながら、それぞれ形に独自性を主張した建物がつづくのである。

それらから左に眼を移すと、形は四角と硬いにしても窓のつくりのゴシック調が優美な、オルサンミケーレがあらわれる。あの下には、かつては全ヨーロッパの織物業界を支配し、フィレンツェの街の公共建築の建設費用を一手に負担する勢いでもあった、毛織物組合の本部があるのだった。

そして、その左には誰の眼も欺《あざむ》くことはできないフィレンツェの象徴、赤い屋根に白い稜線《りようせん》の走る、花の聖母《サンタ・マリア・デル・フィオーレ》教会の優雅でかつ堂々とした大円屋根《クーポラ》が、周辺を圧倒するかのようにそびえ立つ。そのかたわらには、ジョットーの鐘楼が美しく花をそえ、さらに左に視線をめぐらせば、聖《サン》ロレンツォ教会の円屋根も、そして、質素ですっきりとのびる聖《サンタ》マリア・ノヴェッラ教会の鐘楼までも見ることができた。

隠れ家にしてはよいところを見つけたと、マルコは思う。石づくりの急な階段をのぼってくるのは少しは苦労だが、上まで来てしまえばその階には他人の住まいはないので、人眼を気にすることもない。オリンピアは、この家に、ヴェネツィアでも彼女の護衛役をしていた、無口な大男の従僕にかしづかれて住んでいた。

従僕は、女主人が在宅しているときにはほとんど顔を見せない。台所で音がするのが聞こえてくるくらいだ。だが、オリンピアが外出するときは、十メートルも離れてだから人には気づかれないが、彼が必ず後に従った。

アルノ河に面した見晴らしの良い大きな部屋を、オリンピアは自分用の部屋に使っていた。壁ぎわに、厚地の絹の幕で半ば隠された寝台がある。その他には机と椅子《いす》がいくつか。家具調度の類にさほど心のこもった選択がうかがえないのは、仮住まいであるからだろう。寝台とは反対側の壁には、大きな暖炉が切られ、いつでも薪《まき》が勢いよく燃えていた。この部屋は眺めはよいのだが、北向きなので寒いのだ。女は、

「南からの陽光を浴びられるアルノの北岸に家を借りようと思ったのだけど、あの辺は金持ちの家ばかりで、部屋貸しなんてしないのでだめだったの」

と言った。それに金持ちとなれば有力な家門ということだから、フィレンツェでのオリンピアの仕事には、都合の悪い事態になりかねない。ここでの彼女は、ヴェネツィアにいた頃とちがって、なるべく他人の注意をひかないにこしたことはないのである。やわらかく光る豊かな金髪も、外に出るときは小さくまとめ、そのうえにさらに地味なショールをかぶっていることが多かった。

だが、今は、その髪も解かれている。重ねた枕《まくら》の上いっぱいに、金糸の束をほどい

たように乱れ散っていた。それを指先で愛撫《あいぶ》しながら、マルコは、なに気ない口調で言う。

「『黒い教団《コンパニーア・デ・ネーリ》』を使ったのは、アレッサンドロの考えたことかい？」

遅い朝の光を受けていた顔をこちらにまわしながら、女は、だるそうな声音で答えた。

「まあ、なに、あなたって男《ひと》は。わたしのほうは、雲の上に浮いているような気分でいたのに」

しかし、女は、言葉ほどは気分を害されたようではなかった。その証拠に、短く整えられた男のあごひげを指でつつきながらも、口調だけははっきりと答えたからだ。

「あの公爵《こうしやく》に、ああいう上等な策が考え出せるわけがないでしょう。暗に、ではあっても、彼がただ一人あてにできる後援者の皇帝が賛成しないと言っているのに、あの男ったらぐずぐず言っていっこうに決めないのだから。わたしが策を与えたんですよ。『黒い教団《コンパニーア・デ・ネーリ》』預かりということにすれば、公爵様のお顔も立ちますと言って」

マルコは、乱れた金髪をかきあげ、女のバラ色の耳たぶにそっと接吻《せっぷん》しながら言う。

「よくやった。きみに感謝するよ。だが、きみの口を通してにしても、公爵はこれが皇帝の意志だと思っている。それがちがうとわかったら、きみの立場が危うくなるんじゃないかと、それが心配だ」

オリンピアは、ころがるような笑い声をたてた。

「大丈夫、大丈夫、そのほうの手だって、ちゃんと打ってあるんだから。いくらわたしだって、神聖ローマ帝国皇帝でスペイン王でもあるカルロスと、直接につながっているわけではない。ヨーロッパ一の強力な君主ということは除いたとしても、あちこちで戦争ばかりしている人だから、連絡だってそう簡単にはできないし。ローマに、ある枢機卿《すうきけい》がいるの。イタリア生まれのスペイン人だけど、その人がわたしの直接の上司というわけ。彼には、ちゃんと報告してあります。こうこうこういうことがあって指示をあおぐ時間の余裕もないところから、これこれこのようにいたしましたって。この人からは、もう返事ももらったわ。なにしろフィレンツェとローマの間は、急ぎの飛脚ならば一日の距離ですからね」

「返事には、どう書いてあった？」

「公爵アレッサンドロの地位の安泰を思えば、あの段階では最上の策であった、と褒《ほ》めてくれたわ。これからも任務にはげむようにと言って、相当な額のお金まで送ってくれましたよ。

その枢機卿も、そしておそらく皇帝も、ほんとうのところはアレッサンドロを信用していなかったみたいね。当たり前だけど。むやみやたらと市民を逮捕しては拷問《ごうもん》責めにするような無茶は、以後はつつしむよう公爵に伝えよ、とも書いてあったから」

マルコは、ただ一つの気がかりが解消して、ほっと安堵《あんど》した。

しかし、結果としてはオリンピアの功績になったわけだが、もともとは彼の頼みをオリンピアが聴き入れたことからはじまったのである。そして、なによりも、「半月館」のジョヴァンニの命は救われたのだった。

もうかんにんして、と女が喜びの悲鳴をあげるまで接吻でおおうという約束は果たしたが、それとは別の形で感謝の気持ちをあらわしたいという想《おも》いが、マルコの胸にごく自然に芽生えてきていた。女が寝台を降り、部屋着をまとって髪をとかす姿を眺めながら、マルコは、さてどんな形でそれをあらわすのが適当かと考えていた。

細々《こまごま》とした贈り物は、ヴェネツィアにいた頃はよくしていた。だがそれらは、親しい仲になった男ならば誰でも贈る程度の品で、ビロードや綾《あや》の織物とか金糸模様のガラス器とか、費用もかさばらない代わりに、贈り主の気持ちの負担のほうもないも同然の品だったのである。それと同じでは、今度は彼の気持ちがすまなかった。

マルコは、はじめて、オリンピアという女にかかわりを持つ気になったのである。今回の贈り物も、その想いを伝えるにふさわしい品でなければならなかった。

寝台の上に半身を起こした男は、女を呼んだ。鏡の前で豊かな髪をときあげていたオリンピアは、それを途中でやめて、寝台のそばにきて端に坐《すわ》る。マルコは、女の手をとって引き寄せながら、女の眼を見つめて静かに言った。

「きみに贈り物をしたい。きみのことだから、宝飾品には不足していないだろうが、そのどれよりも高価な品を贈りたいのだ。これから、宝飾細工の職人のところへ行こう。気に入ったものを選んだらいい」

眼を輝かせて歓声をあげるかと思ったが、オリンピアはそうはしなかった。反対に、それまでは男の顔に優しくそそがれていた視線が硬直し、次の一瞬、眼が涙でいっぱいになったと思ったとたん、それが静かに両の頰《ほほ》を濡《ぬ》らしはじめたのである。

オリンピアは、高級遊女《コルティジャーナ》をして生きてきた女である。男からの贈り物には慣れている。高価な贈り物も、これまでに数知れぬほど受けてきた。

だが、それだけになお、贈り物をとおして伝えられる男の想いに幾通りもの違いがあるのも、知りつくしていたのである。値の張るものであれば、想いのほうもそれに比例して大きいというわけではない。それがいつ、どのような状況のもとで贈られたかのほうが、想いを推し測るのに重要になってくる。オリンピアは、マルコの胸中にわきあがってきたこれまでとはちがう想いを、実に正確につかんだのであった。

女は、無言ですがり寄ってきた。結いあげようとしていた髪が再びとけて、男の胸いっぱいに散る。女の意外な反応にはじめは少しとまどったマルコだったが、彼の胸はすぐに、あたたかい愛情であふれそうになった。それは、男と女の間に通いあう情感に、なにかもっと別なものがさらに加わった感じだった。

フィレンツェでは一番の職人といわれ、メディチをはじめとするフィレンツェ名門の人々の宝飾品を一手に引きうけていると聞いてきたのだが、職人の仕事場というものは、どこでも似たようなものなのかもしれない。足のふみ場もないくらいに作業具が散乱した工房の中は、訪れた客に坐ってもらう余地もない感じだった。

作業器具の前から立ちあがって二人をむかえた主人《マエストロ》は、二人がどの程度の客なのかの判断がつきかねたらしい。信用していないという表情を、露骨にあらわす。首飾りをほしいと思っている、と告げると、徒弟に指示して、いくつかを持ってこさせた。作業器具の隣にあった小机の上に、のみや小刀をわきによせ、黒い羅紗《らしゃ》を敷いてそれらをおく。宝飾品には関心をもったことのないマルコの眼にさえ、それらの品はたいしたものに映らなかった。

だが、オリンピアは職人のあつかい方も知っているらしい。おだやかな声で、「もう少し、値の張る品が見たいのだけど」と言った。職人はそれには答えず、徒弟にだけ、職人仲間の符牒《ふちょう》らしい言葉で、二言、三言いう。うなずいて去った徒弟が再びもどってきて黒羅紗の上においた品々は、今度はがらりと変わり、ヴェネツィアの元首夫人の胸に輝いていてもおかしくはない宝飾の数々だった。

無愛想な職人は、一言も言わずに女客の反応を待つ。それでもオリンピアの表情に視線を投げたのは、これよりはもう少し値の張らないものを、とでも言うのを待っているかのようだ。マルコのほうは、この中の一つを選ぶのかな、と思っている。だが、オリンピアは、二度目の品々にも特別な関心は刺激されなかったようであった。そんな彼女に、職人はぶっきらぼうに言った。

「これ以上のものは、注文でしかつくりません」

オリンピアは、あいもかわらずおだやかな口調で言う。

「それならば、注文しますわ。宝石を見せていただけるかしら」

三度目に徒弟がもってきたのは、できあがった品ではなく、石ばかりだった。オリンピアは、それらをじっくりと眺めた後で、三つを選んだ。三センチ×二センチ以上もある真紅のルビーに、二センチ×一センチはあるエメラルドの石、それに、大きめのしずく状の真珠である。そして、こういう形につくってほしいのだけど、と言いながら、そばにあった紙片に、自分で図柄を描いた。

一番上に、金のふちどりにかこまれた緑のエメラルドがくる。そのすぐ下には、これも黄金のふちどりで守られたルビーがつながる。金製のふちどりの部分は、線彫《ぼ》りで飾ってほしいと注文した。緑、紅《くれない》ときた後に、やわらかい白の真珠のしずくがたれるというつくりだ。そして、このペンダントを首からさげるのは、極細の金の鎖を、少なくとも十五本は束ねたものにしたい、と注文する。

職人の表情が変わった。オリンピアはそれにはかまわず、背後に立つマルコを振り返りながら、少しばかり恥ずかしそうに言う。

「ローマで見た肖像画に描かれていた首飾りなの。あれを見たときから、ほしいなと思っていたものだから」

口をはさんできたのは、さっきまで無愛想な顔を崩さなかった職人のほうだった。

「ラファエッロという名の、画家の絵ではなかったですか」

「画家の名は忘れたけど、あの絵は好きだったのでよく覚えているわ。あっさりした服を着けた若い金髪の女の肖像画で、広い袖《そで》はルビーと同じ色の紅。ひざの上に、子供の一角獣を抱いた姿でした」

職人は、もうほとんど嬉《うれ》しそうだった。

「師匠《マエストロ》の絵です。もう二十年も昔に師匠は若くして亡《な》くなってしまったが、あの絵が制作された当時のわたしは、絵の具を混ぜることがようやく許されたぐらいの新米の弟子でした」

職人は、にわかに多弁になった。その変化に驚いたのは、マルコたち客ではなく、工房で働く徒弟たちだった。仕事の手をとめ、親方の顔をびっくりした表情で見つめる。

「あの肖像の主《ぬし》は、若くてきれいでモデルには申しぶんない婦人だったが、首飾りは派手なつくりの金細工をつけてあらわれたんです。はじめの日は、服もごてごてしたものだった。それをラファエッロ師匠が、まず服を変えさせたんです。あなたは若くてとても美しいから、あっさりした服のほうが美しさが引き立つと言って。髪形も、とき流しただけに変えさせた。

だが、首飾りだけはどうしようもない。モデルの婦人は、師匠《マエストロ》の気に入るものはもっていなかったのでね。ところで、そういう機会にはわれわれ弟子たちも、モデルを写生することが許されている。だから、わたしもやった。ただ、首飾りの部分だけは、わたしの考えで創作したんです。それを師匠が見て、なかなかいい、ってわけですよ。あの高名なマエストロが、駆け出しの新米のわたしが考えたとおりの首飾りを、肖像画に描いてくれたときは感激した。まったく、それは見事に似あっていましたからね。

そのとき、師匠《マエストロ》が言ったんです。おまえは、絵よりもこっちのほうに進んだほうがいいんじゃないか、と。わたしが宝飾の細工専門の道に入ったのも、あのときの首飾りが縁というわけです。

それでもまあ、よく覚えていてくださった。これは、徒弟たちにまかせず、わたしが一人で作ります。あのときはデッサンだけだったのが、今度は形になるんだから、細工師としたって腕のふるいどころです」

オリンピアは、あでやかに笑っただけだった。マルコのほうは、ラファエッロ描くその絵を見ていないので、二人ほどははっきりした形が浮かんでこないのだが、職人がこれほど気を入れてつくるのだから、良いものができるはずだと安心する。

しかし、職人の示した値のほうも相当な額になった。オリンピアが選んだ宝石が、いずれも最高級の、しかも大きさもなかなかのものばかりだったから、これも当然だろう。予算を決めたうえで贈ると言ったわけではないから、この予期しなかった出費も、マルコを動揺させはしない。ただ、彼が口座をもつヴェネツィアの銀行が、ここフィレンツェにも支店をおいているのだったら、送金手続きも簡単にすむとは考えた。

職人の工房を出て家への道をたどりながら、マルコは、かたわらを歩むオリンピアに言った。

「あれほどの石を使うのだから、あっさりとした金鎖の束にさげる形ではなく、真珠の連《れん》にでもさげる形にしたら、もっと豪華になったと思うけれど、いいのかい」

男のほうに身体《からだ》を寄せ、男の腕の感触を味わいながら、女は答えた。

「あれでいいの。ほかでもないあなたからの贈り物よ。肌身離さず、つけていたいの」

マルコは、人眼もかまわずに女をぐっと引き寄せ、そのひたいにそっと接吻《せっぷん》した。河風も冷たい、ポンテ・ヴェッキオの上だった。

冬晴れのフィレンツェ

平穏な日々が過ぎていた。

「半月館」の主人ジョヴァンニの体調も、少しずつだが確実に快方に向かっていた。生きているという実感は、これほども体力の恢復《かいふく》に寄与するのかと思う。釈放の直後は人の助けなしには寝台からも降りられないくらいだったが、この頃では、杖《つえ》をついてにしても客たちの間を歩けるほどに回復している。

ジョヴァンニは、あれ以来、マルコから借家代を受けとろうとはしなくなった。人には言わないが、彼の釈放にマルコが尽力したと信じきっているようだ。いつものように月ぎめの家賃と食事代を払おうとしたマルコに、あの豪放な性格のジョヴァンニが、まるで頼みごとをする小娘のようにひどく真剣な顔つきになって、声をひそめて言ったのだった。

「旦那《メッセール》がなにもおっしゃらないから、わたしも強いてたずねません。だが、これくらいはさせてくださいよ。そうでもしないと、わたしの気がすまないんです」

マルコは、今のところは受けることにした。月に十ドゥカートにもならない費用を惜しんだからではない。これを断れば、ジョヴァンニは別の感謝の方法を考えるだろう。それがなんであれめんどうなことになりそうな気がして、避けたかったのだ。

「では、『半月館』の客から、あなたの客になるとしよう」

と、マルコは言った。ジョヴァンニは、ほっとしたという顔で久しぶりに笑顔を見せた。

ジョヴァンニの女房のマルコへの対し方にいたっては、完全に一変した。「半月館」での食事時に、注文もしないのにマルコにだけ特別な料理をもってくるなど序の口だ。以前は下男をおくってくるだけだった借家での細々した世話も、女房自ら顔を出してはいちいち眼をくばるようになった。

だが、この種の居心地の良さは、かえってマルコの気を重くした。今すぐというわけにはいかないだろうが、そろそろ「半月館」も引きあげどきかと思う。他の旅宿に移るのも大人げない振る舞いだから、誰かの家の客にでもならないかぎり、「半月館」

を引き払うということは、フィレンツェを引き払うということになるのだった。

そのフィレンツェ滞在も、三カ月におよびつつある。見るべきものは、もう見つくしたと言ってよい。個人所蔵の芸術品の鑑賞までは無理な話だが、それはヴェネツィアだって同じだ。個人的な知りあいでも頼らないかぎり、他人の家の扉をたたくわけにはいかない。

だが、政庁《パラッツォ・ヴェッキオ》や各種組合の会合所や教会などの公共建造物が、充分にその不足をおぎなってくれていた。これはヴェネツィアでも同じなのだが、これらの建物は、それ自体が学芸の宝庫なのである。建築物としてだけでなく、内部を飾る壁画や彫刻、そして、多くは、僧院の奥深くで黙々と筆写する修道僧たちの努力のかいあって、生きかえった古代の著作の数々。これらをひとわたり見てまわるだけでも、フィレンツェでは月日が早く過ぎた。

しかし、それも、三カ月もすれば一応は完了する。キリスト聖誕祭を法王のいるローマでむかえるのも悪くない、とマルコは思いはじめていた。

そのマルコにとってのただ一つの心残りは、オリンピアであったのだ。

二人の間でだけ密《ひそ》かに「ラファエッロの首飾り」と名づけた品は、親方自ら他の仕事を後まわしにして集中したというだけあって、半月もたたずに完成していた。

この面での才能のまったくないマルコには、図柄を見た段階では予想もつかなかったが、いざできあがってみると、さすがにラファエッロが採用したというだけのことはある。華麗ではあっても品の良い、贈り主であるマルコがまず満足する宝飾品だ。絹糸を縒《よ》りあわせたほどに細い金鎖も、これだけの本数が使われると華やかになる。おかげで、マルコは宝飾細工の職人に、ちょっとした額の金を払う羽目になった。

家賃を考えに入れなければ、小人数の家族が一年間生活するのに、二十ドゥカートあればまずはやっていけたといわれる時代である。政府の事務職でも、百ドゥカートを少し上まわるくらいの年給しかもらっていない。年収が一千ドゥカートを越えれば、裕福な国とされたヴェネツィアでも、経済的には立派に上層階級に属すと思われていた。

いかにダンドロ本家の当主であるマルコでも、これほどの額の現金を旅先にまではもち歩かない。為替手形で送らせたのである。ダンドロ家の取引銀行は、以前にはフィレンツェにも支店をおいていたのだそうだが、十年も前に引き払ってしまったとのことで、フィレンツェの銀行であるサルヴィアーティ銀行の、ヴェネツィアにある支店を通すしかなかったのである。額が額なものだから、大手の金融業者しか使えなかった。

為替手形には一定の期日以内に支払うよう明記されているが、その期間は、手形の発行地から受理地までの、距離と道程の困難の度によって分かれている。たとえば、ヴェネツィアを発行地とすれば、バルセローナだと一カ月、ブルージュだと二カ月、ロンドンやトルコの首都コンスタンティノープルになると、三カ月はみてくれた。それがフィレンツェだと、十日にちぢまる。ヴェネツィアとフィレンツェは市内を一巡しただけでも印象はちがうが、とはいえ同じイタリア内の都市なのであった。

為替手形の支払いも、この額にしては問題もなく終了した。同じ銀行で、フィレンツェの通貨であるフィオリーノ金貨に換えてもらう。銀行の係員は、フィレンツェでもドゥカート金貨ならば誰でも喜んで受けとると言ったが、マルコはあえて、ヴェネツィアの通貨でなく、フィオリーノで払うほうを選んだ。もはやこれ以上に他人の注意をひく行為は、なるべくならばしたくなかった。

だが、二種類あるフィオリーノ金貨のうちの、一種を選ぶことはしたのである。

それは、六年前の一五三〇年まで、つくられはじめてから三百年近くもフィレンツェ経済の顔であった、共和制時代の金貨だった。表にはフィレンツェの保護聖人である洗礼者聖ヨハネの像が彫られ、裏面に、フィレンツェ共和国の紋章イリスの花が彫られている。

別の一種は、フィレンツェ共和国が崩壊し、メディチ家の支配下に入った一五三〇年から造幣されるようになった金貨で、同じくフィオリーノ金貨と呼ばれているが、二十四金と金の純度に変化はなくても、ほんの少しだが量が減っていた。

共和制時代の金貨も、造幣はされなくなったが流通はしているという。だから、両替はどちらの金貨でもよかったのだが、銀行の係員が声をひそめてしてくれた忠告を聴き入れることにしたのである。

「誰も口にしないが、心の中ではイリスの花の金貨のほうを喜びますよ」

おそらく、共和制への郷愁というよりも、金貨の重さによるのだろう。金の含有量がわずかにしても減ったということは、実質的には幣価切り下げということなのだから。いまだに金の純度も量も維持しつづけているヴェネツィア共和国の市民であるマルコにしてみれば、その辺の事情を理解するのはむずかしくはない。フィレンツェ経済は、決定的に衰退期に入った、と思うのだった。

ただ、フィオリーノ金貨一枚は、三・五グラムはある。それが一千枚以上なのだから、三キログラム以上の重量になるというわけだ。従僕を連れて行ったにしろ、なかなかの重さだった。為替手形がいち早く流布《るふ》したのも、当たり前だと思えてくる。サルヴィアーティ銀行のほうも、幾つかの丈夫な皮袋に、分けて入れてくれた。

その皮袋が、マルコの注意をひいたのである。この種のサーヴィスは、ヴェネツィアの銀行でもする。皮袋のひとすみに、小さく銀行の所有主の家紋を押してあるのも同じだ。ちがいは、なんともいいようのない皮袋の形の良さだった。

フィレンツェ人の趣味の良さは、こんな小さなことにもあらわれるのかと思う。マルコは自分用にも一つ欲しいと思ったが、言い出しかねた。職人に払うときに、金貨だけをわたし、皮袋はとっておこうかとさえ思う。

高名な細工師ということだったが、彼の工房でも、これほどの宝飾品の注文はそうはしばしば受けないのだろう。マルコをむかえた工房では、徒弟たちまでが仕事をやめて見守る中、金貨と宝飾品の交換はとどこおりなく終わった。親方は、感にたえたような顔で、

「完成した次の日は、なにもしないで一日中眺めていました」

と言う。まるで、もって行かれるのが耐えがたいという表情だ。それでも、同じものは二つとしてつくらないという、オリンピアとの間に交わした約束は守ると重ねて

言ったのは、これを注文してくれた人への感謝の想《おも》いからでもあったろう。ほとんど口づけしかねないほどの別れを告げた後で、ようやくマルコに首飾りを手わたしたのである。家ではオリンピアが、待ちかねていた。

もちろん、オリンピアは、完成した首飾りを見るや、いつもの彼女には似あわないくらいに有頂天になった。あきもせず鏡に映してみては、外出のときにはこうして、などとつぶやいて、ペンダントになっている部分を胸の谷間に隠してみたり、再び服の上に出してみたりしている。首飾りのすべてがあらわれると、使われているエメラルドとルビーとしずく状の真珠はやはり豪華で、人眼をひかないではすまないのだった。

しかし、どれほど高額な代価が支払われたにしろ、首飾りは単なる物にすぎない。だが、その単なる物体でも、人間の心に思いもかけない変化をもたらすことがあるのだとは、マルコはこれまでに考えたことがなかった。

オリンピアは、変わったのだ。だが、変わったのはオリンピアだけでなく、マルコも変わったのだった。

以前のオリンピアが、冷たい女であったのではない。マルコに対しては常に、最上の女友だちでもあり最上のベッドの友であった。変わったのは、そのあり方なのである。行為そのものは同じでも、しっとりと後を引くものに変わったのだ。男は、女の変化を敏感に感じとった。男のひざに手をおくとき、男の首に両腕をまわすとき、男の胸に顔をうずめるとき……。

マルコは、半分は否定していても残りの半分は疑っていることを、正直に口に出した。

「高価な贈り物をもらえば、きみでも拘束されないではすまないものかな」

このようなとき、普通の女ならば即座に否定する。だが、オリンピアは肯定した。

「そう、拘束されたっていう感じ。でも、拘束されたいとは少しも思わない男からならば、どんなに高価な品を贈られても、たとえローマの中心地に立つ由緒《ゆいしょ》ある宮殿を丸ごともらったとしても、拘束されたとは絶対に思わないものよ」

こう言われては、マルコには一言もない。女の首すじに、熱い口づけをするだけだ。

だが、女の変化は消化できても、消化できないのは彼自身の変化のほうであった。マルコは、この歳《とし》になるまで、女に対して贈り物と呼ぶに値する贈り物をしたことがなかった。独り身だし、婚約者ももったことはない。

オリンピアとは、いろいろなことはあったにしても長いつきあいだ。三十代という、男にとっては心身ともに変化の激しい時期に、誰よりも身近にいた女であったような気もする。それでも、細々《こまごま》した挨拶《あいさつ》代わりの小さな贈り物は何度もしたが、今度のようなことはついぞしたことはなかったのだ。今度だって決心といっても、何か一つ贈るか、という程度のものだった。彼が贈るのだし、選ぶのはオリンピアなのだから、高価なものになるのははじめから予想していた。だから、結果がそのとおりになっても驚きはしない。彼の財力では少しばかり目立つ出費であったにすぎないのである。

また、「半月館」の主人救出にオリンピアが力ぞえをしてくれた代価ということならば、あれほどの額の贈り物は不似合いである。そして、オリンピアもこのためと思って受けたのでもないし、マルコもこのためと思って贈ったのではない。二人の間には、長年の間に自然にはぐくまれてきたある想いがあって、それが贈り物という形で表面に出た、ということかもしれない。

マルコは、オリンピアの言った言葉を、自分の身におきかえ、胸のうちで言ってみた。

「拘束してみたい、されたいとは少しも思わない女にならば、どんなに高価な品を贈ろうと、たとえヴェネツィアの大運河にそって立つ由緒ある宮殿を丸ごと贈ったとしても、拘束でき、拘束された、とは絶対に思わないものなのだ」

マルコの頬は、自然にわきあがってきた微苦笑で、深く刻まれた。イタリア漫遊のつもりがとんだことになったとは思うが、不快ではない。一度として味わったことのない自然な居心地の良さが、かえって彼を不安にした。

だが、その不安は、彼自身からして確たる理由を与えられないのだから困るのだ。ローマの遊女オリンピアが、ヴェネツィアきっての名門貴族ダンドロの夫人になろうなどとは露ほども考えていないのは、マルコが誰よりも知っている。オリンピアは、彼と一緒にいたいだけなのだ。だから、不安は、彼の側にのみ理由のあることなのだった。

マルコの心の半ばは、現在の快さを、それがつづく間だけでもつづいてほしいと願っている。だが、残りの半ばは、つづくこと自体が恐ろしかった。死んだアルヴィーゼだったら、どうしていただろうかと思う。なにも考えずに行くところまで行ってしまうのが、あの親友の生き方ではあったが。だからこそ、リヴィアは、アルヴィーゼのために死ぬことができたのかもしれない。

フィレンツェを引き払って、ローマへでも行こうかと思う。オリンピアはここフィレンツェで任務があるから、発《た》つとすれば彼一人だ。

しかし、恋する女は、全身が鋭敏な計器のようになってしまうものらしかった。夕食も終わって、暖かく火の燃える暖炉の前に席を移したときである。ゆったりした椅《い》子《す》に身を沈める男の前の床に横ずわりになり、上半身を男のひざに預けた姿で、男の顔を見あげながらオリンピアは言った。

「なにか考えていらっしゃるのね」

マルコは、燃えている火のほうに眼を向けながら、ほとんど沈痛にひびく声で答える。

「ローマに行こうと思う。きみとは一緒に発てないのは残念だが」

女の頰をこれほど多量の涙が濡《ぬ》らすのを、マルコははじめて見た。しばらくの間、女はそのままの姿で泣いていた。一言も言わなかった。自分の心の中に後悔の想いがわきあがってくるのを、マルコは、ほとんど目盛りを見るように正確に感じとっていた。

彼は、椅子から立ちあがり、一瞬、坐《すわ》ったままの女に眼をやったが、すぐにそのそばに彼もひざをついた。そして、女の手をとり、それに口づけしながら言った。

「フィレンツェにとどまろう。きみが発てるようになるときまで、この街に残ると約束する」

オリンピアの涙は、これでとまりはしなかった。今度は女の顔は、泣き笑いでくしゃくしゃになった。化粧も落ちてしまって紅《べに》や眉《まゆ》ずみが顔中に散ったおかしな顔が、これほども美しいとはマルコは知らなかった。いや、マルコは、化粧の崩れたときの女の顔というものを、今の今まで一度も見たことがなかったのである。

その夜、二人の間には、言葉の入りこむ余地のない、長くて甘美な時間が過ぎていった。

翌朝遅く、借りている家の戸口をまたいだマルコは、珍しくあわてた従僕の声にむかえられた。

ロレンツィーノ・デイ・メディチからの使いの者が、昨日も訪れ、今朝も再び訪ねてきたというのである。用件は聞いたかというマルコの質問に、従僕は首をふって答える。

「いいえ、聞いても言いませんでした。ただ、いつ帰るのか、と聞くだけで」

マルコは、用件があるのならばまた来るだろう、と思う。前回のときのように美術工芸品を見せてくれるのかと思ったが、それにしてはせわしない招待だった。

『プリマヴェーラ（春）』

ロレンツィーノの屋敷の扉の前に立ったマルコを出むかえたのは、前のときのような従僕ではなかった。いや、扉を開けたのは従僕だったが、それとほとんど同時に二階へ通じる階段の上に、ロレンツィーノ自身が姿をあらわしたのだ。従僕には、客人の到着を伝える必要もなかった。そのうえ、ロレンツィーノはマルコに、まるでつい昨日会った人に今日も会うというふうに、挨拶《あいさつ》もそこそこに階上に導く。あらためてマルコは、このメディチ家の貴公子の、二十二歳という若さを感じるのだった。

若者は、マルコを、二階で解放してはくれなかった。さらにその上の階に通ずる階段に導きながら、言う。

「ロレンツォ・イル・マニーフィコの遺品の工芸美術品をお見せしたあの夜に、次の機会にはわたし自身の所有物を見せると約束しましたね。今日はその約束を果たします」

マルコは微笑する。それならばなにも、こんなにせかすこともなかったではないかと思ったからだ。だが、微苦笑といったほうが適切なこの笑いも、若者が自ら扉を開けてくれた部屋に一歩足を踏み入れたとたんに、そのままの形で固定してしまった。

東に向かって大きな窓が二つ開いているこの部屋は、この家の主《あるじ》のロレンツィーノの寝室に使われているのか、二つの窓の間の空間には、彫刻をほどこした木の柱で四すみを支え、優雅に飾られた厚地の絹が天井をつくり、同じ絹地の幕が前後左右からたれた寝台がおかれてある。

だが、マルコの眼はそれを見てはいなかった。寝台を中央にした左右の壁面を飾っている、二つの絵に吸いよせられたまま、動かなくなってしまったのである。息をのむとはこういうことかと、はじめてわかった想《おも》いだった。

絵は二つとも、横幅が三メートルほどで縦が二メートル余りという大きさだから、壁全体を占めているわけではない。それなのに、この絵一つで他に飾りは不要と確信をもってしまうほど、絵の与える印象は圧倒的だった。

左側の絵は、今しも海の中からあらわれた、美の女神ヴィーナスを描いたものだ。

花の女神が、誕生したばかりで裸身も露《あらわ》なヴィーナスに、薄衣《うすごろも》をさしかけようとしている。西風が、ヴィーナスの立つ帆立貝の舟に風をおくってあげている。

右側を飾っている絵は、八人の人物が等分に主人公という感じの、群像を描いたもの。左右の男の像をのぞけば、あとは皆、薄絹で裸身をおおっただけの女たちの像である。美の女神のヴィーナス、花の女神のフローラ、そしていずれも美しい三女神が、たがいに手をからませて踊る姿。繊細に描かれた花々が、画面いっぱいに散っている。

言葉もなく立ちすくむヴェネツィアの貴族の背後に立っていたメディチ家の若者は、誇りがどうしたってにじみ出てしまう声音で言った。

「フィレンツェの人々は、この二つを『ヴィーナスの誕生』に『プリマヴェーラ』と呼んでいます。作者は、サンドロ・ボッティチェッリ。

わたしの祖父が、所有していた絵でした」

マルコは、意外な想いで振りかえる。若者はそれに微笑で答えながら、言葉をつづけた。

「十四歳年上だった本家のロレンツォ・イル・マニーフィコとはまた従兄弟《いとこ》の関係にあった祖父は、名も同じロレンツォだったので、人びとはイル・マニーフィコと区別するために、祖父のほうを『庶民的なロレンツォ《ロレンツォ・イル・ポポラーノ》』と呼んでいたのです。

だが、『偉大なロレンツォ《ロレンツォ・イル・マニーフィコ》』も『庶民的なロレンツォ』も、年齢のちがいを越えてとても仲が良かったらしい。この二つの絵を、当時は最盛期にあった画家のボッティチェッリに描かせたのも、もともとはロレンツォ・イル・マニーフィコだったようです。ただ、あの当時のイル・マニーフィコは、政治外交のほうで金《かね》を使うことが多く、ふところが淋《さび》しくなっていたようで、そのための借金をしていた一人でもあったわたしの祖父に、絵を買うようすすめたというのです。

まだ若かった祖父も、喜んで購入したらしい。ボッティチェッリは好きな画家の一人で、ダンテの『神曲《デヴィーナ・コンメーディア》』に、わざわざ挿絵を描かせたくらいでしたからね。祖父は、この二つの絵を、カステッロの山荘に運ばせ、あそこに飾って満喫していたのでしょう。だが、そのために、サヴォナローラに扇動された市民たちによってメディチ一門が追放されていた時代も、難をのがれることができたのです。

まったく、危ういところだった。狂信的な修道僧だったサヴォナローラは、フィレンツェに神の王国を建設しようとし、それを邪魔するものとして、非キリスト教的な主題のものは、絵画であれ書物であれ『虚栄の焼却』と名づけて焼き捨ててしまったからですよ。古代世界の女神たちを描いたこの二つの絵が、あの狂信の徒の眼にとまっていたら大変なことだった。これを描いたボッティチェッリ自身が、その頃ではサヴォナローラに心酔していて、自分自身の以前の作品を恥じていたということだから」

マルコは、黙って若者の言葉を聴いていた。だが、眼だけは、二つの絵にそそがれたままだ。

ヴェネツィアにだって、これ以上に大きな絵はある。元首官邸《パラッツォ・ドゥカーレ》の会議室はすべて、壁という壁は大壁画でおおわれていると言ってよい。それ以外にも、ベッリーニ兄弟やカルパッチョは、これ以上に大画面の絵を描いている。だが、それらヴェネツィアの画家たちの絵とこれとの間には、同時代の作品であるにもかかわらず、なにかしら根本的なちがいが存在した。

ボッティチェッリの作品には、優雅な美しさが支配している。しかし、その美しさは、静止して固まっていないで、動的なのだ。見る者に迫ってきて、包みこんでしまうような力さえ感ずる。最盛期に創作された芸術作品のみがもつことのできる、美と力の絶妙な調和。二つの絵には、それがあった。

マルコは、このように人生にはまれにしかめぐりあえない幸福を前にしては、いかなる言葉も無用であることを知っている。感想など、口にする気になれなかった。そのマルコの心中を察したかのように、ロレンツィーノもそれは求めてこない。客人を無言にしておくためとでもいうように、彼のほうが言葉をつづけた。

「フィレンツェの春《プリマヴェーラ》を映し出した作品だと、これを見た人はみな言います。ロレンツォ・イル・マニーフィコ時代の、もう半世紀も昔のことになってしまったが、あの幸福な時代の花のフィレンツェを映し出したものだと言うのです」

感想は述べなかったが、ふとマルコは、こんなことを口にした。

「三美神の真ん中で横顔を見せている女神は、一度だけ花の聖母教会《サンタ・マリア・デル・フィオーレ》のミサで見かけた、あなたの妹御にとてもよく似ている」

ロレンツィーノは、ほがらかな笑い声をあげた。

「わたしはずっとそう思ってきたが、あなたもそう思いますか」

そして、ふくみ笑いをしながら、つづけた。

「妹にもよく言うのです。生まれたときからこの絵のそばで育ってきたから、絵の中の女がのり移ったのだろう、って」

こういう話し方をするときのロレンツィーノは、若々しい素直さが正直に出てしまう。マルコもつられて、真のエリートならば必ずもっている軽妙さをとりもどしていた。だが、そのときになって、絵は二つとも、額ぶちでかこまれていないことに気がついたのである。それを言うと、メディチの若者は快活な口調で答えた。

「長年カステッロの山荘にあったこの絵を、わたしがフィレンツェに移させたのです。そのときに額ぶちが壊れてしまった。塗られてあった金色も古色をおびて品の良い美しいものだったが、なにしろつくられてから半世紀はたっているのです。移動のときの衝動に耐えられなかったのでしょう。

それでここに移してきてから新しく注文はしたのだが、できあがってくるまでの間にしても、額ぶちなしの絵というものは、身にまとうべき衣をまとっていないというのに似た不自然さがある。そうしたら妹が、代案を考えてくれたのです」

言われてみれば、『ヴィーナスの誕生』も『プリマヴェーラ』も、いかにも女の考えそうな〝額ぶち〟で飾られている。幅広の白地の薄絹を三十センチぐらいの間隔をおきながらつまんだ箇所ごとに、薄紫色の絹のリボンで結ぶ。それが額ぶちの代わりをしているのだ。

マルコは、ただちに、ヴェネツィアのシャンデリアを思い出した。

ヴェネツィアの裕福な家の天井からさがっている照明は、そのほとんどが、ムラーノの島で製造されているヴェネツィア特産のガラス製品だ。白や青色や薔薇色《ばらいろ》のガラスを通して、淡い光がそそがれるこの型のシャンデリアを、ヴェネツィアの人々はことのほか好む。

ところが、このヴェネツィアならではのシャンデリアを天井からつりさげるのに、金色に塗ってはあっても金属の鎖を用いたのでは、優雅さが死んでしまうのだ。

それで、薄地でも厚地でも絹の布のところどころをつまんでリボンで結び、その内側に鎖を通す方法が考え出された。ガラスでも相当な重量はあるシャンデリアを、実際につりさげるのは鎖なのだが、金属製の太い鎖の武骨さを隠すのに、絹を活用したのである。この式の装飾に慣れ親しんできたマルコには、ロレンツィーノの妹が考えたという〝額ぶち〟は、なつかしい想いさえ感じさせた。

メディチの若者は、妹のことを話題にするとき、ひどく優しい表情をする。

「ほんとうは、注文した金塗りの額ぶちはできあがっているのです。でも、この額ぶちのほうが感じがいいし、妹が考えてくれたものでもあるしというわけで、このままにしてあるのですよ」

妹を想う若者の気持ちの優しさと深さは、妹をもったことのないマルコにはとくに消しがたい印象を残した。うらやましいとさえ思う。

ようやくにして二つの傑作から客人の視線が離れたのを知ったロレンツィーノは、寝台のわきにおかれている小机のそばに立つ書見台の前に、マルコを連れて行った。

それは、机の上において使う型のものではなく、教会の祭壇のわきなどによく見かける、下に長い脚のついた立って読む型の書見台だ。個人の家で使う場合は、細密画で美しく飾られた大判の聖書がおかれていたりすることが多い。好みのページを開いて読み、終わればページは開いたままで、というふうに使うものだから、読書用具というよりも室内装飾の一つという感じの家具なのだ。

だが、ロレンツィーノの寝室にある書見台の上にページが開いたままのっていたのは、聖書ではなくてダンテの『神曲《デヴィーナ・コンメーディア》』だった。

それも、街中の書店で手にはいる、印刷本の『神曲《デヴィーナ・コンメーディア》』ではない。ゴシック文字で一字ずつていねいに筆写された詩文だけですでに充分に美しいのに、数ページごとに挿絵も入っている。銀筆で描かれたそれを示しながら、メディチの若者はマルコに説明した。

「これが、ダンテの詩文につけられた、ボッティチェッリの挿絵です」

ヴェネツィアの貴族は、ダンテ、ボッティチェッリという、いずれもフィレンツェ出身の芸術家の手になる美の極致を前にして、またもや息をのむしかなかったが、『神曲《デヴィーナ・コンメーディア》』の開かれたままのページに眼がとまったのだ。それは、浄罪篇《じようざい》第三章中のある箇所だった。

——わたしは、その男のほうに振り向いて、顔をじっと眺めた。

金髪で美男で、佇《たたず》まいの美しい男だった。だが、斬《き》りつけられでもしたのか、眉《まゆ》の間に裂傷の跡が残る。

わたしが、失礼だがお見かけしたことがないようです、と言うと、男は、

「それなら、これを見たまえ」

と言い、わたしに、胸に走る大きな傷跡を見せた。そして、微笑をたたえながら言った。

「わたしは、マンフレディ。皇后コスタンツァの孫にあたる。それであなたに頼みがあるのだが、あなたが地上にもどったときに、シチリアとアラゴン王家の誉《ほま》れを継ぐ、わたしの美しい娘に会いに行ってもらいたい。そして、娘に伝えてほしいのだ。巷間《こうかん》でいわれていることとはまったくちがう、ここであなたが眼にしたわたしの真の姿を」

マルコには、このページを開いたままにしている、ロレンツィーノの真意がはかりかねた。

このような書見台におかれてある書物の場合、気の向くままにページをくってはそのままで放置することが多いから、単なる偶然かもしれない。それとも、『神曲《デヴィーナ・コンメーディア》』の全編を通して最も美しいとされているこの箇所を、メディチの若者も他の人々と同じく、美しい詩文を愛する心で、折にふれて朗唱でもしているのか。

でなければ、神聖ローマ帝国皇帝フリードリッヒ二世の子に生まれ、父と同じくカトリック教会に敵対しつづけた末に、法王に破門されたまま戦場で散るしかなかった、二百年昔に生きたこの若い君主に共感するところでもあるのか。

マルコは問いただしてみたいと思ったが、なぜかためらわれた。それよりも、書見台のすぐわきの小机の上に広げられてあった、書物のページに眼が向いてしまったのだ。それは原語のギリシア語で印刷されたプルタルコス作の『列伝』だったが、開いたままになっているページは、アレクサンダー大王の篇でもなく、カエサルの篇でもなく、ブルータスについて述べた箇所だったのである。

ユリウス・カエサルが実際に暴君であったかどうかは別にして、その専制政治に敢然と立ち向かったのがブルータスということになっている。そのブルータスにも、メディチの若者は共感をいだいているのか。

『列伝』のわきにつみあげられている書物二冊は、ニコロ・マキアヴェッリの書いた『君主論《プリンチペ》』と『政略論《ディスコルシ》』だった。

この二冊は、表題を眼にしただけで、マルコには内容の察しがつく。公職を解かれてからのヴェローナの山荘での静かな日々を、もっぱらこの二冊を友にして過ごしてきたからである。四年前にはじめて印刷本として刊行されたという作品だが、著者はフィレンツェの人で、九年前に世を去っていた。

マルコがこの著者の作品を手にした動機は、マルコもこの著者も政務にたずさわった経験があり、またそれから追放されたということでも似ていたからだが、内容もなかなかの興味をもって読んだのである。そのどこに著者とは同郷のロレンツィーノが興味をもったのかは、たずねてみたい問題だった。

しかし、それよりもこの場所でマルコの頭を占領していたのは、もう少し別の問題であったのだ。

寝室というものは、そこに住む人の城である。そこで毎夜身体《からだ》を休める人の本心が、最もよくあらわれる場所でもある。

優美な『プリマヴェーラ』と『ヴィーナスの誕生』。ダンテの流麗な詩文とボッテイチェッリの繊細な挿絵。ブルータスの鬱屈《うつくつ》した情熱とマキアヴェッリの冷徹なリアリズム。これらのどれが、ロレンツィーノの本心なのか。それとも、これらすべてか。

開けたままにしてあった扉の向こうから聴こえた従僕の声が、マルコをわれにもどした。

「御主人様、ヴェットーリ様がお見えになりました」

それに、

「居間にお通しするよう」

と答えたロレンツィーノは、マルコを振りかえって言った。

「あらかじめお伝えしておくべきだったが、すっかり忘れていた。あなたに会ったということを、ある人に話したのです。そうしたら、ぜひとも会いたいと言う。それで、この後の夕食に招《よ》んであるのだが、御不快ではないでしょうな」

マルコは、若者に優しく微笑を返しながら、喜んで御一緒しよう、と答えた。

だが、心中は、言葉ほどではなかった。ダンドロの名が表面に出てしまう、予感がしたからである。

フィレンツェ魂《スピリト》

マルコは、その男と向かいあったとたんに直観したのだ。生国のちがいを越え、年齢の差を越え、この人物が自分とは同類の人間であることを直観したのである。

男は、フランチェスコ・ヴェットーリと名のった。歳《とし》の頃は、六十は越えたというところか。だが、すらりとした肉体は、若い頃のしなやかさは失っていても、静かな優雅さをたたえてまだ充分に男の魅力をただよわせている。

顔は、頬に深いしわが刻まれてフィレンツェ男特有の鋭角的な感じだが、それもこの年齢になると、頭髪に混じる白によってやわらげられて、きつい印象を与えなくなっていた。

そのうえ、眼がよかった。視線が静かなときと、少しばかりいたずらっぽく輝くときが交叉《こうさ》する。なんとなく、半ばは信用できるが、残りの半ばは、信用などしては危険だということを警告しているかのよう。

服装は、一見するだけならば無造作に見える。とりたてて高価なものを身につけているわけではない。服の選択に、時間をかけるタイプでもなさそうだ。だが、それでいて、実に彼に似あっている。何をしてもそのすべてが、収まるべきところに自然に収まってしまうという、まれなる幸運に恵まれた人物でもあるようだった。

マルコは、「ジェンティルウオーモ」という言葉を思い出していた。生れも育ちも良い男、身分の高い人、教養があり上品な人、という意味なのだが、フランチェスコ・ヴェットーリは、そのすべてを兼ねそなえていた。

しかし、マルコが、顔をあわせたとたんに自分と同類の人間だと直観したのは、ヴェットーリの外観が与える印象によるのではなく、もっと別の何かだった。そしてそれは、三人の間での話が進むにつれて、ますます強い確信に変わっていった。

ただ、この人物には一つだけ、ヴェネツィア人のマルコには絶対にまねのできない面があった。ヴェットーリの言葉の端々に、肉料理につきものの香味料という感じでただよう皮肉《アイロニー》な調子である。それが、やわらかく人を刺す。

衰退期に入った国のジェントルマンの典型を目前にする想《おも》いだったが、これも、批判精神の鋭さではイタリア一と定評のある、フィレンツェの男だからであろうか。

いずれにしても、その夜の言語による饗宴《シンポジオン》は、マルコにとって忘れがたい思い出として残ることになる。彼の祖国ヴェネツィアには、美しく着飾った美女の群れが泳ぎ、南はエジプト、北は北海からさえ運ばれてくる贅《ぜい》をつくした料理のあふれる饗宴は不足しなかった。だが、何を食べたのかを忘れてしまうほどの快感をもたらしてくれる言語の饗宴となると、まれにしか恵まれない幸運であったからである。

この家の主人のロレンツィーノも、前回よりは主人ぶりがよほど板についていた。マルコは二度目なのだし、ヴェネットーリとはよく知った間柄なのだろう。燃えさかる暖炉の前には、すでに三人分の椅子《いす》が用意されていた。

老僕が、食前の酒を運んでくる。グラスを手にしただけで、ロレンツィーノ自慢のイリスの香りのただよう葡萄酒《ぶどうしゅ》とわかった。

ヴェネットーリも、はじめてではないらしい。ひとくち口にふくんだ後で、マルコに向かってグラスをあげ、いたずらっぽい笑みを浮かべながら言う。

「共和制に乾杯！」

つられてマルコも笑ってしまったのは、イリスの花が、共和制時代のフィレンツェの紋章であったのを思い出したからだった。

笑ったのはマルコだけではない。ロレンツィーノもくすっと笑い声をたてたが、そのロレンツィーノに向かって、老紳士は、おだやかな皮肉をただよわせる口調を変えずに問いかける。

「まだ、マキアヴェッリへの熱中はつづいているのかな」

メディチ家の若者は、それにはまじめに答えた。

「もちろん、それどころか熱中の度合いは、ますます強くなるようです」

老紳士は、微笑であふれそうになった顔を若者に向けて言う。

「ロレンツィーノ殿、あのマキアヴェッリには気をつけることですな。彼の思想に影響された若者たちの多くが悲劇に終わったことを、忘れてはなりませんぞ」

だがここで、ヴェットーリはマルコのほうに顔を向け、言葉だけはメディチの若者に向かって言った。

「あなたとマキアヴェッリについて論ずるのは、わたしにとっても愉《たの》しい時間の過ごし方だが、ここにはヴェネツィアの方も同席しておられる。だから、このことについては次の機会にゆずるのではどうだろう」

ロレンツィーノが答える前に、マルコが口をはさんでいた。

「御遠慮なさることはありません。いや、そのことならばかえってお話をうかがいたいくらいです。なぜなら、この著者の作品ならばわたしも読んでいるからです」

これには、ヴェットーリのほうがひざをのり出してきた。

「それは奇遇だ。マキアヴェッリの著作は印刷されているのだから、誰に読まれても不思議はないのだが、あの男の打ち立てた思想は、良く言えば独創的、悪く言えば、独創的であるがゆえにわれわれの生きる時代の常識には反することが多い、という特質がある。まあ、あなたが読まれたのは、芝居でやって大成功した戯曲の『マンドラーゴラ』ではないかと思うが」

これにマルコは、年長の人に対する礼儀は忘れないながらも、少しばかりの抗議の想いもこめて、静かな口調ながらもはっきりと答えた。

「『マンドラーゴラ』もヴェネツィアで上演されたときに見ましたが、わたしの心をとらえたのは『君主論《プリンチペ》』と『政略論《ディスコルシ》』の二作です」

フィレンツェの老紳士の眼も顔も身体《からだ》も、もはや完全にマルコに向いていた。

「これはもう、大変な奇遇だ。共鳴者を、こともあろうにヴェネツィア共和国にもつとは。もしもニコロが知ったら、嬉しさで大笑いするにちがいない」

マキアヴェッリ

そして、ほとんど面白がっている口調で、マルコに向かって言った。

「あなたは、ダンドロ家の当主であると聞いた。ほかでもないダンドロの嫡流《ちゃくりゅう》となれば、政府の要職を務めるのは責務であること、ヴェネツィアでは人も知る常識でしょう。ダンドロ殿は、これまでにどのような政府機関を経験されたのかな」

マルコがどう答えるかにロレンツィーノまで注目しているのは、気配で察しがついた。

ついに完全に身元露見か、という想いが頭をかすめたが、マルコは、この二人には正直に言ってしまうほうがよいと判断する。ロレンツィーノはともかく、ヴェットーリという人物には、底の浅い嘘《うそ》は通用しそうもなかった。

「二十の歳に共和国国会《マジョール・コンシーリオ》に席を与えられ、三十にして元老院《セナート》の一員になり、そしてほとんど同時に『十人委員会《コンシーリオ・ディ・ディエチ》』に加わり、一年前までその職にありました」

「ほう、有名な『C・D・X（十人委員会）』の経験もおありか。それなら、ヴェネツィアの政治外交の中枢《ちゅうすう》におられたということになる。しかしヴェネツィアの『C・D・X』くらい、マキアヴェッリの思想を必要としないところもないのではありませんかな。現存国家のどこよりもマキアヴェリズムを実践しているのは、あの機関ですからね」

マルコは、微笑をたたえながら答える。

「無自覚に実践してきたことを自覚させられるのは、なかなかに有益な頭脳の刺激ではありますね」

これには、ヴェットーリも声をあげて笑った。

マルコは、ここで話の方向を変える。老紳士がマキアヴェッリのことをニコロと名で呼んだのが彼の好奇心をゆり起こしたのだ。年齢からいっても、ヴェットーリは、ニコロ・マキアヴェッリと同世代にちがいない。それで、あの政治思想家とは知った仲でもあるのかと、質問してみたのだった。老紳士は、ふと遠くを見る眼つきになって、語りはじめる。

「そう、ニコロとは、長いつきあいだった。フィレンツェにいればいたで、毎日のように共通の友人だったドナートの店に入りびたっていた仲だったし、わたしが大使でローマやフランスに駐在している間も、あきもせずによく手紙を書きあったものだった。

彼へのわたしの手紙は、いつも、ニコロ、わが親しき友《コンパーレ・ミオ》へ、という定句ではじまったが、このコンパーレという言葉には、親しいという意味に加えて、共犯者とか共謀者とかいう意味もある。手紙を書きあっている間に、わたしの心の中のニコロの像は、単に親しい仲の友ではなく、何かを密《ひそ》かに謀《はか》りつつある同志、という感じになっていたからです。

なにしろ、われわれ二人は、政治から女友だちにいたるまで、胸を開いて何もかも書きあっていたのですからね。

ニコロのほうも、同じ想いだったろうと思う。当時の彼は、フィレンツェ政府の筆頭秘書官と言ってもよい地位を解かれて失業中の身。反対にわたしのほうは大使だったのだから、彼からわたしへの手紙の書き出しは、公用の報告書でもあるかのように、偉大なる大使フランチェスコ・ヴェットーリ閣下へ、ではじまるのが常だった。といっても、それにつづく文面ときたら、同世代の悪友まる出しの開けっぴろげなものでしたよ。

だからこそ、単なる手紙の交換が対話になれたのだと思う。書きあう同士が、真に対等な立場に立って正直に想いをぶつけ合ってこそ、往復書簡も対話になれるのですからね。

だから、わたしは知っている。ダンドロ殿、あなたが関心をもって読まれたという『君主論』と『政略論』の二作が、どのような精神状態から生まれたものであるかを、すべて知っているのですよ。なにしろ、彼とわたしが三日にあげず手紙を書きあっていたと同じ時期に、『君主論』は完成し、『政略論』も大筋はまとめられたのです」

ここで、マルコは口をはさんだ。

「それならば、ヴェットーリ殿は、ニコロ・マキアヴェッリの思想に賛同されていたのですか。ヴェネツィアで耳にしたところでは、同時代のフィレンツェの有力者たちは、彼の考えを、理想主義的、机上の空論、非現実的と評して、笑いとばしていたということですが」

「たしかに、そう評する政府関係者は多かった。しかし、全員がそうであったのではない。いや、フィレンツェの将来を心配していた人ならば、笑いとばすなどということは絶対にできなかったはずです。わたしも、そしてニコロにとってはもう一人の親しい友であったフランチェスコ・グィッチャルディーニも、ニコロの作品によって、

レオナルド・ダ・ヴィンチ

強く刺激を受けたのですからね。しかし、ニコロが作品を通じて執拗《しつよう》に訴えた提言を実際の政治のうえでも採《と》り入れたかといわれれば、それに対する答えは、否《いな》、です」

マルコは、もう完全に行きずりの客の態度を捨てていた。

「なぜですか。ヴェットーリ殿とグイッチャルディーニ殿の御二人は、共和政時代のフィレンツェの政情に強大な影響力をふるわれた方と聴いています。その御二人が、しかもマキアヴェッリとは個人的にも親しかった御二人が、マキアヴェッリの思想を実際の政治に活用しようとなされなかったのは、どういう理由によるのですか」

老紳士は、自分の息子ほども歳のちがうヴェネツィアの貴族の素直な問いかけに、気分を害されたようでもなかった。上品な美しい顔をひとはけの陽気な皮肉で彩《いろど》りながら、ゆっくりとした口調で話を再開する。

「ダンドロ殿は、レオナルド・ダ・ヴィンチの鳥人の実験について、噂《うわさ》にしても耳にされたことがありますかな」

「いえ、鳥人のことについては知りません。だが、レオナルド・ダ・ヴィンチならば、ここフィレンツェの政庁《パラッツオ・ヴエッキオ》の五百人会議場の大壁面に残っている、素描を見て息をのんだことがあります。中途で放棄してしまったという話ですが、今残っている一部を見ただけでも、もしも完成していたらさぞかしすばらしい傑作になっていたであろうと、実に残念な気分になりますね。神業《かみわざ》としか思えない、見事な絵を描く画家であったと同時に、あらゆる事柄に興味をもっていた人物だったとも聴いています。ヴェネツィアにも、外敵侵入を防ぐための土木工事を提言したときの、設計図が残っていますが」

「そう、レオナルドは万能の天才といわれ、彼の関心は多くの分野にわたっていたことでも有名な人物だったが、その一つに、人間が空を飛ぶための機械があったのです。フィレンツェでは、考えのあまりものとっぴさに、その機械は、鳥人、と呼ばれていたのですよ。

だが、彼があれをこの近くの丘で実験していた当時から数えれば半世紀がたっている今、いまだにわれわれ人間は空を飛んでいません。つまり、レオナルドの考えは、実現しなかったということです。

なぜ、実現しなかったのか。それは、彼が、人間の肉体の力と大気の浮力の双方を利用して飛ぼうと考えたからですよ。それが無理とわかったとき、レオナルドは、空を飛ぶという考えを放棄せざるをえなかった。

しかし、もしも飛ぶためには欠かせない動力を、人間の筋力に代わる何か別のものに見出《みいだ》したとしたらどうでしょう。人間が肉体的に苦労しなくてもすむ何か、です。だが、レオナルドでさえも見出すことができなかったあの時代には無理だった。しかし、いつの日か、誰かが発明するでしょう。レオナルドの考え自体は誤ってはいないのですからね。

つまり、レオナルドは、自分に敗れたのではない。敗れたとすれば、彼が生きた時代に敗れたにすぎない。

とは言っても、レオナルドはやはり普通の出来の人間ではない。病気でもないのに死んだ老人は、普通人ならば、神に召《め》されたのだと思う時代に生きていながら、彼だけは、何が原因で死んだかを知りたい一心で解剖までやったのだから、普通の出来の人間ではなかった。そのうえ絵を描《か》かせれば、他の画家たちが手も出せないほどの、最高の傑作をモノしてしまう。

しかし、普通ではない人間でも受け入れる空気があったからこそ、ルネサンスはフィレンツェで生れたのだ、と言えるのではないだろうか。

マキアヴェッリの思想だって同じだ。彼の視点とそれによってうち立てた彼の思想も、誤ってはいない。ただ、それを実行に移すに必要な『動力』が、彼が生きた時代のフィレンツェには、なかったというだけです。

わたしもグィッチャルディーニも、政治家なのだ。政治は、可能性の技能《アルテ》です。政治家には、可能性が想定できないかぎり、国家を空中に放り出すなどということは許されない。

これが、ニコロを心からの友と思い、ニコロのうち立てた思想を他の誰よりも理解していながら、わたしとグィッチャルディーニが、ニコロの思想の政策化を拒否した理由なのです。

ヴェネツィアの『十人委員会』の秘書官に、ニコロはなれないでしょう。なぜなら、あなたの国ヴェネツィアは、すでに、マキアヴェッリなくしてマキアヴェッリズムを実践しているからです」

マルコは、黙ってしまった。ヴェットーリはつづける。

「しかし、レオナルドの前に立ちはだかった動力の問題も、いつか誰かが解決の道を見出すにちがいない。それと同じに、マキアヴェッリの思想も、実践するに必要な状況とそれをするには不可欠な権力を誰かが手にするでしょう。そのときはじめて、ニコロの考えの正当性が実証されるのです。二人ともが、普通ではない人、ということでは共通しているのだから。

そして、レオナルドもマキアヴェッリも、生前から、心ある人々を感銘させずにはおかなかった。あなたのように他国の人ですら、ニコロの著作を読んで刺激を受けたと言われる。それは、彼ら二人の考えたことが、生国であるフィレンツェを越えて、他国にまで広がる普遍性をもっていたからですよ。つまり、ルネサンス精神の母胎になった、フィレンツェ魂《スピリト》の産物だからなのです。

古《いにしえ》の格言にもありましたよね。人は死んでもその人の考えたことは残る。そして、その考えを理解し実行に移せる人も、いつかは現われる、と」

マルコは、ここフィレンツェの街にあふれる美しい建造物や芸術作品とはちがう、だがフィレンツェ魂《スピリト》の所産ということならば同じ「作品《オペラ》」に、はじめて眼が開かれた想いになっていた。

だが、ヴェットーリのほうは、対話が高尚になったのに都会人らしい恥じらいを感じたのか、軽い口調に転じて話を再開する。

「とはいっても、ニコロの視線は遠くにばかりそそがれていたわけではない。あなたも読まれたと思うが、なかなかに現実的な提言もしている。

そのうちの最たるものは、陰謀についての考察でしょうな」

マルコは深くうなずいただけだったが、勢いこんで対話に加わってきたのはロレンツィーノのほうである。

「まったく、あの部分は見事ですね。あれほども鋭く深い考察を展開できるのは、人間の本質を実によく見ていたという証拠と思います」

破顔一笑した老紳士は、ゆったりと言葉を継いだ。

「それでは、今夜の饗宴《シンポジオン》の後半は、陰謀の解剖学について論じあうとしますかな」

陰謀の解剖学《アナトミア》

六十代と三十代と二十代の三人の男が、一堂に会すのは珍しくはない。だが、こうもはっきりと世代のちがう男三人が、同程度の情熱を傾けて一つの主題を論じあうのは、日頃冷静なマルコでさえも静かな興奮で包まずにはおかなかった。

若いロレンツィーノにいたっては、興奮は顔にはっきりとあらわれている。暖炉のふちに左手をあずけて立ついつもの姿勢は忘れてしまったらしく、両手を前に組む姿で部屋の中央に立ち、ヴェットーリとマルコに、代わる代わる視線を走らせていた。マルコも、食後の酒を満たしたグラスは手にしていたが、坐《すわ》ってなどいられない想《おも》いは同じだ。暖炉のそばに寄せた椅子《いす》に身体《からだ》を沈めているヴェットーリから、五、六歩離れたところに立っている。

フィレンツェの老紳士は、手にもつグラスを暖炉の火に透かすようにしながら、おだやかな口調で話の口火を切った。

「陰謀について論じあうに際して、あらかじめルールを決めておきたいがどうかな。陰謀の善悪については論じない、ということなのだが」

マルコは、間髪を入れずに答える。

「けっこうでしょう。われわれも、ニコロ・マキアヴェッリ式でいく、というわけですね」

ロレンツィーノも、このルールには賛成らしかった。

「要するに、有効かそうでないかだけに、論議の的をしぼるということでしょう。その方がずっと刺激的だが、古代のギリシア人とはちがいますね」

マルコも笑ったが、老貴族もにこやかに笑いながら言う。

「あれからは二千年が過ぎている。饗宴《シンポジオン》も少しは様変わりしなくては、進歩するということになっている人類に申しわけない」

そしてつづけた。

「もう一つ限定したいことがある。それは、陰謀には国家に対するものと君主、つまり支配者に対するものがあるが、この席では、論議は後者にかぎりたいのだ。なにしろカインとアベルの昔から存在した現象について話しあうのだから、論議の的はできるかぎりしぼったほうがよい。そうでないと、『十日物語《デカメロン》』になってしまう」

マルコもロレンツィーノも、ほとんど同時にうなずいて賛意を表した。それをたしかめてから、ヴェットーリは、マルコに向けて口を切った。

「ダンドロ殿、あなたの国ヴェネツィアでも、元首《ドージェ》に対する陰謀の例はありましたよね」

「二百年以上も昔には二例ほどあったが、その後は、絶えてありません。わが国の元首は、権威はあっても権力となると、『C・D・X（十人委員会）』を構成する十七人の一人でしかないのです」

「これなのですよ、ロレンツィーノ殿、支配者に対する陰謀が起こるか起こらないかの原因は。その人物を倒せば政治の方向が変わると思えるからこそ、陰謀とか暗殺とかを考える人々が出てくるのです。

ヴェネツィア共和国のように、権力をもつ機関はあっても権力をもつ個人は存在しない共同体では、支配者を対象とする陰謀はやっても無駄だ。国政の方向を変えたいと思う者がいるとすれば、『C・D・X』の委員全員を殺さなければ目的は達せない。

いや、『C・D・X』の十七人を殺してみてもはじまらない。一人だけ終身制の元首をのぞいて、他の委員は一年が任期なのだから。もしも国政の方向転換に完璧《かんぺき》を期したいならば、『C・D・X』の委員が選出される母体の元老院《セナート》の、二百人の議員全員を殺さなければならない。それどころか、共和国国会を構成する二千人の議員全員を殺しでもしないかぎり、完璧に目的を達することにならないというのがヴェネツィアの共和制のしくみだ。

なぜなら、一家門に一人、しかも三十歳以上というのが元老院議員になる資格だが、それを現にもっていたり、いつかはもつ人々は、共和国国会にはウヨウヨしている。言ってみれば、元老院予備軍が、共和国国会なのだから。

そのヴェネツィア共和国で支配者を対象とする陰謀がごくまれにしか起きなかったのも、当然という以上に当然だ。君主に対する陰謀は、一人物に全権力が集中している型の共同体でないと起こらない、ということになる」

口をはさんだのは、ロレンツィーノだった。

「そうならば、ヴェネツィアとはまるで反対の政体をもったフィレンツェは、陰謀の温床ということになりますね」

老紳士は、メディチ家の若者のほうに顔を向ける。

「われわれフィレンツェ人にとっては、残念にもそういうことになる。フィレンツェが共和国であった時代も、共和制は建前だけで、メディチ家のコシモやロレンツォ・イル・マニーフィコが権力を一手にしていたから、実体は僭主制《シニヨリーア》であったからだ」

ロレンツィーノは、再び迫った。

「それが今では、建前でも実質でも君主制です。ヴェットーリ殿は、現在のフィレンツェでも、君主に対する陰謀は起こりうるとお考えですか？」

老紳士は、にやりと笑った。

「理論的には、充分に起こりうる。しかし、ここで君主自身が民衆からはどう思われているかが問題になってくる。なぜなら、一人物に全権力が集中している国家ならば、どこでも君主に対する陰謀が起こらなければならないはずなのに、実際は起こる国と起こらない国に分れる」

口をはさんだのは、今度はマルコだった。

「ニコロ・マキアヴェッリは『政略論』の中で、民衆の支持をうけている支配者に対する陰謀は、目的に達する過程で困難をともなうし、たとえ達せられたとしても民衆の支持は得られないから、やるだけでも無駄だと書いています」

三人とも、口には出さなかったが、フィレンツェの現公爵《こうしやく》アレッサンドロが頭に浮かんだのは明らかだった。以後の論議が、民衆の支持もなく英邁《えいまい》でもないのに支配者に納まっている、アレッサンドロを頭におきながらなされるのも自然の勢いというものだろう。だがこれは、他国の人間ではあっても知識欲旺盛《おうせい》なマルコにとっては、一段と刺激的な展開が期待されるのだった。

老貴族は、自分にそそがれる二人の若者の視線を愉《たの》しむかのように沈黙していたが、しばらくして口を開いた。

「君主に向けられた陰謀の場合、原因となるものが何であったかの分析が必要になってくる。おそらくどの場合でも原因は一つではすまないだろうが、その中でも群をぬいて重要なものが一つある。それは、憎悪《ぞうお》だ。そして、憎悪は復讐《ふくしゅう》の温床になる」

ロレンツィーノはうなずいただけだったが、口をはさんだのはマルコだ。

「しかし、ヴェットーリ殿、何ごとかを為《な》そうとする者には、誰からも憎まれないですむなどということは不可能ですが」

「まったく、あなたの言われるとおりですよ、ダンドロ殿。何かを為そうとする場合、それが善であろうと誰かを敵にまわさないではすまないのが人間世界の現実だ。

しかし、誰かが憎悪の炎を燃やそうと、一般大衆の支持を得ている君主が相手では、よほどの馬鹿者《ばかもの》でもないかぎり、復讐を実行に移す者はいないだろう。君主は殺せても、民衆からの復讐をのがれるのは至難の業《わざ》ですからね」

これには、マルコならずともうなずくしかない。老貴族はつづける。

「それで、君主はなぜ憎悪の的にされるのか、だが、ニコロは、その原因を三つに分けて書いている」

ニコロ・マキアヴェッリの『君主論』も『政略論』も読んでいるマルコとロレンツィーノには、親友の仲であったというヴェットーリの口を借りて、九年前に死んだマキアヴェッリ自身が語っているかのような錯覚をおぼえた。

「ニコロは、君主への憎悪は、肉体か財産か名誉のいずれかが傷つけられた場合に生まれる、と言っている。

とくに肉体の場合は、実際に傷つけられるというよりも、傷つけられるかもしれないという怖《おそ》れを感じた者は、それをされない前に反撃に出るから、危険なわけだ。

また、財産を奪われたぐらいで君主殺害など実行するものかと思いそうだが、これもそうそう馬鹿にしたものではない。名誉も同様だ。ニコロは、いくら根こそぎ財産を奪ったところで復讐に使う短刀まで奪うわけにはいかないのだし、名誉をすっかり失墜させてしまったところで、復讐の炎まで消し去ることはできないのだから、君主たるもの、殺されたくなければこのような事態にはならないよう注意すべき、と書いている」

ここで、一、二歩踏み出したロレンツィーノが、せきこんだ口調で言った。

「君主暗殺には、しかし、このような個人的な感情ではない、思想的な理由もあると思うのです。

それは、君主の圧政下にあえいでいる祖国に、再び自由をとりもどさせてやりたいという、熱情から発している場合です。カエサルに刃《やいば》を向けた、ブルータスの心境だ」

老紳士は、若者の情熱に水をかけるのは年長者に許された特権とでもいうふうに、おだやかな皮肉の漂う笑みを浮かべながら答える。

「ブルータスの動機は、きみの考えるとおりとしておこう。だが、民衆の支持を得ていたカエサル暗殺の結果は、ブルータスとその一派の死で終わったことも忘れるわけにはいかない」

マルコも、老紳士と同じように考えていたのだ。それで、論議を先に進めるために口をはさんだ。

「マキアヴェッリも書いていることですが、陰謀は、計画し、実行し、成就《じょうじゅ》するという、一連の経過を経て進みますね。彼は、その経過《プロセス》を通じて、危険がつきまとうと言っています」

老紳士は、ただちに応じた。

「その問題に移る前に、陰謀というものが、一人で為される場合と、協力者がいる場合とで分けて考える必要がある。なぜなら、陰謀とは言えないかもしれない単独行の場合は、第一段階での危険は犯さなくてもすむからだ。実行に移さないかぎり、秘密は保《たも》たれるのだから。

この場合に必要なのは、一人の人間の胸中に君主を殺そうという固い決意が生まれるということだけだ。そして、誰しも君主に近づく機会にはいつかは恵まれるのだから、その機をのがさずに実行すれば、第二段階までは容易に到達できる」

ロレンツィーノが、独り言のように言うのが聞こえた。

「そうですね。誰だって、自分もともに死ぬ覚悟ならば、護衛にかこまれている君主だって殺せるはずだ」

マルコは、メディチ家の若者のほうを向いて、静かに言った。

「理論的にならば、単独行が最も効率が高いのは当然だ。しかし、人間、自分も死んでもかまわないとまでは、なかなか思えないものですよ」

老紳士の顔にも、微笑が浮かぶ。

「そう。だから、人間の心理からしてよほど考えやすい、数人が共謀してたくらむ陰謀に話を移そうではないか。なぜなら、これだと第一段階から危険をともなわないではすまないが、第二、第三の段階での危険は、やり方次第で減少も可能だ」

マルコが、その後をつづける。

「歴史の示すところでは、すべての陰謀は、君主と身近に接する機会に恵まれている人々によって起こされていますね」

老紳士は、マルコが投げた球を、ただちに返してきた。

「それは、その人々のほうが、君主から傷つけられることが多いからでもある。身近にいるだけに、利害がぶつかるとすれば、より直接にぶつかるからだろう。また下層階級の者ならばあきらめもするところも、上流に属す者にとっては耐えがたい屈辱と感じられやすい」

ロレンツィーノが、なぜか楽しそうな口調で口をはさんだ。

「まったく、暗殺を怖れる君主ほど、外出の際には大勢の護衛兵にかこまれ、宮殿にいればいたで、忠実な召使でもなければ近づけないよう注意しているが、実際に必要なのは、位の高い身内への注意というのだから皮肉な話だ。しかし、これは意外と盲点ですね。そこまでの配慮を忘れない君主は、まれなる存在というのが現実なのだから」

老紳士は、話すロレンツィーノにじっと視線をそそいでいたが、若者が話し終わるや静かに言った。

「死して安らかに眠る君主は少なく、傷つき血をしたたらして冥府《めいふ》に向かわざる王者はなし。

人の憎悪を買いたくなければ、支配者になどならねばよい。すべての人に細心の注意を払って接するなど不可能というならば、誰かを信頼するのも人間的だろう。その結果として殺されることになっても、要は、運がよかったか悪かったかの問題ではないかと思う。

それにもう一つの問題は、君主が殺されて、トクをする人間が多いか少ないか、にあるのではないかな」

メディチ家の若者は、フィレンツェ政界の大立者の一人と噂《うわさ》されている、老紳士に正面から向かって言った。

「ヴェットーリ殿、君主の死によってトクをする人の数が多ければ、陰謀でも正当化されると言われるのですか」

老紳士は、あいかわらずのおだやかな口調を変えずに答える。

「ロレンツィーノ殿、この饗宴《シンポジオン》のはじめに、わたしは、陰謀の倫理や道徳の面については話すのはやめようと提案し、あなた方二人とも承知したはずだが」

メディチ家の若者は、ただちに無礼を悟ったようだった。

「失礼をしました、ヴェットーリ殿。話の展開が面白かったものだから、つい……」

マルコが、この場を救った。

「陰謀の第一と第二の段階で最も注意しなくてはならないのは、秘密もれを防ぐ、という一事でしょうね」

メディチ家の若者をたしなめただけであったヴェットーリは、すぐに話にのってきた。

「そう。それを防ぐには方策はあまりない。計画は実行直前まで伏せておくか、捕われて拷問《ごうもん》にかけられても絶対に口を割らない、豪気な人物を協力者にもつことぐらいしかない。

だからこそ、複数の人間による陰謀の実行はむずかしいのです。それに加えて、大事決行を目前にして不安に襲われるのが人間の常でもあるから、陰謀者はえてして、計画変更という誤りを犯しがちだ。計画の変更によってますます不安をつのらせた協力者の誰かから、陰謀の計画がもれてしまう場合がすこぶる多いときている」

「まったく、どのようなことが原因でも気分の動揺は失敗の主因ですね。

そのために、暗殺には成功していながら、第三段階である成就のところで、つまずかないでもよいのにつまずいてしまう場合が多い」

「人間がそれだけ、完全に悪人であることもできなく、完全に善人であることもできないからだろう。頭で考えていたことを忠実に実行に移すのは、言うは易《やす》し、なのだが」

饗宴《シンポジオン》は、ロレンツィーノをのけ者にしたわけではなかったが、なぜということもなく、ヴェットーリとマルコの間で進んでいった。メディチの若者が、黙りこんでしまったからだ。だが、ロレンツィーノの沈黙は、その場の空気を気まずいものにしたわけではなかった。口こそはさまなくなったが、メディチの若者の視線は、熱っぽく二人にそそがれていたからである。その彼の眼が光ったのは、ヴェットーリとマルコの話題が、暗殺の手段におよんだときだった。

毒薬か剣か、が論議の的にされたのだが、老紳士は、それにはっきりとこう言った。

「わたしは、毒よりも剣のほうが成功の確率は高いと思う。歴史もそれを示してくれている。毒薬は、それを飲ませるのに成功したとしても、必ずしも死ぬとはかぎらない例が多すぎる」

そして、次のようにつづけた。

「とはいえ、陰謀というものが危険きわまりない冒険であることでは変わりはない。だからこそ、陰謀をたくらむ者は大勢いるが、予想したとおりの結果を得る者はきわめて少ないのだ。

それゆえに、陰謀の対象にされやすい君主に忠告するとすれば、身近に接する側近の誰一人といえども、どのような理由によろうと絶望的な状態にだけは追いやってはならない、ということだろう。絶望した者は、容易に過激化する」

だが、メディチ家の若者は、ヴェットーリの言葉をもはや聴いてはいなかった。

壁の中の道

メディチ宮と、そのすぐ右隣に軒を接して建つロレンツィーノの屋敷との間に、秘密の通路が通っているとわかったのはつい一年前のことであった。一メートル以上はある分厚い石の壁の中を通るそれは、おそらくメディチ宮が建てられた七、八十年も昔につくられたにちがいない。だが、メディチ一門がフィレンツェを追放されていた二十年の間、誰からも忘れられ、メディチ家が再びフィレンツェに復帰した後も世代が代わっていて、思い出す者もいなかったのだろう。居間の壁の修理中に、職人が偶然に発見したのである。

そのことを伝えにきた職人頭《しよくにんがしら》に、ロレンツィーノは過分の金《かね》を与え、壁の中の通路のことは誰にも言うなと命じた。長年放置されていたために蜘蛛《くも》の巣だらけになっている狭い通路の掃除も、職人頭が一人でやった。

だが、その職人頭も、方向からして通路は隣接しているメディチ宮に通じていると はわかっていたろうが、メディチ宮の中のどの部屋に通じているのかまでは知らなかった。ロレンツィーノが、通路の行きどまりに立ちふさがった扉を開けることまでは、許さなかったからである。職人頭も、そこまでの好奇心はもちあわせていなかったし、なによりも、そんな怖《おそ》ろしいことにかかずらう気は少しもなかった。

扉を開けたのは、ロレンツィーノだ。秘密の通路は、メディチ宮の二階にある、歴代の当主の寝室に通じていた。

ロレンツィーノは、現在のその部屋の主《あるじ》の公爵《こうしゃく》アレッサンドロには、しばらくの間このことは秘密にしておいた。だが、あるときから知らせたのだ。

それは、アレッサンドロの女狂いが嵩《こう》じて、相手の女たちの身分が高くなったために、密会の場所確保がますます困難になったからである。

はじめのうちはメディチ宮に女を引きこんでいたが、これも目立たないではすまなくなる。そのうちに、公爵自身が妃《きさき》をもつ身になった。しかも、公爵夫人の父親は、ヨーロッパきっての強力な君主カルロス。浮気が知れては都合の悪い舅《しゅうと》だった。

その頃のロレンツィーノは、従兄弟《いとこ》の仲の公爵アレッサンドロに気に入られるのならば、なんでもする気持ちでいたのである。古代ローマの彫刻破壊という不祥事によってローマから追放された彼には、法王庁の役職でもまわしてもらって安楽にローマでくらす道も封じられている。かつてはメディチ本家に金《かね》を融通するほど豊かだった財産も、二十年間におよんだ転々と住まいを移す追放生活中にその大半は失われていた。先祖の収集した美術品を売ってはとすすめる人もいたが、そのようなことはロレンツィーノの誇りが許さなかった。

従兄弟の公爵の側近を務めるのは、その頃のロレンツィーノにしてみれば、体面を傷つけないでいて実益も得られる選択に思えたのだ。分家とはいえ同じメディチ家同士である。他人の宮廷で職を得るのとはちがった。

しかし、はじめてみれば、側近とはいっても内実は、若者の予想を完全に裏切るものになる。何でもする気持ちはあったにしても、そしてそれを公爵にも明言したとはいえ、アレッサンドロがただ一つのことだけを彼にさせるとまでは思ってもみなかった。女衒《ぜげん》、つまり女を仲介すること、それがロレンツィーノの〝仕事〟になる。

だが、その頃のロレンツィーノは、二十歳になったかならないかの年頃の若者であったのだ。倫理道徳に反するとして、嫌々ながら務めていたわけでもない。かえって、面白がっていた面もある。四歳年上の公爵とロレンツィーノの間には、一種の共犯関係さえ生まれていた。

ロレンツィーノの女友だちを、公爵にまわしたこともある。公爵が飽きてしまった女をロレンツィーノが引きうけることによって、女の怒りを忘れさせるのに成功したこともあった。

密会の場所は、ロレンツィーノの屋敷の一室になった。その部屋はもともとロレンツィーノの寝室であったのだが、このために彼は、自分の寝室を三部屋へだたった別室に移したのだ。秘密の通路が口を開けているのはその部屋だけなので、公爵の密会に使うとなれば、屋敷の主の寝室のほうを移すしかなかった。

秘密の通路は、このような密会を目的としてつくられたわけではないにちがいない。敵に襲われでもしたときに、この通路を通って同じ一族の住む隣家に移り、そこの出入り口から外に逃げる場合を考えてつくられたのだろう。実際、庭伝いよりも互いの居室に直接通じさせたつくりは、人眼につかないという点では格段に有利だった。

イタリアの街中の邸宅は、一階は人の住まうようにはできていない。事務所か倉庫か馬をつなぐ、現代で言えばガレージだが、そのような目的のために使われる。だから、そもそも一階とは呼ばない。「地上階《ピアノ・テツラ》」と呼ぶ。一階は、日本流に呼ぶ二階からはじまる。宮殿《パラッツオ》とまではいかなくても、ある水準以上の屋敷ならば、この一階《プリモ・ピアノ》が屋敷の「顔」になる。サロンも食堂も、天井も高く広い部屋のつづくこの階に集中していた。

二階《セコンド・ピアノ》は普通、主人一家の居室に使われている。住み心地を重視して、天井も低目に、部屋の広さも押さえたつくりになっている。

そして、その上のさらに天井が低いつくりの階は、使用人たちの部屋にあてられるのが普通だ。また、火災の危険も考慮して、調理場も最上階におかれる。大邸宅では、最上階の調理場から階下の食堂へ料理をより早く運べるように、壁をくりぬいた中を昇り降りできる、手動式の小さな〝エレベーター〟さえあるくらいだった。

そのようなわけで、召使さえ遠ざけてしまえば、その階下の一室で何が起ころうと、秘密は意外と守られるのだ。

ロレンツィーノの屋敷には、裏口を出れば人の往来の激しい聖《サン》ガッロの通りに抜けられたから、女たちはこの入り口からそっと入り、同じ口からそっと出れば、人眼にふれる危険も少ない。メディチ分家の一人の家の裏口だ。メディチ宮のように、四六時中衛兵が立っていることもなかった。

裏階段を昇ってきた女が部屋に入れば、壁の中の通路を通ってロレンツィーノが公爵を呼びに行く。待ちかねていた公爵は、ほとんど服のボタンをはずしかねない感じで、再び自分の家へと通路をたどるロレンツィーノの後を追うのだった。

その後に何が起ころうと、ロレンツィーノの知ったことではなかった。情事が終われば、頭巾《ずきん》を深くかぶった女は裏階段を降り、裏の出口から姿を消す。それを見送った公爵が呼べば、二人うちそろってメディチ宮にもどることも多かった。ロレンツィーノの〝仕事〟は、女を見つくろい部屋を提供することの他に、その女たちがどう反応したかを逐一語る、長々しい公爵の打ち明け話を聴くこともふくまれていたのである。

だが、それだけは、いつまでたってもロレンツィーノには慣れることができなかった。まして、面白がることなどとてもできなかった。ロレンツィーノは、公爵とは女を分かちあっても、自分とのときは女たちがどう反応したかまでは、公爵に話す気になれなかった。幸いにして公爵アレッサンドロは、彼自身の体験さえ話していれば満足したから、ロレンツィーノは聴き役にまわるだけでよかったのである。

その夜も、メディチ宮の二階にある公爵の寝室では、壁の中の秘密の通路をもどってきたばかりの公爵アレッサンドロが、今夜の成果を語るという慣例の儀式が、ロレンツィーノ一人を前にして終わったばかりだった。だが、その夜は、公爵は従兄弟を、すぐには解放してくれなかった。公爵の黒い両眼が意地悪く光るのに悪い予感がしたが、それは不幸にして当ったのだ。

「これほど何度も頼んでいるのに、おまえはまだ、わたしの心をくんではくれないようだな」

「なんのことでしょうか、公爵」

「言わなくてもわかっているはずではないか」

「あの女が欲しい、この女と寝てみたい、と言われるたびに、公爵の御満足がいくようはからったつもりです」

「それはしてくれたよ。だが、わたしが、三カ月前から毎日のように頼んでいることだけはいっこうにしてくれない」

「…………」

「つい昨日も、街中で偶然に会ったのだ。珍しく馬に乗っていたのでどこへ行くのかと聞いたら、トレッビオの山荘にマリア・サルヴィアーティをたずねるところだと言った。

まったく、春風のようだよ、あの女は。あれがおれの下ですすり泣く様《さま》は、想像するだけでもキンタマがおっ立つね」

ロレンツィーノは、耳に栓をしたい想《おも》いだった。声が荒らぐのも、制御できなくなっていた。

「今のあなたの御立場ならば、どのように高貴な出の婦人でも意のままです。なにもあんな小娘にまで、手を広げることはない」

公爵は、意地悪な眼つきにずるい光もつけ加えながら、声だけはおとなしく言う。

「小娘といったって、処女というわけではないのは誰だって知っている」

「現在は尼僧院《にそういん》に入っている身です」

「尼僧院だって、なにも一生いるつもりはないだろう。あの美形だ。早晩、再婚の相手は見つかるさ」

ロレンツィーノは、早く話を打ちきりたかった。

「あなたは立派な妻帯者だ。同門の女とことを起こしたのが公爵夫人に知れたら、舅殿も良い気分がしないでしょう」

「おれの立場になれば、結婚は政治だ。フィレンツェがこれ以後も存続できるために、おれが犠牲になったようなものだ。少しは同情してくれてもよいと思うがね」

無言のままのロレンツィーノに、公爵アレッサンドロは、たたみかけるように言った。

「ロレンツィーノ、おまえの真意はわかってるさ。おまえの妹は、再婚するまでキズつかずでいてほしいと願っていることくらいはわかっている。

なに、いつまでも、と言っているんじゃない。一度だけでよいからと、頼んでいる誰にも知られないうちに、また包みかえしてお返しするってわけだが、どうだね」

沈黙を重苦しいと感じたのは、ロレンツィーノのほうだった。アレッサンドロは、それまでもガブ飲みしていた葡萄酒《ぶどうしゅ》をまたも杯についで、豪華な垂れ幕のさがる寝台の上に、だらしないかっこうで身を横たえる。だが、眼だけは、寝台から少し離れたところに立つロレンツィーノから離さなかった。

決心したという感じで、ようやくロレンツィーノが口を切った。

「公爵、夜もだいぶ更《ふ》けました。明日は、公爵夫人がナポリからもどられる日です。朝からなにかと忙しい日になるだろうから、わたしもこれで失礼しましょう」

にぶい音がしたのは、公爵が、手にしていた銀製の杯を中の酒もろとも投げつけた音だった。紅《くれない》の酒が、白いどんすの垂れ幕を、まるで血がとび散ったかのように華やかに汚した。

アレッサンドロの眼は、怒りで暗く光っている。思わず身体《からだ》を固くしたロレンツィーノに、野獣の咆哮《ほうこう》のような声が襲ってきた。

「おまえは、おれを馬鹿《ばか》にしている。素性のしれない母親をもったと、馬鹿にしているんだ。おまえだけじゃない。コシモも誰もかも、フィレンツェの上流階級に顔を並べる奴《やつ》らは、みんなしてこのおれを馬鹿にしているんだ。

おまえが見つくろってくるあの女たちだって、公《おおやけ》の場ではおれに頭をさげるが、心底ではおれを軽蔑《けいべつ》していることくらいはわかっている。その証拠に、密会の相手がおまえとばかり思っていたのが、部屋に顔を出したのがおれとわかって、たいがいの女がはじめは逃げ出そうとするじゃないか。

だが、逃げ出すなどという無礼は、フィレンツェ公爵のおれ相手ではやるには勇気がいる。そして、しばらくすれば、眼をつむる想いで身をまかせた女も、胸のうちよりも尻《しり》のほうが先に動き出すってわけだ。そして、二度目からは、相手がおれとわかっていて忍んでくる。だが、それも二度三度と重なると、こっちのほうが飽きてしまっておまえに後始末をまかせるというのに、今までも例外はあったかね。亜麻色の豊かな髪に上品な顔立ちのすらりとしたフィレンツェ名門の女だって、ねじ伏せられればローマの娼婦《しょうふ》と変わらない。正妻の子女が笑わせるぜ。正妻の子弟を鼻にかけていやがるおまえらだって、変わるもんか。おれは、おまえのひきしまった頬と細く通った鼻すじを、めちゃめちゃにしてやりたいといつも思っているんだ。それに、自分たちの階級に属していない者を、属していないというだけで軽蔑するおまえらの、あの人を小馬鹿にした眼つき！

おまえらときたら、馬鹿ていねいにおれに対しながらも、胸のうちでは舌を出しているんだ。おれが、妾《めかけ》の子のまたさらに妾の子だと陰で噂《うわさ》しながら」

ロレンツィーノは、黙って聴いていた。なに、嵐《あらし》さえ吹きすぎれば後はどうにかなる、と思っていたのだ。だが、怒鳴りまくった後で急に声を落としたアレッサンドロは、それまでとは反対に、真に怖ろしいことを言い出したのだった。

「ラウドミアをおれに抱かせるのがいやだと言うのなら、おまえを破滅させてやる。

側近の地位を失うくらいですむとは思うなよ。おまえを、バルジェッロに放りこんでやる。

罪名？ ヴェネツィアに亡命しているフィリッポ・ストロッツィと謀《はか》って、フィレンツェの君主制を打倒しようと策した、ということにするのさ。それなら立派に国家反逆罪だ。バルジェッロの奴らの拷問《ごうもん》に、おまえがぼろぼろになるのが見物《みもの》ってものだ」

ロレンツィーノは、もう暇《いとま》を乞《こ》う余裕も失っていた。若者は秘密の通路に通じる扉を開け、それを背後で閉めるや逃げ出した。公爵の笑い声が追ってくるような気がした。

自分の家に通じる扉を前にしたとき、若者はようやく息をついた。壁の中の道には、秘密の通路ということで灯も装置されていない。いつもは燭台《しょくだい》を手にして通るのだが、自分がもっていった燭台は、公爵の部屋に置いてきてしまった。暗闇《くらやみ》の中を壁のあちこちにぶつかりながら逃げてきたものだから、身体のどこかが痛む。それでも、若者は、すぐには扉を開けようとはしなかった。明るい部屋に入って、自分の今の顔を灯にさらすのが耐えがたかったのだ。冷たい石の壁にひたいをつけたまま、若者はそこに立ちつくしていた。

アレッサンドロを嫌悪していたが、恐怖を感じたことはなかったのである。だが今は、四つ年上のこの従兄弟が怖ろしかった。

フィリッポ・ストロッツィの一味と決めつけられては、アレッサンドロの専制下の今のフィレンツェでは、よくいっても地下牢《ちかろう》での二十年だ。

メディチ一門に属すとはいっても地味な一生を送った父と、かつては名門中の名門であっても反メディチの旗頭になることが多く、それゆえにメディチが天下をとれば冷遇を運命づけられたソデリーニ家を母方にもつロレンツィーノには、アレッサンドロの横暴を牽制《けんせい》できる強力な後ろだてさえない。

その自分を生かすも殺すもあの野獣の胸三寸なのだと思うと、二十二歳の若者は憎悪で気が狂いそうだった。胸のうちにはっきりと殺意を感じたのも、そのときであったのだ。

反メディチの若き獅子《しし》

なぜコシモの母のマリア・サルヴィアーティが、こうも急に山荘《ヴィラ》に来るよう使いをよこしたのか、ロレンツィーノにはわからなかった。トレッビオの山荘をまだ夜の明けぬうちに出てきたという従僕は、ロレンツィーノの乗る馬まで用意して外に待たせてあるという。

「奥方様は、なるべく急いで来られるように、と言っておられました」

ロレンツィーノは、昨夜の出来事を忘れたい想《おも》いもあって、トレッビオに向かうことにした。彼の身のまわりの世話を一手に引きうけている老僕には、公爵《こうしやく》からの呼び出しがあったら、カステッロの山荘に行ったと伝えよ、と言いおいて出る。朝の聖《サン》ガッロの通りは、郊外から農作物を運んでくる農民の群れでにぎわっていた。

馬を走らせたので、山荘に着いたのは午後に入ったばかりの時刻だった。マリアは待ちかねていたらしい。山道を駆ってきたために冬というのに汗びっしょりのロレンツィーノが、身体《からだ》をふき清めるのが終わるやいなや、手をとらんばかりにして二階の広間に彼を連れていった。

開け放たれた扉の前に立ったロレンツィーノの眼がまずとらえたのは、ここに来ていることを公爵から告げられて知っていた、妹のラウドミアの姿である。今日の妹は、派手ではないが娘らしい優雅な服を着ている。窓辺に寄せた椅子《いす》に坐《すわ》っているラウドミアの視線をたどっていくと、大きく切られた窓のそばの石の階段に身を寄せて立つ、一人の青年にたどりついた。

二人は、ロレンツィーノとマリアが入ってきたのに気がついていないらしかった。青年が何か言っている。ラウドミアは、それを熱心に聴いていた。ロレンツィーノは、妹がこれほどもうっとりと男の話に耳をかたむけているのを見たことがなかった。

一瞬立ちどまったロレンツィーノを、マリアが背後から押すようにして広間に入ったとき、それまで夢中で話していた青年のほうがまず、マリアとロレンツィーノに気がついた。青年の視線を追ったラウドミアも、伯母と兄の到着を知る。ラウドミアは、静かに椅子を立って兄に近づき、兄の頰に、いつものように優しく接吻《せっぷん》した。何の香料かは知らないが、ほのかな花の香りが漂う。近くで見る妹の顔は、これまた兄でさえもまったく知らなかった、優しさと強い決意の入りまじった表情をしていた。

「ピエロ・ストロッツィ様よ、フィリッポ・ストロッツィ殿の御長男」

マリアの声が、内心の驚きにとまどっていたロレンツィーノを、現実に引きもどした。

窓辺に立っていた青年が、余裕に満ちた微笑をたたえながら近づく。ロレンツィーノは、マリアの言葉で、青年とは少年の頃、二、三度会ったことがあったのを思い出した。

それ以後は絶えて会っていない。公爵になったアレッサンドロがフィレンツェにもどって君主制を敷くようになってからは、それに公然と反対するフィリッポ・ストロッツィはヴェネツィアに亡命し、息子たちもその父に従っての他国ぐらしが長かったのだ。長男のピエロは公爵アレッサンドロと同じ年頃だから、今では二十五、六歳にはなっているはずだった。

「ロレンツィーノ殿はわたしに会うのは久しぶりだろうが、わたしのほうはあなたをよく見かけたのですよ。フィレンツェには、しばしば密《ひそ》かに帰国していたので」

これも知らなかった。反メディチ派の巨頭フィリッポ・ストロッツィの長男が、亡命先からしばしば祖国に潜入しているということは、フィレンツェ人の間に、反メディチの機運も高まっているということか。このようなことを公爵が知ったら、有罪か無実かには関係なく、バルジェッロの牢《ろう》があふれるくらいに逮捕しまくるだろう。

しかし、ここはメディチ家の山荘だ。ここにいる人間も皆、メディチ家の縁者たちだ。ピエロ・ストロッツィでさえ、母はメディチ家直系の娘、クラリーチェである。

そして、マリアは、政治的な動きをする女ではない。ピエロがここにいるのはなぜだろう、と思いはじめたロレンツィーノに、マリアは、椅子に腰をおろしたまま両手だけを若者のほうにのばしながら、まだ立ったままのロレンツィーノの手をとり、いかにもすべてをうまく回転させるのは自分の役目とでも思っているふうに話しはじめた。

「ピエロ様は、三日前にここにお着きになってね。ラウドミアを妻にください、と言っていらっしゃるの。あなた方の御両親は亡《な》くなっているから、子供の頃に母代わりをした、わたしのところにまずいらしたの。

でも、一家の家長はあなたです。承諾するかしないかを決めるのは、あなたなのですよ。だから、急いで来ていただいたわけ。もちろん、ラウドミアにも来てもらったけれど」

そして、青年のほうに顔を向け、この後はあなたが話しなさい、と言った。そのときのマリアの表情から、伯母がピエロに並々でない好意をいだいているのが、ロレンツィーノにもわかった。

青年は、自分とは同じ背丈のロレンツィーノの顔を、正面から見つめながら話しだす。

「あなたの妹御は、十年も昔、わたしがまだ少年であった頃から密かに憧《あこが》れていた女《ひと》でした。もちろん当時の彼女は、ほんの少女にすぎなかったが」

ここで青年は、娘のほうに優しい視線を投げる。それを受けたラウドミアは、恥じらうように眼を伏せた。だが、兄の眼は、その恥じらいが喜びを内に包みこむものであることを見逃さなかった。青年は、再び視線を兄のほうにもどしながらつづける。

「そうこうしているうちに、父はヴェネツィアに亡命する。わたしたち兄弟も、父の考えに同意していたので、亡命をともにすることになった。

妹御がサルヴィアーティ家のアラマンノ殿と婚姻されたと知ったのも、ヴェネツィアの地であったのです。絶望で死にそうな想いだったが、あの頃のわたしにできることは何もなかった。ラウドミア殿の幸せを祈っただけだった。

ところが、二年もしないうちに、アラマンノ・サルヴィアーティ死去の報を、ヴェネツィアで知ったのです。もう、自分の想いを押さえることができなくなった。制御する必要もないと思ったのです。

父に頼んでみました。最初、父は反対でした。ラウドミア殿に反対なのではなくて、若い娘御を慣れ親しんだ故国から離し、他国で暮らさせるのは忍びない、という理由で反対したのです。

わたしも、そのことはよく考えてみました。何不自由ない生活とはいえ、亡命者と結婚するのは、彼女自身も亡命者になるということですからね。

だが、それでもわたしの気持ちを殺すことはできなかった。人生は、一度ではないですか。その一度の人生に、わたしが心から望んでいる二つのことを、祖国フィレンツェの自由回復とラウドミアを妻に迎えること、その二つを、結果はどう出ようと試みる価値はあるのではないか。いや、試みもしないで一生を終えるのだったら、たとえその一生が安楽なものであっても、わたしだったら耐えられない。自分自身を軽蔑《けいべつ》するようになってしまう。そう決心して、ここに来たのです。

亡くなられた夫君の喪も、少し前にあけたようだ。父のフィリッポも、ようやく承知してくれました。あとは、あなたと妹御の御気持ち次第だ。わたしはそれを、神の審判を待つと同じ想いで待っているのです」

ロレンツィーノは、青年の愛を生かすも殺すも自分次第ということなど、すっかり忘れて聴いていた。複雑な感情が、若者の頭を去来していた。喜ばしい想いとうらやましいという感情が混じりあった、それはまさしく、奇妙な想いとしか言いようのない感情だった。

ラウドミアの最初の結婚の相手は、彼女よりは五十も年上の老人だった。それが今はじめて、十八歳の彼女につりあった年頃の、夫をもとうとしている。それも、少年の頃からの恋を、愛にまではぐくみ育ててきた男を。

妹の気持ちをただすなど、するも無駄なことに思えた。少年時代のピエロは覚えていても、幼い少女にとっては単に親族の一人であったというだけだ。成長した後も、彼女を陰ながら見つめてきたのは青年のほうで、密かに潜入していた男がメディチの娘の眼にとまるはずがない。ここでの一日余りが、ほんとうに二人が出会い、心を開いて話しあった期間なのである。それでいてラウドミアの心の中は、早くもこの青年で占められてしまったようだ。妹がピエロに向ける、優しさと決意の入りまじった眼つきが、数万の言葉よりもそれを明白に語っていた。

そのうえ、不思議なことに、ロレンツィーノのほうも、自分が眼の前の青年に好意をもってしまったのを感じていた。女と酒の濫用《らんよう》で肥えることしかしらない公爵アレッサンドロを見慣れた彼の眼には、引きしまった身体の線に浅黒く陽焼けした青年の姿が、ひどく新鮮に映ったのだ。笑顔がさわやかだった。それでいて、話すときは、微笑をたたえながらも相手の眼を正面からとらえて離さない。威圧的な印象は与えないが、若いのに堂々とした風格があった。

伯母のマリアが、黙ったままのロレンツィーノに、助け船を出すような感じで言う。

「急なお話ですもの、返事はすぐでなくてもいいのよ」

その言葉が、ロレンツィーノに、返事を早くする必要を思い出させたのだ。彼の気持ちは決まった。妹も、兄の気持ちを読みとったようだった。妹の気持ちをただす想いで彼女のほうに向けた兄の視線を、ラウドミアは、この年頃の娘にしては大人びた表情で、きっぱりと受けとめたのである。おそらく、彼がここに着くまでに、ピエロはすでに妹に申しこみをしていたのだろう。そして妹も、喜んでそれを受けたにちがいない。ロレンツィーノは、はじめて、ピエロ・ストロッツィを正面から見つめて言った。

「なるべく早く、妹をヴェネツィアに連れていってください。あとわずかで、キリスト聖誕祭《クリスマス》が訪れる。キリスト聖誕祭をむかえて誰もがのんびりしているときに、人眼に立たないようにひっそりと発《た》ってほしいのです」

それまでずっとおだやかな自信に満ちていた青年の顔に、少しばかり驚いた表情が浮かんだ。

「父とも相談した結果、年も改まった一月六日のエピファニアの祭りの後にでも、むかえにうかがおうと思っていたのだが」

それでは遅すぎる、と、ロレンツィーノは口には出さなくても胸のうちで叫んだ。それまでには二週間以上もあるのだ。その間、公爵の脅迫をかわしつづける自信がなかった。ストロッツィ家の長男に嫁ぐことが決まった、などとはとても言えない。ストロッツィ一門を最も危険な敵と思っているアレッサンドロには、逆効果になるのは眼に見えている。陰険なあの男のことだ。ラウドミアがピエロのふところにとびこむのを、手をつかねて見すごすはずはなかった。

ロレンツィーノは、その日はじめて、かたわらに立つ妹の肩を兄らしく抱き寄せながら、最愛の妹の運命を預ける男に向かって言う。

「理由は、今は言えません。だから何も問わずに、わたしの願いを聴き入れてほしい。妹をできるだけ早く、フィレンツェの国外に連れ出してもらいたいのです。

あなたが相手では、フィレンツェで婚姻の式をあげるわけにはいかない。また、これもわたしの口からは言えない事情によって、嫁入りの仕度も充分に整えてやることもできない。時間もないし、人眼につきたくもないのです」

青年は、義兄にはなるにしても年齢では下のロレンツィーノをじっと見つめた。その顔からは微笑が消えている。

「何も聴かないことにしよう。ただ、おおよその事情は、わたしにも推察できるような気がする。ロレンツィーノ殿、あなたの忠告に従うとしましょう。

そして、ラウドミアが身一つで嫁ぐのも、お気づかいは無用です。わたしには、わたしの長年の想いを遂げさせてくれるだけで充分以上だ。どのような事態が起きようと、妹御を不幸にしないことだけは誓います。信じてくれますね」

青年は、最後のほうを、兄と妹の二人ともに向かって言った。

眼でうなずいただけの二人とちがって、マリア・サルヴィアーティは、深くも考えずに眼前の情景にうっとりとしているふうだった。

「ピエロ様はほんとうに御父上の子ね。御父上のフィリッポ・ストロッツィも、いかにメディチ直系の子女とはいえ追放中の家門の娘を妻にするなんてと大反対されたのに、クラリーチェとの結婚をやりとげたんですもの。ストロッツィ家には、ロマンティストの血が流れているのかしら」

笑顔をとりもどした青年は、マリアの手をとって、それに軽くくちびるをつける。

そして、ロレンツィーノに向かって、

「ヴェネツィアでは、婦人にはこの式の挨拶《あいさつ》が流行《はや》っているのだ」

と、笑いながら言った。親族の親しさがこめられた口調になっている。ロレンツィーノは、良かった、と心の中で言っていた。

ラウドミアの密かな出発は、キリスト聖誕祭の前日《イブ》の朝と決まった。トレッビオの山荘からだ。キリスト聖誕祭を伯母のもとで過ごすという理由で、その二日前には尼《に》僧院《そういん》を出ることも決まった。

普通ならばただ一人の肉親である兄のロレンツィーノが同行するところだが、公爵の疑惑をかき立てそうなことはどんな小さなことでもしないにこしたことはない。それで、ロレンツィーノの代わりに、マリアの提案で、同行は聖《サン》ミケーレ修道院の院長に頼むことになった。

あの人物ならば前身は武将だから、警護の意味もある同行者としては、彼以上の適任者はいない。しかも、彼ならば、全幅の信頼を寄せることができた。一人が、せいぜい人眼に立たない旅をする必要上、従者も多くは連れていけない。フィレンツェの国境さえだろう。女連れでも、アペニン山脈の中ほどに通っている、ストロッツィの私兵の一隊を従無事に越えればよいのだ。そこには、ピエロ自身が、ストロッツィの私兵の一隊を従えて待っていることになっている。そこからの道は心配ないとのことだった。大銀行家でもあるストロッツィ家は、亡命中のヴェネツィアでも、歓迎されざる亡命者ではまったくなかったからである。

ストロッツィ家は、メディチ家をのぞけばおそらく、他国でも最も有名な家系であったろう。金融業で大を為《な》した家門で、ヨーロッパの五指に数えられる銀行家として知られていた。財力ならば、フィレンツェに僭主制を打ち立てるのに成功した、メディチさえしのぐと言われていたほどだった。

四十七歳になる当主のフィリッポは、かつてのフィレンツェならばいくらもいた典型的な都市人間の最後の一人、と言われていた。

堂々とした体軀《たいく》に経済力も不足なく、祖国のために率先してつくす気持ちも充分で、フィレンツェが共和国であった時代には、フランスをはじめとする大国駐在の大使も歴任している。教養も、若い頃はマキアヴェッリと親しかったことが示すように、学んだ古典を現代に生かそうと試みるタイプで、これまたルネサンス時代のフィレンツェ的だった。だが、マキアヴェッリやその仲間との交遊は、この、メディチをしのぐとさえ言われたほどの大貴族の胸中に、共和制への親近感を育てないではすまなかったのである。

カルロスの後ろだてでフィレンツェを君主制に変えた公爵アレッサンドロに公然と反対し、ヴェネツィアでの亡命生活を選んだ彼のもとには、財力も豊かであるだけに、反メディチ、反君主制を願う人々が集まるようになっていた。

だが、分家とはいえメディチ家に生まれたロレンツィーノは、これまではストロッツィ家の男たちと、並み以上の関係をもったことはなかった。だからその彼が、当主のフィリッポと謀《はか》って反アレッサンドロの行動を起こすなど、アレッサンドロのたわ言もいいところなのだ。

しかし、聖《サン》ミケーレ修道院に向けて馬を走らせながら、ロレンツィーノは思う。妹がピエロ・ストロッツィのもとに走ったことが知れたら、アレッサンドロは、たわ言をたわ言でなくしてしまうであろう、と。だが今は、何も考えたくなかった。

糸杉の道

さすがに今度の話だけは、僧院の中でするのははばかられた。アーチのつづく聖《サン》ミケーレ修道院のテラスの片すみならば、修道僧たちに聴かれる心配もなく院長と話せるのはわかっている。僧たちも、ロレンツィーノと院長の親しい仲は知っているし、この二人が話しこんでいるのも見慣れているから、不思議にも思わないだろう。しかし、ロレンツィーノは、今度だけは外で会うことにした。いったんは僧院に行き、散策をともにするという感じで、院長を外に連れ出したのだ。二人は聖《サン》ミケーレ修道院のあるフィエゾレの丘の、両側に高い糸杉が並ぶ道を歩いていた。

ことの一部始終を聴き終わった後で、僧院長は歩みをとめ、以前の愛弟子《まなでし》の顔をじっと見つめた。昔は手を頭におくこともできたくらいに小さかったのに、今では師があおぎ見ねばならないほどの背丈になっている。だが、よく見れば、立派に成長した若者のその顔にも、ギリシア語やラテン語の文法に頭を悩ませていた頃の、幼いが真剣な面ざしは残っているのだった。

「ピエロ・ストロッツィは、肉体的にも精神的にも、非の打ちどころのない青年であることはわたしも承知している。教養では父親のフィリッポ殿に少しは劣るかもしれないが、行動力ということになると、父親をしのぐ器量の持ち主かもしれない。財政的にも、ストロッツィ家は、現在の時点ならばメディチ家を越える力をもっているだろう。

法王庁の財政を一手に引きうけることによって今日の大を為《な》すもとを築いたストロッツィ銀行だが、今でも支店網は、ローマ、ナポリ、ヴェネツィアはもちろんのこと、リヨンやパリやロンドンにまで広がっているということだ。

ラウドミアの嫁ぎ先としては、これほどの良縁もないのではないかと、わたしだって思う。二人の年齢も、似合いだ。しかし……」

ここで僧院長は、言葉を切った。ロレンツィーノは次の言葉を待ったが、僧院長は糸杉のこずえに眼をやったまま口を開かない。口を開いたのは、待ちきれなくなった若者のほうだった。

「しかし、ピエロがフィリッポ・ストロッツィの長男であることが問題だ、とおっしやりたいのですね」

僧院長は、ようやく話を再開する。

「そうだ。ラウドミアは、もしかすれば一生フィレンツェにもどってこれないかもしれない。そのことも、覚悟のうえかね」

「それについては、妹と二人きりで話しあったのです。妹は、それも覚悟している、と言いました。あの青年に、すっかり心を奪われているらしい」

「いや、あのピエロ・ストロッツィは実に若者らしい若者だ。ラウドミアも、いかにも娘むすめした若い女だが、あれで芯《しん》はしっかりしている。あの娘《こ》がそれほどの決心をしているのならば、心配することもないだろう。

それに、ストロッツィほどになれば、頼り先を求めて各地の有力者のもとを転々とするのが普通の、他の多くの亡命者のまねはしなくてもすむ。

創業の地であったフィレンツェには、もう本店はおいていない。十五世紀建築の傑作であるストロッツィ宮《パラッツォ・ストロッツィ》はいまだに彼らの所有だが、もう何年もあそこには住んでいない。ヴェネツィアにある支店が、今では本店といったほうがよいくらいだ。彼らの富の基盤は、もうこのフィレンツェにはないのだよ。だから、わたしの心配は、亡命

者にラウドミアが嫁ぐことではない。現在のメディチ専制の政体に公然と反対しては
ばからない、男の妻になるということなのだ。
フィレンツェに残るおまえの立場も、微妙なものにならざるをえないだろう。現公《こう》
爵《しゃく》は、妹は妹、兄は兄、とは考えてくれない型の男だから」
ロレンツィーノはその日はじめて、かつての師の手をとり、師の眼を正面から見つ
めてきっぱりと言った。
「わたしのことでしたら、御心配には及びません。自分の身は自分で守ります。
では、妹に付き添って行く役を、引きうけてくださいますね。フィレンツェの国境
さえ抜ければ、ピエロが兵士たちとともに待っていてくれるそうだから、危険はない
はずです。
しかし、若い娘を一人で嫁がせるわけにはいかない。本来ならば付き添って行く役
は、ただ一人の肉親であるわたしの役割だが、わたしまで消えては、公爵に気づかれ
てしまう。アレッサンドロに気づかれるのをなるべく先にのばすためにも、わたしは
ここに残りましょう。妹のことも、あなたにまかせれば安心です」
僧院長は、アレッサンドロとロレンツィーノの間に交わされたあの夜の会話を知ら
ないのである。妹を提供しろと脅迫されたことを、ロレンツィーノは、誰にも打ちあ

けていなかった。伯母のマリアも、旧師の僧院長も、そのようなことがあったのを知れば、もう一も二もなく、ラウドミアだけでなくロレンツィーノも、ヴェネツィアへ逃げよと言うにちがいない。二十二歳の若者は、それを避けたかった。若者の胸中には、フィレンツェでしかやれないある考えが、形を成しつつあったのである。

ラウドミアを僧院長に託すのは、伯母のマリアの考えたことだと言えば、僧院長はこの役目を引きうけてくれると確信していたが、実際もそうなった。いかに亡命者に嫁ぐからといっても、これほども急な出立に院長も不審に思わないでもないらしかったが、アレッサンドロから横槍《よこやり》でも入ろうものならすべてが御破算だというロレンツィーノの言葉に、院長も納得したのである。それに、少女の頃に読み書きを教えたラウドミアは、僧院長にとってはわが子も同様だった。

今では利発な美しい娘に成長したラウドミアを、死ぬまで尼僧院の塀の中に閉じこめるなど、前身は武将であった彼には残念すぎる想像だ。それが今、彼さえその気になれば、解き放ってやれるのだった。

聖《サン》ミケーレの僧院長は、身にまとっている褐色の聖《サン》フランチェスコ派の僧衣とは似つかわしくない、俗世間の人間の現実的な眼つきになって言った。

「どれほど地味な服を着ても、ラウドミアの美しさでは道行く人の注意をひかずにはすまない。彼女には、変装させようと思う。

わたしと同じ聖《サン》フランチェスコ宗派の僧衣を着てもらう。ゆったりとしたつくりだから、身体《からだ》の線が露《あらわ》にならないので女であることも隠せる。それに、頭巾《ずきん》を深くかぶれば、顔も相当な程度には隠せる。アペニン山脈を越えるあたりまではもつだろう。われわれ二人のほかに、もう一人、口がかたくて力の強い修道僧も同行させる。修道士の場合だと、二人連れよりは三人連れのほうが、かえって目立たないものなのだ」

ロレンツィーノは、いちいちうなずいて聴く。僧院長も、冷徹な作戦をたてる武将の顔にもどって話をつづけた。

「ラウドミアがアラマンノ・サルヴィアーティと結婚したときに持っていった、持参金はどこにある」

「アラマンノの死後も、サルヴィアーティ家は銀行業なのだし、あそこに管理してもらっています」

「それを、サルヴィアーティ銀行のヴェネツィアにある支店に移してもらうのだね。ストロッツィほどの大財閥のところに嫁ぐのだ。金《かね》は必要ないだろう。だが、あれは彼女のものだ。もしかしていつか、何かのことで出費が必要になったときに、自分一人の裁量で動かせる金があれば便利だろう。サルヴィアーティ銀行のヴェネツィア支店にさえ移しておけば、そこからストロッツィ銀行の口座に移すなど簡単だ。こういうことは、肉親が考えてやることだよ。やってあげなさい」

ロレンツィーノは、深くうなずく。フィレンツェにもどったときにやることが、一つ増えたわけだ。サルヴィアーティ銀行の本店では、ヴェネツィアに投資することにした、とでも言えば、不審に思う者はいないはずだった。

「それから――」

と僧院長の話はつづく。

「――ラウドミアには気の毒だが、ずっと身近で仕えてきた乳母さえも連れてはいけない。気はすこぶるよくても、あの肥《ふと》ったおしゃべり女が一緒では、ラウドミアがどれほどうまく若い修道僧に変装できても見破られてしまう。乳母のほうは、すべてが落ちついた頃を見はからって、そっとヴェネツィアに発《た》たせるのだね。これは、わたしから奥方《マドンナ》に頼んでおこう。ラウドミアが出立した後は、あの乳母をトレッビオの山荘《ヴィラ》で預かってもらう必要もある」

これにも、ロレンツィーノは深くうなずいた。やはり僧院長に頼んで良かった、とつくづく思う。

「それから、もっていく荷は袋一つだ。修道僧ではろばで行くしかないから、当座の食料の他には荷一つもっていけない。また、道中で何かのことで荷が開けられでもしたときに、女物をもっていてはあぶない。髪も、ひっつめ髪にでも結って、ぴったりつく下頭巾で隠しておくのだね。

まあ、その後の衣服については、ピエロがいるのだ、心配ないだろう。身一つでふところに飛びこんできた女を、ピエロ・ストロッツィでなくても、男ならば誰も放ってはおかないがね。それもラウドミア・デイ・メディチのように、たぐいまれに美しい若い女であればなおさらだ」

僧院長もロレンツィーノも、その日はじめて笑った。

「しかし、ラウドミアだって女だ。気に入っていた衣装もあるだろうし、想い出の深い服だってあるだろう。それも、奥方に頼もう。奥方も、ラウドミアは幼い頃から育《いつく》てきて、自分は娘がいないものだからわが娘同然に愛しんでいる。それに奥方も女なのだし、こういうことは女同士の相談で決めてもらったほうがいい。二人して選んだ衣装を、奥方が召使の誰かに託すかしてヴェネツィアに送りとどけてくれるだろう。

宝飾品も同じだ。亡《な》くなった母からゆずられたものとか、メディチ家伝来の品でも彼女の所有になっているものがあるだろう。それらをヴェネツィアに送りとどけるのも、奥方に頼むしかない。逃避行には、指輪一つでももっていくのは危険だ。

だが、宝飾品の場合は、できるだけ多く送りとどけてやりなさい。女というものは、このような品にかこまれていると、なぜか優しい気分にひたれるものらしいから」

ロレンツィーノは、思わず微笑をもらして言う。

「院長様《パードレ》、あなたはほんとうに一生を僧衣で過ごされるつもりなのですか」

僧院長も、つい口から出てしまった想《おも》いを恥じたのか、苦笑しながら答えた。

「いやいや、すべては昔の話ですよ。過ぎ去ったことなのだが、心を許した仲だとつい本音が出てしまっていけない」

だが、そう言いながらも僧院長は、あらためてロレンツィーノの顔に眼をやりながら、まじめな口調にもどって言った。

「わたしを外に連れ出したときのおまえとはちがって、ようやくいつものロレンツィーノにもどったようだな。冗談を言えるくらいが、若者にはちょうどいい。

だが、ロレンツィーノ、やはりわたしには、ラウドミアがストロッツィ家の嫁になったとわかった後の、おまえのここでの立場が心配だ。おまえは、自分の身は自分で守ると言う。だが、相手が相手だ。アレッサンドロは、ストロッツィの父と子を、悪魔のように怖《おそ》れているのだよ。

わたしに、話してくれないかね。自分の身は自分で守ると言うが、具体的にはどのようにして守るつもりなのかを」

メディチの若者は、この日ならば二度目の、旧師の手をとり師の顔を正面から見つめながら、きっぱりとした口調で答える。その彼の心中では、院長様《パードレ》と呼びかけるとき、それが神に一身を捧《ささ》げた聖職者に対して俗界の人間が呼びかけるときの普通の意味よりも、同じ語音のパードレ、つまり父親《パードレ》を呼ぶときの気持ちのほうが強いのを、ロレンツィーノははっきりと意識していた。

「院長様《パードレ》、妹のことの他に、わたしからもお願いがあるのです。わたしのことを少しでも親身に思ってくださるのなら、ぜひとも聴き入れていただかねばならないことです。

フィレンツェの国境で待っているピエロ・ストロッツィと合流した後も、ヴェネツィアまで妹に付き添って行っていただくことは、すでにお願いしたとおりです。兄であるわたしの代理として、あちらの家族に挨拶《あいさつ》をする必要のためにも、また、婚礼の式にも、ただ一人の花嫁側の人間として列席していただかねばなりません。それも、院長様は、やってくださると約束してくださいました。

これで、妹のことならば、問題は何一つ残っていないことになります。だが、残されたわたしは、あの野獣と対決しなければなりません。そのわたしをかげながら助けてくださるためにも、院長様には、婚礼が終わるやただちに、フィレンツェにもどっていただきたいのです。エピファニアの祭りの夜までには、おもどりいただけますか」

僧院長は、それこそ父親が若い息子に対するときのように、温情をたたえた眼つきでロレンツィーノを眺めながら答える。

「エピファニアの祭りといえば、一月の六日になる。キリスト聖誕祭の前日にトレッビオの山荘から発《た》つとして、もどってくるまでには十日ちょっとしかないことになる」

「冬の旅が厳しいことはわかっています。わかっていても、御無理をお願いしなければなりません」

師は、かつての愛弟子の手をポンとたたきながら、心配するなという口調で言った。

「フィリッポ・ストロッツィ殿には、会うやただちに、仮婚礼にしても早く式をあげていただくよう願おう。ストロッツィ家の跡つぎの婚礼となれば相当に大がかりなものになるだろうから、それまで待っていては、おまえを一人ぼっちで残す日々が多くなりすぎる。

仮の婚礼でも、婚礼さえあげれば、花嫁は嫁ぎ先の保護下に入るから安心だ。わたしも、役目を終えて発つことができる。

冬の最中に、深い雪におおわれたアペニン山脈をこうも短い期間内に往復するなど、まるで昔の武人の頃にもどったようだな。いや、戦争屋稼業《かぎょう》をしていたあの時代でさえ、そんな激務を部下に強要できる武将となれば、『黒隊のジョヴァンニ』ぐらいしかいなかったものだ」

若者は、感謝の言葉を口にしなかった。その代わりに、僧院長の前にひざまずき、師の手をとってそれに、心からの感謝をこめた接吻《せっぷん》をした。師も、ひざまずいたためにようやく少年時代の背丈にもどった若者の頭に手をおき、たっぷりした量の黒みがかった褐色のその髪を、優しくなでてやる。冬の間でも元気な雀《すずめ》が、そんな二人のすぐ近くまで寄ってきて、落ち葉の散った土から何かをついばんでいた。

聖《サン》ミケーレ修道院に向かう糸杉の道を、僧院長を送りがてらたどってきたロレンツィーノは、丘陵のふもとから別の道を登ってくる一人の男に気づいた。男が顔をあげたとき、僧院長も男を認めたらしい。まだその男との距離は三十メートルもあるのに、院長は太くよくとおる声で呼びかけた。

「ダンドロ殿！」

男も、あげた顔に笑みを浮かべ、片手を少しあげて応える。その瞬間、ロレンツィーノの胸には、もう一度このヴェネツィアの貴族と話したい想いがわきあがってきた。僧院長はそばのロレンツィーノを振りかえり、ここしばらく、マルコ・ダンドロがしげしげと訪ねてくるのだと言った。

近づいてきたマルコは、僧院長のかたわらにメディチの若者がいるのをごく当然のことのように受けとりながら、二人に挨拶をした。ロレンツィーノはその彼に、近いうちにもう一度会いませんかと言い、マルコの承諾の返事を受けとると、僧院長の手に軽く接吻をして別れを告げた。

彼には、フィレンツェの街にもどってやらねばならないことが、しかしこの二人にさえも言えないことがあるのだった。

反逆天使

公爵《こうしゃく》アレッサンドロの顔は、爆発しようにもできない怒りで赤黒く変わっていた。

もともと、二十六歳になるこの男の肌は、フィレンツェ上流の男たちの大理石に似た白い肌に混じると目立たずにはいられないくらい、黒くよどんだ色をしている。それが、何かで機嫌を損じるとすぐに強い酒の入った杯に手がのびることもあって、黒の上に朱をそそいだような醜い色になるのだった。

その日の不機嫌の理由は、公爵夫人にあった。まだ若い公爵夫人のマルゲリータは、自分の気に入らないことが起きると、それがなんであれ、すぐに自分の出自を言いたてる癖がある。ヨーロッパ最強の君主である、神聖ローマ帝国皇帝兼スペイン王のカルロスを父にもつ自分が、フィレンツェ公爵あたりにこのようなあつかいをされるいわれはない、とわめきたてるのだ。まったくそれは、わめきたてる、というしかない振る舞いで、アレッサンドロならずともいや気がさしたことだろう。しかし、もしも自信にあふれ気性もはっきりしている男ならば、この小娘を操縦するくらいは、さしたる困難もなくできたはずである。政略結婚は、この夫婦だけではないのだ。政略の結果ではあっても、ベッドの上では一対一の男と女なのである。実際、冷徹な政略による結婚でも、当初の動機を当人たちが忘れてしまうくらいの、愛情の通いあう結びつきはいくらでもあった。

だが、この二人の場合は、一緒に住むようになってからまだ半年しかたっていないのに、関係の改善は誰の眼にも絶望的だった。

妻がわめきたてればたてるほど、夫のほうは内にこもってしまうのだ。声を荒らげることもなく、ましてや手を出すなどは絶対にしない。顔色は赤黒く変わり、両眼は空洞のように見開いているだけで、言葉ならば一言も発しなかった。

側近や召使には怒声を浴びせるのが日常茶飯事なのだから、妻ではあっても小娘にすぎない女に対してのこの振る舞いは、周囲にいる宮廷人たちの同情さえ買わない。召使でさえも、開かれた扉の向こうから公爵夫人のかん高い声が聞こえはじめると、怖《おそ》れて近づかないようになっていた。

ロレンツィーノも、屋敷にもどるや公爵の呼び出しがあったと従僕から告げられ、衣服もあらためずにメディチ宮に直行したのだが、召使たちから「嵐《あらし》」の真っ最中だと告げられて、それならばと再び自邸にもどったのだ。身体《からだ》を洗い清潔な身なりに整える、時間的余裕は充分にあった。

再び表門からメディチ宮に入ったときは、もう夕闇《ゆうやみ》がやわらかくすべてをおおう時刻になっていた。召使に聞けば、公爵と公爵夫人は別々に夕食を終えたという。公爵は一人で、公爵夫人のほうはスペインから連れてきた女官たちを同席させて、それぞれのやり方で終えたのだろう。中庭に立ってアーチのつらなる階上を眺めると、公爵の居室のあたりはひっそりと静まりかえっているのに、夫人のアパルタメントのある一画は、灯の火が外にまでもれ、華やかな嬌声《きょうせい》が、回廊を通して中庭まで聞こえてくる。

若者は、中庭に立ってしばらくそれを聴いていた。寒さなど、少しも感じなかった。いつもならば、彼だってこの日のような公爵は避けたのだ。だが、今夜のロレンツィーノはちがった。話すには、かえって今のような状態のアレッサンドロのほうがよい、とさえ思っていた。

公爵にとりつぎを頼んだロレンツィーノに、召使頭は、半分は心配し、残り半分はほっと安堵《あんど》したような顔つきでうなずいた。

半分の心配は、召使頭の常日頃のロレンツィーノへの好意によるのだが、残り半分の安堵は、ロレンツィーノと話した後の公爵が、なぜか不機嫌が薄らぐのを眼にしてきたからである。公爵の居室に入るロレンツィーノの背後で、召使頭はそっと扉を閉めた。

アレッサンドロは下着姿のまま、頭をふりふり広い部屋の中を行ったり来たりしていた。入ってきたロレンツィーノを見ると、立ちどまり、暗い光の宿る眼《まな》ざしを向けたまま、奇妙に静かな声音で言う。

「カステッロの山荘《ヴィラ》には、なぜこうもしばしば出かけなくてはならないんだ。葡萄《ぶどう》の収穫はとっくの昔にすんでいるのだし、今は農閑期なことくらい、おれだって知っている」

ロレンツィーノも、同じくらいの静かな声で、しかし明るい調子はただよわせながら答える。

「農閑期には、農閑期なりの仕事があるのです。これで農園経営も、なかなか大変なのですよ。それに」

ここで若者は、意識的に口を閉じた。公爵の眼はあいかわらず彼にそそがれたままだが、女のところにでも通っていたのだろう、とでもいうように、眼つきが卑《いや》しく変わっている。ロレンツィーノは、かえってそれに挑戦する想《おも》いで見返しながら、言葉を継いだ。

「それに、トレッビオの山荘にも行っていたものだから、帰りが遅れてしまいました」

アレッサンドロの眼つきが、今度は完全に変わった。暗い光はすっかり消えて、卑しさだけが露骨にあらわれている。ラウドミアが、トレッビオの山荘に伯母のマリアを訪ねたのを、彼も途中で出会って知っているからだった。

話のつづきをせかしたのは、公爵のほうである。

ロレンツィーノは、じらしでもするかのようにゆっくりと公爵に近づき、その耳もとに口を寄せてささやきはじめた。誰も聴いている者などいないのに、わざとそうしたのだ。

「妹を説得するのは、まったくの難事業です」

「それで、うまくいったのか」

「いや、わたしは、難事業とはじめからわかっていることに、挑戦するほどの馬鹿者《ばかもの》ではありません」

「では、何一つ手は打たなかったと言うのか」

「何一つ手は打たなかった、というわけでもないのです」

「じゃあ、どうしたんだ」

「妹には、あなたと寝ろといくら説得しようと、所詮《しょせん》は無駄です。ラウドミアは、そのようなことをするくらいならば、かえって死を選ぶでしょう。自殺は神の前に許されたことではないとわかっていても、彼女ならば迷わないにちがいない」

公爵は、吠《ほ》えるような声をあげた。

「たやすくモノになるとは、おれだって思っちゃいない」

口調も変えずに、ロレンツィーノはつづける。

「容易であろうと困難であろうと、ラウドミアは、あなたと寝床をともにすることは絶対に承知しないでしょう」

「だからこそ、おれは欲しいんだ。簡単に寝られる女ならば、もう飽き飽きするくらいにやってしまった。

だが、ロレンツィーノ、おれはあきらめないぞ。おまえがほんとうにおれのために身を捨てる気持ちになるなら、できないことではないんだからね」

アレッサンドロの言おうとしていることは、ロレンツィーノにもわかっていた。そして、若者は、まさにそこに話をもっていこうとしていたのである。だが、若者の口調は、二十二歳にしてはゆっくりと静かだった。

「ラウドミアは、わたしの妹です」

「そんなことはわかっている」

公爵は、再び低く吠えた。

「わたしの妹だから、わたしの家を訪れるのには誰も不審に思わない」

「あたりまえだ」

「だから、妹は、わたしの招きに応じて、わたしの屋敷を訪れることを承知しました」

「それは、いつなんだ？」

一呼吸おいた後で、ロレンツィーノはおもむろに口を開いた。

「いましばらくは無理です。まもなくキリスト聖誕祭がやってくる。その前日《イブ》からはじまって、キリスト聖誕祭、その翌日の聖《サント》ステファノの祭日、五日後に訪れる一年の最後の日、そして新年の最初の数日と、われわれキリスト教徒にとっては聖なる日々がつづきます。一月六日のエピファニアの祭日をもってそれも終わるが、この十四日間は、キリスト教徒たるわれわれは身を清く保って過ごさねばなりません。とくに、フィレンツェの国の最高位者であるあなたはなおさらです」

「それくらい、わかってるわな」

「しかし、エピファニアの祭日を境にして、謝肉祭の季節が始まる。謝肉祭の期間中は、無礼講が許されます」

「ウム」

「それまでの聖なる十四日間は、妹は、伯母のマリアの客として過ごすそうです。父も母もいない妹だ。幼い頃から母代わりに育ててくれたマリア・サルヴィアーティのもとで過ごすのは、尼僧院《にそういん》ぐらしの妹にとっては当然すぎるくらいに当然な選択で、兄のわたしとしても、口をはさむわけにはいきません」

「………」

「しかし、聖なる期間が過ぎれば、妹は再び尼僧院にもどる。その前に、わたしの家で一夜を過ごすと約束してくれました」

公爵の赤黒い顔に、ぽっと光が点《つ》いたようだった。声音まで、なにかしら軽く変わっている。

「わかった、わかった。おまえの作戦はわかったよ。一月六日の夜まで待てばいいんだな」

「そう、一月六日の夜まではおとなしく待っていただかねばなりません。そのことはお忘れなく。謝肉祭のはじまりは、その後からなのだから」

公爵はうなずきながらも、自分より頭一つ背の高いロレンツィーノの顔に、ななめ下から小ずるい視線を投げながら、声を一段と低くして言う。

「だが、そのときになって、ラウドミアがどうしてもいやだと言い張ったらどうするんだ？」

「公爵、あなたは、そうなったときにわたしがどう行動するとお思いなのですか？」

アレッサンドロは、ニタリと笑った。

「これまでのどんな女も、お前の助力を必要とはしなかったが、今度だけは必要になりそうだな。いや、はじめからしてもらおうじゃないか。そのほうが、愉《たの》しみも一段と増す。

兄のおまえが、いやがるラウドミアを押さえつけるんだな。おれがやっている間中、ずっと押さえつけているんだ。

その後ならば、おまえもやったっていいんだぜ。兄と妹っていうのは、ペルージアのバリオーニの例だってあるくらいで、ないってわけじゃない。だが、あれは双方同意のうえの話らしいが、あれだってはじめのときは、どうだったかわかったものじゃない。

ラウドミアだって、なにも男を知らないわけではないんだ。どこにでもいる、未亡人の一人と思えばいいのさ」

ロレンツィーノは、無表情に聴いていた。そして、ほとんど冷たくひびく声で言った。

「公爵、しかし一月六日の夜までは、これについては誰にも何一つもらさないと、約束してください。そして、それまでの間は、いままでのやり方をつづけましょう。わたしはトレッビオの山荘にも行かずに、ここに残ってあなたの相伴を務めます。つい最近、踊り子なんだが、アラブの血の入った、すばらしい女を見つけました。つい最近、リヴォルノの港に着いたトルコ船の船長から、五十ドゥカートも払ってゆずりうけた逸品です」

公爵アレッサンドロの上機嫌を、定着させるのは簡単だった。一月六日の夜の愉しみと眼前のアラブの踊り子との両方への期待が、黒ずんだ公爵の肌から赤味を消し、二十六歳の年齢にふさわしい快活さまでとりもどさせたのだ。

寝につく公爵の身じまいのために、怖る怖る部屋に入ってきた召使頭は、主人の変わりようにびっくりしたようだった。

召使たちに手伝わせて夜着に着かえている公爵を残し、ロレンツィーノはメディチ宮を後にした。灯がこぼれ、嬌声でざわめいていた公爵夫人のアパルタメントの一画も、暗闇の中で静まりかえっている。夜半もだいぶ過ぎたようだ。この時刻でも、メディチ宮では、ラルガ通りに面した表門も、聖《サン》ガッロの通りに口を開けた裏門も、衛兵の姿が消えることはない。だが、公爵アレッサンドロの最も親しい親族と誰でも知っているロレンツィーノ・デイ・メディチの前に、長槍《ながやり》のふすまを立てる衛兵は一人もいなかった。

冬の夜空にかかる薄い月を見るともなく眺めながら、メディチ宮の裏門を出たロレンツィーノは、道を右に折れればすぐにも着ける、自分の屋敷には向かわなかった。静かな夜の散策を愉しむかのようにゆっくりとした歩調で、反対側の左に折れる。折れるというほどもないくらいの道を行くと、聖《サン》ロレンツォ教会の正面広場に出た。

若者は、そこにしばらく立っていた。夜空には一点の雲もなかったが、三日月だから月の光は弱い。黒い毛織りの長いマントに身を包んだ若者の姿も、淡い月光の中では、眼をこらしでもしなければ認められないくらいだ。それに、聖《サン》ロレンツォ教会は、最後の仕上げでもある正面《ファサード》がまだ未完のままなので、煉瓦《れんが》が露《あらわ》になっているために光を反射しない。ロレンツィーノの姿は、その中に溶けこむようだった。

若者は、自分の今の顔がどう変わっているかを考えていた。

悪魔の顔をしているのだろうか。

いや、生まれたときからの悪魔ではない。

そう、もともとは天使だったのに、神に反抗したために地獄におとされた、反逆天使のルチフェロが自分にはふさわしい。

ルチフェロなのだから、顔も、悪魔のように、怖ろしくもなければ醜くもないはずだ。

美しい反逆天使。外貌《がいぼう》は天使のごとく美しいが、心の中は悪魔以上に悪魔のルチフェロ。

しかし、と若者は考える。

ルチフェロという言葉には、別に、明星という意味があるのも思い出したのだった。

日の出前に東方の空にあらわれれば、明けの明星。日没後に西方の空にあらわれるときは、宵の明星と呼ばれる金星《ヴィーナス》。

女性名詞ならば美の女神だが、男性名詞として使えば、明星になる金星《ヴィーナス》。

若者は歩きだした。だが、彼の足は、自分の屋敷のある方向ではなく、それとは反対の方角に向かっていた。

聖《サン》ロレンツォ教会の右手にそって行くと、メディチ家の墓所のある、教会の裏手に出る。そこには、墓を守る樹木ということになっている糸杉が、小さな林をつくっていた。

墓所に接してあるこの小ぶりの林には、昼でも、子供か猫くらいしか入ってこない。夜半も過ぎたこの時刻には、わずかな月の光が、ようやく樹々《きぎ》の形を浮かびあがらせるだけだった。

そこに足をふみ入れた若者は、近くの小枝を、ピシッと音をさせて折った。二、三本先の樹のかげで、何かが動く。それは、枯れ葉の音だけをわずかにさせて近寄ってきた。

「若様、お待ちしておりました」

そう言って頭巾《ずきん》をとったのは、「半月館」の主人のジョヴァンニだった。

遠方の光

黒い木立が立ち並ぶ中では、黒い長マントに身を包んだ男二人は、まるで樹《き》の一本のように見える。ロレンツィーノもジョヴァンニも、樹の幹に身を寄せ、押し殺した声で話しはじめた。

「あのことでは、おまえはわたしを恨んでいるにちがいない」

「とんでもない、若様。たとえあのときに首を斬《き》られていたとしても、何も言わなかったことで若様のお役に立てたのですから、わたしには本望でございました。大旦那《おおだんな》さまの御恩にようやくむくいることができたのです。悔いなど残るはずもないではありませんか」

「だが、よく耐《た》えてくれた」

「ラーポ殺害事件に関しては、わたしが直接に手をくだしたわけではないのですよ。死体運搬のための荷車を調達しただけだ。

直接に手をくだした傭兵《ようへい》隊長とその手下の二人の兵が逃げるのに成功した以上、わたしが口を割らないかぎり、真相は、若様を別にすれば誰も知らない。そう思って、拷問《ごうもん》にも耐えたのです」

「だが、なぜ葡萄酒《ぶどうしゅ》商人から足がついたのかな」

「荷車に、人間の血がついていたのですよ。それであの男は、何も知らなかったのに、荷車を貸した相手のわたしが事件に関係していると思った。それで、わたしを守ろうと思って、つい心ならずも不審な挙動をとってしまったのです。

しかし、御心配にはおよびません。

あの男はわたし以上に無実なのですから、判決は五年の禁固刑だったが、手をまわして牢《ろう》から出し、ほとぼりの冷めるまではと、トルコに発たせて、あそこにいる息子たちに預かってもらっています。荷車をわたしに貸したことだけは最後まで言わなかったのだから、わたしにしても借りがある。三、四年もたてば、イタリアにもどってこられるでしょう」

ロレンツィーノはここで、しばらく黙っていた。だが、意を決したように口を開く。

「おまえに、改めて、頼みたいことがある。もう一度わたしに、手をかしてもらいたい。

今度は、ラーポ殺しのときのように、嫌がらせが目的の殺人ではない。そして今度は、わたし自身が手をくだす。おまえは、そのわたしを助けてくれればよい。それも、半時《はんとき》もあれば終わることだ。そして、今度は、絶対におまえの身に害がおよばないようにする。疑いさえもかからないようにする。おまえを屋敷に来させないのも、わたしとおまえの関係を従僕にすら気づかせないためなのだ。このことが終われば、いつもおまえが夢見ていたとおりに、『半月館』の主人で一生をおくれるようになるだろう」

「今度は、誰を殺《や》るんです？」

「殺す相手については、前のときと同じように、おまえは知らないでいたほうがよい。とくに今度は、現場にいてわたしに力をかしてくれるのだ。直前まで相手の名を知らないほうが、おまえのためになる」

「しかし、若様。若様自ら手をくだすなんてことは、なさってはいけません。大旦那様も旦那様も、そんなことを知ったらどれほど悲しまれることか。

それほど憎ければ、わたしにお命じください。わたしが、最後の御奉公と思って、自分も死ぬ覚悟でいたします」

「わたしでなければ、できないことなのだ。誰かに頼んだのでは、今度ばかりは完全に失敗する。

だが、もうこれ以上は聞かないでくれ。おまえに頼むことですら、わたしは気が重いのだ。おまえを引きこみたくなくてずいぶん悩んだが、やはり、全幅の信頼を寄せられるのはおまえしかいない。だから、何も聞かないで、わたしの命ずるとおりにしてほしいのだ。わたしの最後の頼みだと思って許してくれ」

「若様、このジョヴァンニ奴《め》に何をおっしゃいます。

カステッロの山荘《ヴィラ》近くの森に捨てられていたわたしを拾って育ててくださったのは、若様には祖父にあたる大旦那様でした。それも、農園で働かせるでもなく、同じ年頃だった御子息の御父上の遊び相手にして、育ててくださったのですよ。

旦那様も、素性の知れないわたしを軽蔑《けいべつ》するどころか、わたしの将来までお心にかけてくださった。

メディチ一門がフィレンツェを追放になったときに、これからは一人で将来を切り開けと、資金まで贈ってくださったのです。それをもって、わたしはトルコへ行った。わたしがここまでやってこれたのは、すべて御一家のおかげなのです。

今では、旦那様も神のみもとだ。わたしが若様のために役立てなくて、何が恩返しといえるでしょう。

あのまま森の中に捨てられたままだったら、餓死か犬にでも喰われて終わりだったのです。それを救っていただいただけでなく、人並みに生きる道にさえも導いてくださった。

その大恩のある旦那様があれほども喜ばれたのが、若様、あなた様の誕生でした。コンスタンティノープルにいるわたしにまで、旦那様は手紙で知らせてくれたほどです。わたしも、往復二カ月の旅にもかかわらず、久しぶりに故国にもどってきたのは、旦那様に長男誕生のお祝いを言うためでした。あのときの旦那様の喜びようは、いつもはもの静かな方でいらしただけになお、あれから二十年がたった今でも忘れることができません。

そのわたしにやれるただ一つの恩返しは、残された若様のお役に立つことだけなのです。何でも言いつけてください。このジョヴァンニは、若様のためであれば何事であろうともやる覚悟は、とうの昔からできているのです」

ロレンツィーノは、ジョヴァンニの話が終わっても、しばらくの間無言だった。ただ、暗闇《くらやみ》の中を手をのばしてきて、忠実な男の頑丈な肩にそれをおいた。

「おまえはわたしに、なぜおまえの助けを必要とするあることを決行しなければならないかという、理由さえも聞かないね」

「若様が、自ら手をくだすとまで決められたことです。よほどの事情がなければ、若様がそこまで決心なさるはずがない。

わたしは、何も聞きません。どれほど深くつらい事情があってのことかと思えば、若様をお痛わしいとさえ感じます」

ロレンツィーノは、ジョヴァンニの肩においていた手をぐっと強めながら言った。

「エピファニアの祭りの日の夜、夕食を終えた頃に屋敷に来てほしい。裏の戸口を開けておく。以前に屋敷の見取り図を渡してあるからわかるだろう。

裏口を入って左に折れると、使用人用の階段がある。それを登ってわたしの寝室まで来て、そこで待っていてくれ。

召使たちには、暇を出しておく。エピファニアの祭りだからといえば、忠実なあの老僕でも、久しぶりに家族に会えると喜ぶだろう」

「わかりました。必ず、御命令は守ります」

「それまでは、わたしに連絡をとってはならない。話したいときにはいつもする、聖《サン》ロレンツォ教会の中で会うことも、今度はやめる。キリスト聖誕祭とその後につづく祝祭日も、いつものおまえのままに過ごすのだ。わたしも、普段と同じ生活をする」
ジョヴァンニは、暗闇の中でうなずいた。そして、男二人は糸杉の木立を出て、左と右に別れる。月が、ほとんど淡くかすむほどに薄くなって、西の空にかかっていた。

正体もなく眠りこんでしまったのか、若者が眼を覚ましたとき、すぐ近くの聖《サン》ロレンツォ教会の鐘が、高らかに正午を告げていた。

窓は閉まっているのだ。それでも、閉めた窓を通って、鐘の音はとどく。聖《サン》ロレンツォ教会の鐘とはちがう音色で、もう少し遠くからとどく鐘の音は、花の聖母《サンタ・マリア・デル・フィオーレ》教会の鐘楼からのものにちがいない。そして、窓を開ければ、今度は反対の方角から、聖《サン》マルコ修道院の鐘が聴こえてくるのだった。

教会はいずれも、微妙にちがう音色で鐘を鳴らす。それらがいくつも重なりあって聴こえてくるのが、フィレンツェの街中で聴く鐘の音だ。

山荘での日常も、教会の鐘によって区切られることでは都市での生活と同じなのだが、田園の鐘の音は単調だった。近くにある村の教会の鐘だから、多くても二つの鐘が交互に鳴らされるだけなので、それが丘陵の稜線《りょうせん》を伝わって谷にくだり、また稜線を伝わってのぼってくる鐘の音色は、のんびりと単調なのが普通だった。

それに比べて都市で聴く音色は、重なりあった音調のかもしだす、えもいわれぬ調和が特色だ。窓をいっぱいに開け、再び寝床にもどる。まだ、肉体は、半分眠りの中にあった。

寝台に身を横たえたまま、若者は、微妙に混じりあって聴こえてくる鐘の音の交響詩を全身に浴びながら、これが都市の生活の魅力なのだと感じていた。

平穏かもしれないが、単調な田園での日常。伯母のマリアが、カステッロの山荘に本拠を移しさえすれば公爵《こうしゃく》アレッサンドロの近習《きんじゅ》に似た今の生活をしないですむのにと、会うたびに勧めるのをやめない田園での生活。しかし、どうしてもそれに興味がもてなかったのだが、それは、田園で聴く鐘の音が単色だからであろう。

反対に、都市では、すべてが混ざりあって進む。善も悪も、美も醜も、高貴さも低俗さも、何もかもが二面性をもたないでは、都市では存続さえも不可能なのである。

だが、そうであるからこそ、都市では、何ごとであれ新しいものが、次々と創造されるのにちがいない。悪を背中あわせにもたない善は、ほんとうの善ではないのだし、醜を見ない人のつくる美も、真の美にはなりえない。また、低俗の泥沼だからこそ、真に高貴なるものを生む土壌にもなりうるのである。

これが、都市の持つ魅力だった。そして、ロレンツィーノは、都市の産物である文化文明を愛するがためになお、都市を離れたときの自分を、想像しようもなかったのだ。

彼は、もしもフィレンツェの街中で生活をつづけるのが不可能になった場合でも、郊外の田園で、自分が落ちつけるとは思えなかった。もしもそのような事態に見舞われても、別の都市、たとえばヴェネツィアとかローマとか、そういう都市に移るほうを選ぶであろう、と。

人間が数多く群れていれば、都市ができるとはかぎらない。要は、そこに住まう人々の、生きる姿勢なのである。この種の「姿勢《スタイル》」は、文明につながる。ラテン語の文明という言葉は都市という言葉に発しているが、古代人は、文明は都市から生まれると信じていたからだろう。古典を愛するロレンツィーノ・デイ・メディチが、都市に執着するのも、ごく自然な感情の帰結なのであった。

そんなことをつらつら考えているうちに、半分眠っていた肉体のほうも、完全に目覚めたようであった。寝床のわきにさがっている、長い絹製の房を引く。壁を伝わってのびているひもは階上の召使の部屋に通じていて、そこにある鈴が鳴る仕組みになっていた。

呼び出しに応じて入ってきた老僕は、窓が開け放たれて日中の光が部屋中を満たしているのに少し驚いた様子だったが、声だけはいつものままに、つつしみぶかい挨拶《あいさつ》をする。それに食事をここにもってくるよう命じた後で、ロレンツィーノは、二つのことを老僕に頼んだ。

「誰かをサルヴィアーティ銀行にやって、午後になったらわたしが行くから、と伝えさせてくれ。

それから、その帰り道にでも『半月館』に寄って、ダンドロ殿に、近日中にもお寄りいただけるかどうかをきいてもらいたいのだ」

老僕は、承知しましたと言って退出した。まもなく運ばれてきた朝食兼昼食は、簡単なものだったが、すみずみにまで心がこもった料理だった。父の代から仕えている老僕だけに、大食とはいえないロレンツィーノの食事の嗜好《しこう》を、充分に知っているからである。早起きのときと今日のように昼近くまで眠っての後とでは、皿の中身もちがっていた。

ただ、イリスの芳香がただよう葡萄酒だけは、いつでも欠けたことはない。葡萄酒を入れた壺《つぼ》の大小が、日中に供されるときとゆったりとくつろいだ夕べの場合とで、ちがいがあるだけだった。

ゆっくりとした食事を終えた頃に、使いにやった召使がもどってきた。旅宿「半月館」はすぐそこと言ってもよいくらいに近いが、サルヴィアーティ銀行も、花の聖母《サンタ・マリア・デル・フィオーレ》教会の向かい側にあるので、三十分もかからないで往復できる。ロレンツィーノの屋敷も都心にあるからだが、フィレンツェの街自体が、端から端まで歩いても、二時間とはかからない広さなのであった。

サルヴィアーティ銀行への使いは、銀行側のお待ちしているという返事で片がついた。だが、「半月館」からの答えは、ロレンツィーノが予想もしなかったものだったのだ。使いにやらされた若い従僕は、同じ年頃でも主人のロレンツィーノの前に出るとかしこまってしまうのか、ついしどろもどろになってしまう口調で、「半月館」の主人ジョヴァンニの答えというのを伝えた。

「ダンドロ様は、もう『半月館』の離れにはおられないということです」

「フィレンツェを発《た》ったというのか」

「いいえ、フィレンツェにはいらっしゃるそうですが、『半月館』の離れには滞在なさっていないそうで」

ロレンツィーノは、少しばかりせきこんだ口調で言った。

「主人のジョヴァンニは、ダンドロ殿がどこに移られたのかを言わなかったのか」

「いいえ、教えてくれました。フランチェスコ・ヴェットーリ様の客人として、ヴェットーリ様のお屋敷に御移りということです」

「あの老狐め！」

思わず口走ったロレンツィーノの言葉の激しい調子に、若い従僕は、怖《おそ》れるよりもびっくりした様子だった。それを早々に部屋から退出させた後で、ロレンツィーノは、あらためて、老貴族の狡猾《こうかつ》さに舌を巻いたのである。だが、考えてみれば、ヴェットーリのやったことは、ロレンツィーノとて考えなかったことではない。若者は、もう一度「老狐め」と口走ったが、二度目のそれは、見事な敵への賞讃《しょうさん》の意もこめられた、苦笑いをふくんだものになっていた。

マルコ・ダンドロは、ヴェネツィアきっての名門の当主である。また、彼を直接に知った人ならば、この男が単なる名門貴族では終わらないと予想したにちがいない。それに、ヴェネツィア共和国の政治体制がゆるぎもしない現状では、彼のような人物が長く放っておかれるはずはないとも思ったはずだ。それほどの男が、フィレンツェにいる。つながりを強める有利さを考えるのは、二十二歳のロレンツィーノでさえしたことだった。

若者は、再び従僕を呼んだ。

「ヴェットーリ殿の屋敷に行って、客人のダンドロ殿に、わたしが会いたいと言っていると伝えよ。明日の午後だ。ダンドロ殿の返事をもらってくるように」

だが、〝老狐〟は、もう少し深い考えでマルコを客にしたのである。そこまでは、ロレンツィーノの考えのおよぶところではなかった。

アルノの向こう《オルト・ラルノ》

以前ほどではなくなったとはいっても、ヴェットーリ家も、メディチ家とも縁戚《えんせき》関係があったフィレンツェの名門の一つである。経済的にはフィレンツェ経済の衰退と歩調をあわせたように衰えはかくせないが、当時ではまだ、郊外の山荘《ヴィラ》が二つと市内の屋敷二つを所有していた。市内にあるうちの一つがアルノ河の南にある屋敷で、ヴェットーリ家の次男に生まれたフランチェスコは、その家に住んでいる。緑豊かな中庭は、比較的にしても土地に余裕のある南岸地区にある邸宅の例で広く、中庭をはさんで家の反対側に位置する離れの様子は、主人たちの住む一画からだと簡単にはうかがえない。

マルコ・ダンドロが客として滞在している離れは、従僕用の部屋までついている、ほとんど独立した一画だった。出入り口も、中庭をつっきっていくにしても専用だ。客人の行動も、出入りのたびに表門を守る門衛をわずらわせることをのぞけば、まったくといってよいほどに自由だった。

そして、そこからアルノ河に向かって少し行き、聖《サンタ》トリニタの橋の手前で右に折れれば、オリンピアの仮住まいのあるボルゴ・サン・ヤコポの通りに出る。愛人を訪ねるにも、「半月館」の離れからよりはずっと近かった。

食事は主人のヴェットーリとしたから、マルコに従《つ》いてきた若い従僕の毎日も、主人の身のまわりのことだけをすればよいので暇になる。無口なのになぜかヴェットーリ家の使用人たちとは気があって、彼らの仕事を手伝ったりしてけっこう愉《たの》しんでいる様子だった。

使用人たちのこのおおらかさは、主人のヴェットーリの気質の反映でもある。他人との食事も連日となるとどんな人でも気づまりを覚えるものだが、フランチェスコ・ヴェットーリの家の食卓は、いつも愉快な仲間が、入れ代わり立ち代わり顔を見せるので、気づまりどころか愉しみなくらいだった。

食卓の客たちは、貴族ばかりとはかぎらない。ヴェットーリが大使をしていた頃の知りあいも、フィレンツェを訪れれば必ず彼のところに立ち寄るし、ローマから来た高位聖職者が、反教会主義のヴェットーリから、そのやんわりした皮肉の的にされることもあった。

「自由な風俗《コスチューム》の女たち」を斡旋《あっせん》するのを副業としている新興成り金のドナートも、このフィレンツェ名門の貴族の家では、何一つ差別待遇はうけない。

「若い頃は、マキアヴェッリも一緒に、あの男の家に入りびたっていたものだった」と、ヴェットーリは、笑いながらマルコに耳打ちする。自宅であるだけに、「自由な風俗の女たち」の相伴こそなかったが、自由で洒脱《しゃだつ》で不まじめなのが、ヴェットーリの屋敷の雰囲気であったのだ。

それに、真に貴族的なこの男とは、政治の話をするのも、マルコにとっては刺激的な体験でもある。

なにしろ、三十年に及ぶキャリアの持ち主だ。しかも、その大半を第一線で過ごし、神聖ローマ帝国皇帝やフランス王やローマ法王のもとで、大使を歴任した経歴の持ち主である。当時の国際政治の内幕をこれぐらい熟知している男も少ないだろう。また、フランチェスコ・ヴェットーリの、政治に対する考え方も異色だった。

ある朝、こんなふうな話をしたことがある。マルコが、民主制を基本概念とする共和制についてどう思うか、と質問したのに答えて、老貴族はこう答えたのである。

「そうね、話を根本までもどすとすれば、わたしは、次のように考える。

どのような政体を採用する政府であろうと、民主政体であろうと少数指導制である貴族制であろうと君主制であろうと、その政府が長期の生命を得るには、国民一人一人の物質的欲求を満足させてやる必要がある。

だから、個人の物質的欲望を満足させることのできる政治ならば、それが民主制であろうが貴族制であろうが君主制であろうが、主義には関係なく善政と賞讃《しょうさん》されるということだ。そして、結局は善政が長期の生命を保つ。

しかし、現実は、こうはいかない。なぜなら、国民一人一人の物質的欲求を完全に満足させてやることからして、神でさえ不可能なことだからだ。

とはいえ、人は普通、これに原因があるとは考えない。政体のほうに欠陥があると、考えたがる。それで、全員参加の民主制が良いとか、いや、能力に優れた人々が政治を担当する寡頭《かとう》制が良いとか、一人に全権をゆだねる君主制が良いとかの議論が、古代ギリシア以来延々とつづけられてきたというわけだ。

しかし、ここで、少数指導制でつづいてきたヴェネツィア共和国の市民であるダンドロ殿ならば、次のような質問をぶつけてくるだろう。

——国民全員の欲求を満足させてやることは不可能でも、比較多数の欲求を満足させることならば可能ではないか——

たしかに、それならば可能な場合もある。だが、これが可能なのは、国民多数の欲求を満足させてやれるだけの、つまり彼らに分配できるだけの、経済的な力がある場合にかぎる。

名目は民主制でも、実体は寡頭制であった共和国時代のフィレンツェも、ダンテの生きていた十三、四世紀には、イギリスやフランスの王もフィレンツェの銀行の融資がなければ戦争一つできなかったと言われるくらいに経済力が強かったから、共和制も運用可能だったのだ。

この経済も成長が鈍り、分配も慎重に考えてのうえでなければとうてい多数は満足させられないとなった時代に、メディチ家が台頭してきたのは象徴的だ。十五世紀のフィレンツェは、以前と同じにフィレンツェ共和国と呼ばれはしたが、もはや少数による指導制でさえなく、実質的には君主制の、僭主制《シニョリーア》と呼ばれる政体に変わった。

だが、この状態も、一四九二年のロレンツォ・イル・マニーフィコの死を境にして激変する。経済力は衰退の一方、それでいて、それを公正に分配するための能力、つまり統治能力に長《た》けた人物さえ失ったフィレンツェは、国民の不満足の原因を、政体の優劣に帰すことしか知らなかったからだった。

こうなってはもはや、混沌《カオス》しかない。どのような政体を採用しようと必ず、不満足な者が多数になる。ということは、野党が常に多数派になってしまうということだ。与党よりは断然強力な野党をかかえて、と言って代わって国政を行える方策は彼らだってもっていないのだが、不満だけは強い反対派をかかえて、一貫した政治が誰にできるだろう。将来を見越した、長い眼で見た政治が、いったい誰にできるというのだろうか」

マルコには、一言もなかった。だが、共鳴したのは彼の心の半分で、残りの半分は、疑問符がついたままであったのだ。そのマルコの心中を見透かしたのか、ヴェネットーリはつづける。

「ヴェネツィアは、フィレンツェとちがう。ヴェネツィアには、共和制をつづけていける情況があるのだ。

経済力が、いまだにしっかりしているからですよ。国民多数の物質的欲求を満足させられるだけの、経済力がまずある。同時に、それをほぼ公正に分配するための政治力も、いまだ健全だ。本国だけでも二十万はいる国民を二千人の貴族が統治する寡頭制を一貫してつづけてきたのがあなたの国ヴェネツィアだが、十九万八千人は反対派にはまわらない。切り分けるケーキはまだ充分に大きいのだし、切り分け方も、まずは納得するしかない程度には公正だからです。そういう国の政治をするよう生まれてきたあなたは、幸せなお人だ。同じイタリア人なのにと、うらやましくさえ思いますよ」

マルコは、もう本心から黙ってしまった。客人を沈黙から救おうとしてか、老貴族は、演説を対話に変える。

「ダンドロ殿は、政府の役職をされていた頃でも、国からの給料はもらっておられなかったのでしょう」

「ヴェネツィア共和国では、給料をもらえるのは官僚だけです。元首《ドージェ》や他国に駐在する大使たちには、職務遂行に必要な経費は払われますが」

「とすると、二千人にのぼる国政担当の権利をもつ貴族《ノービレ》は、無給で政治にたずさわっていることになる」

「そうです。建国以来、ヴェネツィアはずっとそれでつづいてきました」

「この制度がいまだに機能しているということは、ヴェネツィアのエリートたちは、生活の資を国からの給料に頼らなくてもよい、ということになりますな」

「ほとんどの政府の要職は元老院議員であることが条件になっていますが、その二百人ほどの元老院議員には、一家に一人しか就けません。これは、一家門に権力を集中させないために考え出された方策でしたが、結果としては、政治を担当する一人の生活を保証するために、残りの者たちはその一人の資産の運用役も務めることになり、それもあって無給の奉仕制度も維持することができたのだと思います」

「ダンドロ殿、だがもしも、あなたに運用してもらうだけの資産がなかったとしたらどうします。

建国以来の名門に生まれたあなたでも、国政を担当することで労働はしているのだから、それに対する報酬は要求できないということはないのだし、しなければ生活が成り立っていかないとしたらどうします。

現在のフィレンツェがかかえている問題は、ここにもあるのですよ。

わたしも、グィッチャルディーニも、政府の役職を務めることで受ける報酬を無視しては、もはや以前と同じ水準の生活はやっていけません。メディチ家だって、産業や金融の担《にな》い手であった時代はとっくの昔に過ぎてしまった。

現在のフィレンツェで、生活の資を稼ぐ必要もなく政治にたずさわることが許されるのは、ヨーロッパ中に支店網をもつ銀行家のストロッツィ家だけです。フィリッポ・ストロッツィがいまだに共和制を奉じ、メディチ家に反対しつづけられるのは、彼には経済上の基盤が確としてあるからですよ。

その彼に比べれば、わたしもグィッチャルディーニも、そしてわれわれ二人につづくフィレンツェのエリートはみな、給料生活者になってしまった。あなたの国の官僚たちとまったく同じです。政治家ではなく、官僚だ。

この情況下では、役職につけてくれ、それに対して報酬も充分に保証してくれることができるのは、君主だけなのですよ。生産手段をもたない貴族は、宮廷人という名の、官僚にでもなって禄《ろく》を食《は》むしかない。われわれフィレンツェの貴族たちが、ストロッツィをのぞけば大半がメディチ家をもり立てようとしている裏には、意外にケチな事情があるのです。

だが、これは理由の半分で、後の半分はもう少しましな理由だ。それは、今のフィレンツェには、なによりも平和が必要だということですが」

「平和ならば、ヴェネツィアだって必要としています」

「それはそうでしょう。だが、ヴェネツィアの必要としている平和は、対外関係のものので、国内ならばすでにあるではないですか。

反対にわがフィレンツェでは、国内でも平和を必要としている。秩序、と言いかえてもよい。今のフィレンツェには、無秩序さえも許容できる体力はもうないのです。わたしには、主義主張は関係ない。民主制も寡頭制も君主制も、わたしには無関係だ。誰が支配者になろうと興味ない。ただ、この美しいフィレンツェを破壊からは守りたい。このフィレンツェに秩序がもたらされ、なるべく長く平和がつづくよう願うのみです。そう願うから、この年でまだ国政にかかわっているのですよ」

マルコは、微苦笑しながら口を開く。

「われわれヴェネツィア人は、政体のちがいにあまり神経を払わない性質《たち》なのでしょう。善政か悪政かだけが、問題なのです」

フィレンツェの老貴族も、客人の微苦笑につきあいながら言った。

「党派活動に熱中していると、真に重要な問題を忘れてしまいがちなものですな。ニコロ（マキアヴェッリ）は、こんなことを言っていましたよ。

——不正義はあっても秩序ある国家と、正義はあっても無秩序な国家のどちらかを選べと言われたら、わたしは前者を選ぶであろう——

わたしも、これには全面的に賛成です。とくに今のフィレンツェを見れば、この選択には躊躇《ちゆうちよ》しないと思う」

「不正義とは、メディチ家による専制ですか？」

「ダンドロ殿、あなたはわたしに、あまりにも多くを言わせたがる」

二人は同時に笑い声をあげた。ロレンツィーノの送った使いがマルコを探しにきたのは、ちょうどそのときだった。

使いが持参したロレンツィーノ自筆の手紙には、明日の午後に馬での近郊散策を御一緒したいがどうか、と書いてある。

マルコは、ヴェットーリのいる前で使いの者に承諾の意を伝えた。老貴族は、いたずらっぽい笑みを浮かべながら、

「ヴェネツィアのダンドロ殿ともなると、モテようがちがいますな」

と言う。マルコは、微笑を返しただけだった。

その日、メディチの若者は、ヴェットーリの屋敷の門前に、マルコのための馬も用意して待っていた。

二人は馬で、ヴェットーリの家を出るや、フィレンツェの南に開いたローマ門に向う。そのローマ門から街の外に出た。十二月も末近くとは思えないほど、おだやかな

日和《ひより》の午後だった。

ロレンツィーノは、あたりさわりのない話しかしない。何か用事があって呼び出したにちがいないのに、いっこうに本題に入ってこない。それでもマルコは強いてたずねようともせず、馬をゆっくりと歩ませていた。

馬もゆっくりと行くしかないのだ。ローマ門を出た後、メディチの若者は、道を左にとったからである。フィレンツェの南を守る市壁にそって、丘陵地帯だけに、道はゆるやかな上下をくりかえす。左側は高い石壁がつづくが、右ははるか遠くの丘陵まで田園が広がる。オリーブの樹《き》が、実を採集しやすいように間隔を広くおいて植えられ、葡萄《ぶどう》の樹は密集していて、トスカーナ地方の典型的な田園風景を展開していた。

ローマ門の次の聖《サン》ジョルジョ門を守る護衛兵の姿が眼に入る頃になって、メディチの若者はようやく、話の核心に入る気になったようだった。

「ヴェネツィアにはフィリッポ・ストロッツィ殿が滞在しているが、ヴェネツィア共和国には政治上の亡命者を受け入れる法律でもあるのですか?」

「法律というよりも、伝統と言ったほうが適切でしょう。フィレンツェ市民に話をかぎれば、百年昔のメディチ家のコシモもそうだったし、その後もヴェネツィアを頼ってきた人々で、ヴェネツィア共和国政府に拒絶された人はいないはずです。政治上の亡命者だけでなく、宗教上の亡命者も、ヴェネツィア領内では法王庁の非難を気にしなくてすむ」

「ストロッツィ家のような大金持ちでなくても、心配ないというわけだ」

マルコは思わず笑ったが、これだけはと思ってつけ加えた。

「ただし、ヴェネツィアの社会に混乱をまき起こさないという条件はつきますよ。つまり、ヴェネツィア共和国の法にふれることはしない、という意味ですが」

若者は、笑いもせずにまじめな顔でうなずいた。マルコは、この若者にはヴェネツィア行きの計画でもあるのかと思い、それとなくたずねてみたが、返ってきた答えは案に相違してきっぱりしたものだった。

「とんでもない。わたしには、ヴェネツィアで亡命生活をおくらねばならない理由はありません」

マルコも、そうでしょうな、と言っただけである。

午後の数時間を費やした散策中、話らしい話といえばこれだけだった。聖《サン》ジョルジョ門から再び街中に入った二人は、そこから都心に向かう坂を降りる。相当な急坂なので、馬を御すのに注意を怠れず、坂を降りきってポンテ・ヴェッキオの橋のたもとに来るまで、二人は無言だった。

ポンテ・ヴェッキオのたもとで、二人は別れた。二頭の馬の手綱をとり、キリスト聖誕祭もまぢかとあって雑沓《ざっとう》する人混みの中を遠ざかって行く若者の後ろ姿を、マルコはなぜか、しばらくの間見送っていた。

エピファニアの夜

エピファニアの祭りとは、キリスト教では救世主の御公現《ごこうげん》の祝日と呼ばれている。それぞれ別の品の贈り物をもって、輝く星を追ってはるばる東方からやってきた三人の賢者に、幼児のキリストが自己を顕示したことを記念する日である。この一月六日を期して、十二月二十四日の前夜祭からはじまったクリスマス・シーズンも終わる。

だが、これはまじめな意味のほうで、エピファニアの祭りにはもう少し現実的な御《ご》利益《りやく》があった。東方の三賢人が幼児のキリストにそれぞれ贈り物をたずさえてきたことに習って、子供たちにはプレゼントがもらえる日でもあるのだ。プレゼントは、べファーナと呼ばれるほうきに乗って空を飛んでくる老婆《ろうば》がもってくる、ということになっていた。

キリストの誕生からはじまる聖なる期間も、贈り物をもらって歓声をあげる子供たちの喜びの顔と、明日からの謝肉祭の無礼講を思ってほくそ笑む大人たちで終わるのだ。一月六日の夜があちこちではじける爆竹と歓声の中で更《ふ》けて行くのは、毎年の風景になっている。一五三七年のエピファニアの祭日も、いつもの年と同じに過ぎようとしていた。

ロレンツィーノは、妹の密《ひそ》かな出発から今日までの日が、長かったのか短かったのか自分でもわからない想《おも》いだった。二週間もあったのだから、短くはないのだ。キリスト聖誕祭当日の花の聖《サンタ・マリア・デル・フィオーレ》母教会でのミサにも出席した。翌日の聖《サント》ステファノの祝日も、いつものように公爵《こうしゃく》アレッサンドロのかたわらに坐《すわ》って、大司教の説教を聴いた。一五三六年最後の日も、一五三七年の最初の日も、メディチ宮での祭日の食卓の常連だったのだ。若者の日常には、外から見ればなんの変化もなかった。

しかし、心の底では、神に祈りつづけていたのだ。どうぞ、わたしのやろうとしていることを成功させてください、と。公爵が死んでも、フィレンツェでは庶民の端にいたるまで涙を流す者はいない。

鉄製の網胴着《あみどうぎ》を身に着けなければ、また大勢の武装した衛兵にかこまれなければ外には一歩も出ないアレッサンドロを殺せるのは、最も身近にいる自分しかいない。だから、罪の意識などなく、ただただ、成功させてくださいとだけ祈ったのである。

そして、ついにその日がきた。

少し前に、聖《サン》ミケーレ修道院の若い僧が、僧院長の手紙をとどけてきた。それには、すべては順調に行って、仮の婚礼も無事終了したと書かれてあった。妹のことは、もう心配しなくてよいのだ。一つだけ残っていた気がかりも、これで消えた。

メディチ宮でも、エピファニアの祭りは、いつもよりはにぎやかな晩餐《ばんさん》で終わろうとしていた。ロレンツィーノも、例によって出席している。公爵は、したたかに酔ったようだった。だが、これは、あらかじめ公爵に耳うちしておいたとおりにことを運ぶためだった。足どりもたしかでない公爵は、いつもよりは早く、召使たちに両脇《りょうわき》をささえられて寝室に退く。公爵夫人の輿入《こしい》れに従《つ》いてきたスペイン人の女官たちは、そんな公爵を軽蔑《けいべつ》も露《あらわ》に見送っていた。

ロレンツィーノも、主人が退出した以上、自分の家にもどってもよいわけだ。公爵夫人に挨拶《あいさつ》をする彼に、夫人も女官たちも、公爵夫人のアパルタメントに来て残りの夜を一緒に過ごそうと誘ったが、若者は丁重に断った。

衛兵の守る、メディチ宮の裏門を出る。右に折れて十歩も行けば、そこはもう彼の家の裏門だ。重い扉を開ける。召使たちは、あの忠実な老僕にいたるまで、休みを与えてあった。屋敷の中は、静まりかえっている。厚い皮でできている靴の底が、石の階段をこする音さえ、今夜は耳についた。

寝室の扉を開けると、暗闇《くらやみ》の中で何かが動いた。手にしていた燭台《しょくだい》を向けると、ジョヴァンニがひざまずいている。立ってきた「半月館」の主人は、平静な声で、

「若様、お仕度を手伝いましょう」

と言った。そして、祭日用の華やかな服を脱がせていく。若者は、無言でするにまかせた。白絹のゆったりとしたシャツと黒いタイツになったロレンツィーノは、その姿のままでジョヴァンニの肩に両手をかけ、押し殺した声で言った。

「公爵を殺す」

ジョヴァンニは、それにも驚いた様子はなく、ただ深くうなずいただけだった。

「だが、おまえには頼まない。わたしが、自分の手で殺す。おまえは、背後にまわってはがいじめにしてくれるだけでよい。殺すのは、わたしがやる」

黒ずくめの服をまとった「半月館」の主人は、日頃の彼を知っている人ならば驚く

にちがいないほどの落ちついた態度で、若者に言った。

「若様、わたしが手をくだしてもよいのでございますよ」

「いや、おまえにはわたしのもつ怒りはない。これは、わたしの仕事だ」

ジョヴァンニは、わかった、というふうに深くうなずいた。若者はつづける。

「おまえが『半月館』を出たのを、誰かに見られていないだろうね」

「誰も。女房も、眠りこむまでそばにいましたから」

「それでよい。ことは簡単にすむだろう。その後、おまえは、ここを出てすぐに『半月館』にもどり、女房のわきにもぐりこむのだ。何が起ころうと、わたしに連絡しようとしたり、近づいたりしてはならぬ。『半月館』の主人で、居つづけるのだ。フィレンツェの外に出ることも、しばらくはひかえるのだな」

「わかりました」

ジョヴァンニは、あいかわらずの平静さで答えた。その後、ロレンツィーノはジョヴァンニに、いくつかの短い指令を与えた。ジョヴァンニは、その一つ一つに、深くうなずく。「半月館」の主人の口からは、ついに一度も、今夜の大事決行の理由を問いただす言葉は吐かれなかった。

若者は、燭台をもって先にたつ。ジョヴァンニも、無言で後に従った。居室に入ると、そこにあった燭台に、手にしていた燭台から火を移す。四本の蠟燭《ろうそく》の火が、部屋全体をやわらかく照らした。

一本の蠟燭だけが立つ燭台だけをもった若者は、部屋のすみに近づき、壁の一部としか見えないそこを押す。音も立てないで、隠し扉は開いた。二人は、その中に身をくぐらせる。壁の中の通路が折れ曲がるところまできて、振りかえった若者は、眼で指示を与えた。ジョヴァンニも、眼だけでうなずく。ここからは、若者一人で行くのだった。

待ちかねていたらしい公爵アレッサンドロは、隠し扉が低い音を立てて開かれるのを見て、寝台の上に起きなおった。あらかじめしめしあわせてあったように、召使たちは公爵の就寝の手伝いを終えて、とっくに自分たちの部屋に引きあげている。白絹のシャツだけの公爵は、扉を開けて入ってきたロレンツィーノを横目で見ながら、タイツに足を入れはじめた。上着にも手を通そうとする公爵を、ロレンツィーノは、そのままで、と言って制する。せめて刺繡《ししゅう》の飾りで埋まっている胴着だけでもとそれに手をのばす公爵に、ロレンツィーノは、あちらも寝衣だけだから、と笑って止めた。公爵も、卑《いや》しい笑みを浮かべながら、素直に従う。

一本の蠟燭だけが小さな明かりを投げる燭台を手に、若者は隠し扉を開ける。扉の前で待つ若者は、眼顔で公爵に、先に、と言った。先に立って壁の中の通路に足をふみ入れた公爵の後に、ロレンツィーノもつづく。

壁の中の道が折れるところまできて、若者は公爵に声をかけた。

「公爵《デュカ》」

呼びかけられて何気なく振り向いた公爵を、背後から音もなく近づいたジョヴァンニが、ときをおかずにはがいじめにする。動けなくなったその上半身に向かって、ロレンツィーノは、隠しもっていた両刃の短剣とともにぶつかっていった。

急所は、突いたようだった。だが、アレッサンドロはまだ、うなり声をあげて暴れている。床においた燭台が、蹴《け》りあげられて消えてしまった。

暗闇の中では、公爵の白絹のシャツだけが目印だった。その上の喉《のど》もとを突こうとするのだが、暴れる公爵を背後からはがいじめにしているジョヴァンニまで傷つけてしまいそうで、ロレンツィーノの刃《やいば》は、つい鈍ってしまう。

断末魔の絶叫は壁をゆるがすほどになり、誰にも聴かれる心配のない場所だということを忘れた若者は、左の手でその口をふさごうとした。野獣と化した公爵は、その手にかみつく。あわてて手を引いたが、指の肉はかみ切られて、皮膚を伝わる感触から、血が流れるのがわかった。

とどめを刺すことができたのは、それまではいじめだけに徹していたジョヴァンニが、さすがに力の弱った公爵を石の床の上に引き倒し、自分でも隠しもっていた短刀で、心臓を深く突き刺したからである。上半身が血まみれになっていた公爵は、これで動かなくなった。

返り血を浴びたまま呆然《ぼうぜん》としているロレンツィーノに、ジョヴァンニは、声音も変えずに言う。

「若様、死体の処置はどうなさるおつもりで?」

われに返った若者は、二、三語、文章にならない言葉を言った。

ジョヴァンニは、死体を肩にかつぎ、壁の中の通路をメディチ宮に向かう。アレッサンドロは頑丈で肥《ふと》っていたので、がっしりした体格のジョヴァンニでも、歩きながらよろめいた。灯はないので、手探りで進む。

突きあたりの扉を開けたジョヴァンニは、かついできた死体を、寝台の上においた。死体をおくときに、寝台をおおっている白い厚地の絹の幕に、血がべっとりとついた。

それを見たジョヴァンニは、死んだ公爵を掛け布でおおい、眠っているように見せかけても無駄だと悟る。公爵の死体は、そのままでおかれた。その後で、ジョヴァンニは、そばに立ったまま死んだ公爵を見おろしている若者を、まだ開いている隠し扉のほうに押して行き、その中に若者を押しこみ、自分も入って後ろ手で扉をしめた。だが、終始冷静にことを運んできたジョヴァンニも、公爵の寝台から隠し扉のところまで、ロレンツィーノの左手の指からしたたり落ちる血が、点々と跡を残していたのには気がつかなかった。

自分の家の寝室にもどってきて、ロレンツィーノははじめて、われに返ることができたのである。彼の口調は、もうしっかりしていた。左手の指の傷は相当に深かったが、ジョヴァンニが血止めの処置をしてくれた。血で汚れた衣服も、彼が手伝って手ぎわよく新しいのに換える。血まみれの衣服は、ジョヴァンニが、自分が家にもって帰って焼却する、と言ってまとめた。

これからどうするのか、と、いかにもたずねたそうな「半月館」の主人の様子に、若者のほうが先手を打った。

「もういい、家にもどれ。わたしのことは心配せずに、家にもどって眠ることだ。わたしも一眠りする。ときがきたら、わたしのほうから連絡をとろう」

ジョヴァンニは、深く一礼して部屋を出て行った。

若者は、ベッドに腰をおろし、すべてをやり終えた後の安堵《あんど》の想いにひたりながら、見慣れた自分の部屋の中を、まるではじめてであるかのようにゆっくりと見まわした。

左右の壁面にかかる、ボッティチェッリ描く『ヴィーナスの誕生』と『プリマヴェーラ』が、いつもと同じに優美な雰囲気をかもし出している。部屋の一画に立つ書見台の上には、ボッティチェッリが挿絵の筆をとったダンテの『神曲』が、彼の好きなページを開いておかれていた。寝台のすぐそばの机の上には、これもいつもと同じに、プルタルコスとマキアヴェッリの書物がつみ重ねられている。若者は、明日も、その次の日も、そしてこれからもずっと、これらにかこまれて過ごす日々がつづくと確信して、今夜のことを決行したのだった。

明日になれば、公爵の死体が発見されるだろう。犯人捜索は、困難をきわめるはずだ。自分のアリバイは完璧《かんぺき》だし、ジョヴァンニがここに来たのを知っている者はいない。彼の口の固いのは、先立っての逮捕でも実証ずみだった。

ロレンツィーノは、知らぬ顔を決めこんでいればよいのだった。死んだアレッサンドロには子がないから、皇帝カルロスがどうしてもフィレンツェを君主国でおきたかったら、自分かコシモのどちらかを新公爵にするしかない。強いて君主制でなくてもよいとなれば、フィレンツェは再び、共和制にもどるのだ。

二十二歳の若者は、そのどちらになってもかまわないという気持ちだった。公爵になりたい一心で、アレッサンドロを殺したわけではなかったのだから。

ゆっくりと眠るだけだと思ったが、なぜか身体《からだ》のほうが寝台に納まってくれない。若者は、部屋の中を歩きまわりながら、振り払おうとしても次から次へとわいてくる想いに、少しずつ侵されはじめている自分に気がつかないでいた。

罪悪感も嫌悪《けんお》感もなく考えていた、公爵殺害の行為であったのだ。それが、成功した今になって、その想いこそもたなかったが、代わりに、不安と恐怖にさいなまれはじめたのである。

誰かが、壁の中の通路の存在に気づきはしないであろうか。

公爵の寝室に、自分のいたことを示す何かを、忘れてきはしなかったか。

家を出て行くジョヴァンニを、「半月館」の泊まり客の誰かが、見はしなかったであろうか。

ロレンツィーノの屋敷の奉公人たちが全員、今夜にかぎって休暇を与えられたのに、

バルジェッロの検察官たちの誰一人、不審には思わないであろうか。あの監獄内で行われてい

想いがバルジェッロにおよんだとき、ロレンツィーノは、あの監獄内で行われている拷問《ごうもん》を思い出し、恐怖で叫び声をあげそうになった。

メディチの若者には、戦場の経験がない。格闘の経験さえなかった。肉体の苦痛にどれほど耐えられるか、試してみたこともない。ジョヴァンニだってあれほども耐えぬいたのだと思ってみたが、恐怖は増す一方だった。

若者は、立ちあがっていた。この部屋にもどってきてから取りもどしていた、冷静さも今はない。無意識に、上着を身に着けはじめる。マントにも、手がのびていた。階段を降り、中庭の一画にある馬小屋から、自分の馬を引き出す。裏門から外に出ると、夜も更けた街には人影もなかった。

聖《サン》ガッロの城門の前までくると、衛兵たちがかがり火をかこんでいた。隊長らしい男はロレンツィーノを見知っていたらしいが、この夜更けに市外に出る彼を不審そうに見る。だが、若者が、伯母のマリアが急病だと知らされて駆けつけるところだ、と言うと、何もきかずに城門を開けてくれた。

聖《サン》ミケーレ修道院に向かう道の下までくると、僧院の門を照らす常夜灯が糸杉の並

木の間にきらめくのが見えた。

あそこには、妹を送ってもどってきた院長がいるはずだった。何かが起こるたびに、ロレンツィーノがとびこんでいった、あたたかいふところがある。糸杉の並木の道を登り、鉄門にさがっている鈴を引けばよいのだ。

だが、ロレンツィーノには、どうしてもそれができなかった。若者は、しばらくの間その灯《ともしび》を眺めた後、馬を北に向けた。

寒さも空腹も、何一つ感じなかった。

トレッビオの山荘《ヴィラ》に行くことも、彼の頭には浮かばなかった。彼所有のカステッロの山荘行きも、頭に浮かんでこない。若者の胸を占めていた想いはただ一つ、北に、ヴェネツィアに行く、ということだけだった。

雪で埋まっているはずのアペニン山脈を、この軽装で越える不安さえ、彼のこの想いをとどめることができなかった。

夜の山道も、凍ったように空に張りついている満月のおかげで、迷わずに進める。霜ができはじめているのか、馬が進むにしたがって、さくさくと地表が軽い音をたてた。

若者は、背後に遠ざかるフィレンツェを、一度も振りかえって見ようとはしなかった。彫像のような人と馬は、生きているとは思えない機械的な動きで、丘陵の稜線《りょうせん》をまわって姿を消した。

二人のマキアヴェリスト

フランチェスコ・ヴェットーリは、朝の起き具合のきわめて悪い男であった。目覚めてからも、二時間ぐらいは寝床の上でぐずぐずしている。六十を越えてからは目覚めの時刻は早くなったが、この癖だけはいっこうになおらない。

一月七日の朝、このヴェットーリを寝床から引きずりおろしたのは、メディチ宮の召使頭だった。この男を、ヴェットーリは、アレッサンドロが公爵《こうしゃく》になった当初から手なずけてあったのだ。

主人の寝室に通された召使頭は、蒼《あお》い顔をして言った。

今朝方、公爵の起床の手伝いをしようと居室の扉を開けたら、寝台の上で公爵が殺されていたこと。それで、自分だけがもっている鍵《かぎ》で公爵の居室を閉め、急ぎここに報告にきたこと。公爵の死は、召使たちはもちろん、公爵夫人にも知らせていないこと。

ヴェットーリは、召使頭の話が終わらないうちに身仕度をはじめていた。そして、話の終わった召使頭をせき立て、行き先は誰にも告げずに屋敷を出た。道々、昨夜の様子を聴く。

メディチ宮には、裏門から入った。召使たちの使う階段を登って、公爵の寝室に入る。扉は、召使頭に言って鍵で閉めさせた。

部屋の中は、乱れていなかった。寝台の上に、血まみれの公爵の遺体があるだけだ。開けた窓から入る朝の光が、血がすでに黒く色の変わっている様子を映し出し、犯行が昨夜の出来事であることを示していた。

朝の光は、蠟燭《ろうそく》の明かりでは見えなかったものまで見せてくれる。ヴェットーリの怜悧《れいり》な眼は、寝台の近くから壁ぎわまで点々とつづいている、小さな血痕《けっこん》を見逃さなかった。

それをたどっていった彼は、血痕が消えているところの壁面を手で押した。隠し扉は、小さな音を立てて簡単に開く。暗闇《くらやみ》が口を開けていた。

老貴族は、唖《あ》然《ぜん》としている召使頭に、手燭《てしょく》をもってくるよう命じた。火がつけられた蠟燭一本だけの燭台を手に、老貴族がまず中に足を踏み入れる。彼も、この秘密の通路の存在を知らなかった一人だった。

蠟燭の火を受けて、遺体を引きずった跡らしく、石の床を走る黒い幾条もの血の筋が浮きあがる。少し行くと曲がり角があり、それを曲がってまたも少し行くと、そこが犯行の現場らしく、まだ乾ききっていない血の海が大きく残っていた。

それをまたぐようにして進んだ行きどまりに、木の扉があらわれる。そこを押すと、これも簡単に開いた。

眼前にあらわれた部屋は、蠟燭の火を受けただけでも、豪華ではないがなかなかの美意識によって整えられた部屋ということはわかる。ガラス窓の内側に光と寒さを防ぐために閉められている板の窓を開けると、外はラルガ通りだった。向かい側の家並みから、この部屋がメディチ宮のすぐ隣にあることもわかる。

ヴェットーリは、もはや疑わなかった。命令を受けた召使頭は、火のともったままの燭台をひとまずそこにおいて、階下に走る。老貴族も、この階の各部屋をまわった。寝室のベッドには、人の寝た気配がない。屋敷中を見てまわった召使頭がもどってきて言うには、屋敷の中には、人一人いないということだった。

老貴族と召使頭は、再び壁の中の通路をたどって、メディチ宮の公爵の寝室にもどってきた。ヴェットーリは、逃げた犯人の追跡を命ずる代わりに、厳しい声で召使頭に言った。

「少なくとも今夜までは、公爵の死を秘密にしておくのが最重要の課題だ。飲みすぎて頭が痛いでも、気分がすぐれないでも、なんでもかまわない。公爵の部屋には、公爵夫人であろうと入れてはならぬ。鍵をかけて、わたしが再びここにもどってくるまで閉めておくのだ。

その間におまえは、この血痕を消し、公爵の遺体を清め、新しい衣服を着せておく。誰にも手伝わせてはならない。おまえ一人でやるのだ」

召使頭がうなずくのを見て、老貴族はつづけた。

「誰か、若くて信用がおけて、馬を駆るのが巧みな従僕はいないか」

召使頭は、メディチ宮に馬丁として働いている男の名を言った。

「下に行って、その男に会おう」

何やらわからずにかしこまっている馬丁を、老貴族はそばによび、召使頭には聞こえないように言った。

「トレッビオの山荘に馬をとばすのだ。コシモ殿を見つけて、首に綱をつけてでも引っぱってくるのが、おまえの仕事だ」

若い馬丁は、老貴族の真剣な態度に気圧《けお》されたように強くうなずき、厩舎《きゅうしゃ》に向かって走って行った。

ヴェットーリに残された時間は、夕刻までしかない。花の聖母《サンタ・マリア・デル・フィオーレ》教会の前を通り、シニョリーア広場を抜け、ポンテ・ヴェッキオを渡りながら、フランチェスコ・ヴェットーリの頭は久しぶりに全《フル》回転をしていた。

自分の屋敷にもどってきた彼は、至急、御訪問の労を乞《こ》う、とだけ書いた手紙をもたせた召使を、ここから五分ほどの距離に家をもつ、グィッチャルディーニの屋敷に走らせる。居室にもってこさせた朝食に口をつけたのは、その後だった。

フランチェスコと、名前ならヴェットーリと同じのグィッチャルディーニは、六十を越えているヴェットーリよりは十歳も若い、五十を越えたばかりのフィレンツェの貴族。だが、政治外交面でのキャリアとなると、ヴェットーリさえもしのぐ輝かしい経歴の持ち主だった。

二人とも、生前のマキアヴェッリと親しかったことでも知られている。いや、はじめはヴェットーリ、次いでグィッチャルディーニと、ルネサンス随一の独創的な政治思想家マキアヴェッリとの間に、本音を吐露しあった手紙を交換した仲でも共通していた。

洒脱《しゃだつ》な粋人のヴェットーリに対し、荘重な振る舞いのグィッチャルディーニという具合に、性格のまったくちがうこの二人を結びつけたのもマキアヴェッリだ。だが、十年前にマキアヴェッリが死んだ後もなおこの二人を結びつけているのは、祖国フィレンツェに平和がつづくことを願う想《おも》いなのだった。メディチ家による君主制の敷かれたフィレンツェでは、この二人だけが、隠然たる影響力をもつ人物と思われていた。

ほんの近くに外出するのにさえ、自分の立場を考えて身仕度を整えるのがグィッチャルディーニだったので、来るのが遅れるのではないかと心配したが、その日は使いの者にもたせた手紙の文面に漂うただならぬ気配に気づいたのか、グィッチャルディーニの堂々とした体軀《たいく》があらわれたのは、ヴェットーリの朝食の終わる頃だった。ただちに、主人ヴェットーリの書斎に通される。

書斎で向かいあった二人には、挨拶《あいさつ》は無用だ。ヴェットーリは、露ほども感情の混じらない口調で、今朝方の出来事を簡潔に述べていった。グィッチャルディーニも、表情も変えずに聴いている。

トレッビオの山荘《ヴィラ》にコシモを呼びに行かせたところまで語り終わったとき、グィッチャルディーニはようやく口を開いた。こちらも、冷徹そのものの口調だ。

「これは、われらがフィレンツェにとっては天の配剤です」

「わたしも、そう思う」

「天の配剤はなるべく早く、既成事実にしてしまう必要があります」

「同感だ」

「つまり、なるべく早くコシモを、公爵に即位させてしまうことです」

「幸いなことに、あの若者の資質は、アレッサンドロと比べれば格段のちがいだ。ロレンツィーノでもよかったのだが……」

「自らの手を血で汚した者を、フィレンツェの最高位者にするわけにはいきません」

「そのとおりだな。それにロレンツィーノは、自分から燃えつきてしまった。

だが、グィッチャルディーニ殿、問題は、皇帝カルロスがどう出てくるかだ。皇帝は、娘婿《むすめむこ》を殺されたのだ。犯人捜査という大義名分でもかかげて、大軍を向けてこられたら、フィレンツェは完全にスペイン領になってしまう。カルロスが動き出さないうちに、手を打つ必要がある。フィレンツェは一枚岩だということを示す必要があるのだ」

「明日にでも早速、閣議を招集することにしましょう」

「明日では遅い。招集は今夜だ。しかも密《ひそ》かにやるのだな。公爵の死は、いつまでも秘密にしてはおけない。それでも、明日までは隠しておけるだろう。

死の公表の直後に、コシモを公爵に就けてしまわなくてはならない。あくまでも、既成事実づくりが先決だ」

「ロレンツィーノのほうはどうしましょう」

「放っておくのだな。あの若者は、フィレンツェにとっては無害だ。いや、彼こそ天の配剤をもたらした功労者なのだから、会ったら礼を言いたいくらいだが」

老貴族の口調がいつもの彼のものにもどったのに、グイッチャルディーニも緊張を少しは解いたのか、親し気な雰囲気をただよわせる声音で言う。

「ヴェットーリ殿、今夜のことは二重の意味で、フィレンツェにとっては天の配剤ではないでしょうか。

つまり、今こそわれわれフィレンツェ名門貴族の、発言権を再復できるという意味で。ヴェネツィア共和国のように、少数の貴族による合議制を確立し、公爵はメディチ家の世襲にしても、それはあくまでもヴェネツィアの元首のように、象徴的な存在にすぎないとする、という意味です。

コシモは、まだ十七歳だ。われわれのお膳立《ぜんだ》てがあるからこそ、公爵にもなれるのだということをわかっているはず。今が好機と思うのですが」

「グィッチャルディーニ殿、世にもまれなる現実主義者として知られたきみは、いったいどこに行ってしまったのだね。

われわれのかつての友マキアヴェッリの言葉ではないが、祖国の存亡がかかっているとき、それをするに、なににもまして優先さるべきは、祖国の安全と自由の保持なのだ。外敵からの侵略に大義名分を与えるようなことは、絶対にしてはならない。外敵を刺激しないやり方で、フィレンツェは一枚岩なのだということを示さねばならない。

それには、メディチ家のコシモを公爵にすえるのが最良の選択だということでは、われわれは一致している。

だが、これにも、リスクをともなわないではすまない」

ここでヴェットーリは、一息ついた。だがすぐにつづける。

「つまり、あの若僧に公爵位を与えるということは、あの若僧に、軍隊から城塞《じょうさい》からフィレンツェ最高位者の地位まで、すべてを与えるということだ。元気いっぱいの若者に駿馬《しゅんめ》を与えておいて、あるところで一線を引き、ここから外には出てはならぬ、とでも言うつもりかね。そんなことはやっても、所詮《しょせん》は無駄に終わるだけだ。わたしは、あの若僧が、善政を行ってくれることだけを願う。善《よ》き君主であってくれとだけ願う。もしもこの賭《か》けの結果が悪と出ても、われわれには選択の余地がなかったのだから仕方がない。ロレンツィーノは、自ら土俵を降りてしまった」

グィッチャルディーニには、言葉がなかった。ヴェットーリは、一世代若いこの同僚の気を引き立てるように、肩に手をおき、静かに言う。

「われわれ二人には、二人だけで片づける必要のあることがもう一つ残っている。何も聞かないで、一緒に来てもらいたい」

老貴族は召使を呼び、お越しいただくようダンドロ殿に伝えよ、と言った。

入ってきたマルコに、ヴェットーリはグィッチャルディーニを紹介した。マルコも、十年前には法王庁の国務長官の地位にあったこの高名な人物は、会うのははじめてにしても名は聞いている。この男がそれかという想いで、背も高く堂々とした体格の、しかしいかにも体面を重んじそうな五十男に、微笑を浮かべながら挨拶した。男も、距離を保った挨拶を返す。

ヴェットーリだけが、いつもの洒脱な口調ながら、聞いたマルコの胸が一瞬ちぢまるようなことを言った。

「ダンドロ殿、今すぐに、われわれ二人を、あのローマの御婦人の家に案内していただきたい。

あの御婦人が、ここフィレンツェで何をしているかも、あなたの愛人であることも、すべてわたしは知っている。

あなたに仲介を頼むのは、われわれと彼女との話が、私的におだやかに終わるよう望んでいるからです。それができないとなると、バルジェッロに場所を移さざるをえなくなりますのでな」

マルコにははじめて、老貴族が自分を客にした真の理由がわかった気がした。だが、ここまできてはどうしようもない。彼は、自分が彼女の家を訪れるときはいつも事前に知らせていたからと言って、手紙を従僕にもたせる許しを乞《こ》う。二人の前でしたためた手紙には、こう書かれてあるだけだった。

——三十分後に訪れる。町に連れ出すから、身仕度をしておくように——

粋人のヴェットーリはすぐにわかったようだが、町に連れ出すという箇所にひっかかったらしいグィッチャルディーニが不審な面持ちをするので、老貴族としては説明の必要を感じたのだろう。

「御婦人に、他人が訪れてもかまわない格好をしておけという意味だ」

と言い、マルコのほうを見て笑った。マルコも、微苦笑で返す。彼が訪れるとなると薄物しか身に着けていない姿でむかえるのが常のオリンピアを、老貴族に見透かされた想いがしたからだった。

外出姿になっていたにしても、開けた扉の向こうにマルコだけでなく二人の男を見出《いだ》して、ローマの遊女はさすがに驚いたようだった。だが、黙って中に招じ入れた。

そのオリンピアに、マルコは、ヴェットーリの言ったことをほとんど一語も変えないでくり返した。オリンピアも、ただちに了解したらしい。では、何をお望みか、というふうに、ヴェットーリとグィッチャルディーニの二人を正面から見《み》つめた。その彼女に話すのは、ヴェットーリが引きうける。

「皇帝カルロスに、密かに報告を送ってもらいたい。アレッサンドロ公爵は不慮の事故で亡《な》くなられ、新公爵には、コシモ・デイ・メディチが即位した、と。公爵夫人マルゲリータ様は、安全にメディチ宮で、夫君の喪に服しておられる。フィレンツェの市民も、亡き公爵の喪に服すとともに、新公爵の即位をもろ手をあげて歓迎している。皇帝閣下には、何一つ心配なさることはないとも、つけ加えておいてほしい。

これが、われわれがあなたに頼むことだ。これさえしてくれれば、あなたのフィレンツェからの退去が、無事に実現することはわれわれ二人が保証する」

女が報告文を書き終え、それをあの無口で忠実な大男の従僕に託し、旅仕度に身を整えた従僕がそれをふところに出立したのを見た後ではじめて、ヴェットーリとグィッチャルディーニは出て行った。

この二人にはまだやらねばならない仕事が残っていたのだ。トレッビオの山荘から駆けつけてくるはずのコシモをメディチ宮でむかえ、政庁《パラッツォ・ヴェッキオ》まで同道し、招集してある閣議で、コシモを正式に公爵に就任させてしまうことである。これも、ヴェットーリとグィッチャルディーニ二人の策略どおりに事が運んだ。

マルコとオリンピアの二人がはじめて事の真相にふれることができたのは、フィレンツェの市民たちが公爵の死と新公爵の即位を知ったのと同時である。

すべては、雪のアペニン越えをやっとの想いで果たし、消耗しきった姿でボローニャの街にたどりついたロレンツィーノが、その街の知人の家で死んだように眠りこんでいる間に、はじまって終わったことであった。


フィレンツェの街の南に開いた「ローマ門《ポルタ・ロマーナ》」を出たとき、マルコは自然に背後を振りかえっていた。

フィレンツェ、なんと色々のことがあった都市だったろう、と思いながら。

かたわらのオリンピアは、そのマルコを愛《いと》しそうに見やり、乗っている馬の上から手をのばしてきた。二人はこれから、ローマに向かおうとしている。

オリンピアのここでの仕事はもうできないのだし、マルコも、移動してもよい気分になっていた。女のかたわらで常に彼女を守ってきた大男の従僕は、急ぎの報告を無事に皇帝にとどけるための飛脚に使ってしまっている。オリンピアを、一人でローマに旅立たせるわけにはいかない。マルコが〝護衛〟していくことになったのだ。

この〝護衛〟は、オリンピアを有頂天にさせた。愛する男とのはじめての旅である。

それが、どんなにのんびりと旅したとしても一週間も過ぎれば終わるものであっても、ローマの遊女には、想《おも》ってもみなかった贈り物であった。

並んで馬を歩ませながら、女は男に話しかけずにはいられない。

「ローマでは、わたしの家に泊まってくださる？」

「そういうのを、世間では何と呼ぶのかな。髪結いの亭主、とでも呼ぶのだろうか」

「仕事ならば、わたしのほうはしなくてもいいの」

「いや、ローマにもどれば、きみでは隠れて生きるわけにもいくまい。わたしのほうが、髪結いの亭主をやるしかなさそうだ。

マルコ・ダンドロの人生経験としては、ユニークさではきわめつきの体験になりそうだし、ここはひとつまじめに、髪結いの亭主というものをやってみようかしらん」

女は、男の冗談には笑うしかなかったが、それでもいいのだと思っていた。それでも、愛する男と一つ屋根の下でくらせるのだから、と。

仲の良い夫婦のように馬を並べて行く二人の後を、荷を満載した馬二頭の手綱を注意してあやつりながら、ヴェネツィアからマルコに従《つ》いてきた若い従僕が追う。

道は、一路南を目指している。季節も、桃が恥じらい気に薄紅色の花をほころばせる、春のはじめに入ろうとしていた。

その後

十七歳の若さで思わぬ幸運に恵まれたコシモ・デイ・メディチは、ほどなく、やはりヴェットーリの予言が正しかったと思わざるをえない行動に出てくる。駿馬《しゅんめ》を駆る自由を与えられた若者は、一線を引いて、その内側なら馬を乗りまわしてよいというグィッチャルディーニら〝元勲〟たちの忠告を、完全に無視しはじめたのだった。

それでも、一五三七年一月九日にひとまず、フィレンツェ公国の摂政と認められた当時は、まだおとなしく振る舞っていた。

フィレンツェの後見人と自任している皇帝カルロスが、摂政になることは認めたが、公爵《こうしゃく》までは認めなかったからである。一応は婿《むこ》であったアレッサンドロ殺害に気分を害していた皇帝は、アレッサンドロの未亡人のマルゲリータを公妃にむかえたいというコシモの願いも、聞き入れようとはしなかった。

ヨーロッパ最強の君主の娘となれば、たとえ妾腹《しょうふく》の子でも、使い道は山ほどある駒《こま》と同じだ。その駒を、皇帝カルロスは、ローマ法王パオロ三世とのつながりを密にするために使おうと考えた。マルゲリータは、喪があけるやただちに、法王の孫のオッタヴィオ・ファルネーゼ公の許《もと》に嫁ぐと決まった。

そのコシモに、グィッチャルディーニは、自分の娘を嫁がせようと策したのだ。だが、十八歳になったばかりの若者は、理由も言わずに断った。彼は、フィレンツェの主《あるじ》の地位を確かなものにするには、皇帝の後ろだてを欠くわけにはいかないことを見抜いていたのである。しかし、それはあくまでも確かなものにするための手段であって、確立するのは彼自身の力量にかかっているのだ。それをする機会は、敵が与えてくれることになる。

その年の七月、すべての能力はもちながら決断力ならばいくぶんか欠けていたフィリッポ・ストロッツィが、息子のピエロをはじめとする周辺の共和制信仰者たちに突きあげられた感じで、フィレンツェの国境に軍を集結するという事態が起った。第一線で指揮をふるう長男のピエロ・ストロッツィの許には、フィレンツェの名門貴族の子弟たちの多くが馳《は》せ参じる。彼らは、いまだ正式には公爵位についていないコシモをこの機に倒し、フィレンツェには共和制を再興するという熱情に燃えていた。

今のフィレンツェには国内の安定こそが先決だとするヴェットーリやグィッチャルディーニの忠告は、マキアヴェッリの晩年の若い弟子たちが多かったこの人々から、現状維持しか頭にない中高年のたわ言と無視されただけである。その間に、コシモのほうも、外国人からなる傭兵《ようへい》団を組織し、アペニン山脈ぞいにある国境に向かった。モンテムルロの戦いとして名の残るこの戦闘は、コシモ側の圧勝に終わった。ピエロ・ストロッツィだけは逃げおおせたが、フィレンツェから馳せ参じた名門貴族の子弟たちは、そのほとんどが捕虜になった。コシモは、彼らを、国家反逆罪で死刑に処す。蜂起の結果しだいでは、フィレンツェに共和制を再興できたかもしれなかった男たちのほとんどを、コシモは物理的に消したのである。その一カ月後に、皇帝カルロスも今度は認めて、コシモは正式にフィレンツェ公爵の地位についた。

この乱の支柱であったフィリッポ・ストロッツィを「消す」ことだけは、この人物の社会的な名声からして簡単にはいかなかった。ストロッツィ銀行から金《かね》を借りていた皇帝カルロスまでが、助命運動に参入してきたからである。だが、結局、コシモの強硬な引き渡し要求が勝ちを収める。フィレンツェに連行され牢獄《ろうごく》につながれたこのヨーロッパ有数の銀行家は、自分を待つ運命を思って絶望したのであろう。一五三八年八月、モンテムルロの敗戦のちょうど一年後に、牢の中で剣の上に身を投げて死んだ。

一方、息子のピエロ・ストロッツィは、フランスに逃げていた。スペイン王でもある皇帝カルロスのイタリアにおける勢力拡大を面白く思っていないフランス王は、コシモのよこしたピエロ引き渡しの要求を断固として拒否する。ストロッツィ銀行の財力は、フランスの王にとっても魅力あるものであったのだ。

ピエロ・ストロッツィは、これ以後、イタリアにおける反メディチで反皇帝勢力の一翼をになうことになる。そして、これより二十年後の一五五八年に戦死するまで、コシモの心胆を寒からしめる男がいたとしたら、そのまず第一にあげられるのは彼であったろう。

このピエロ・ストロッツィは、戦場であろうとどこであろうと、当時の常識に反して必ず妻を同伴するのでも有名だった。四十八歳の彼が死をむかえたのも、ラウドミア・デイ・メディチの腕《かいな》にいだかれて、であったという。

フランチェスコ・ヴェットーリは、コシモが権力を確立した二年後の一五三九年に死んだ。

フランチェスコ・グィッチャルディーニのほうも、ヴェットーリよりは十歳も若かったにかかわらず、その翌年の一五四〇年に死ぬ。

二人とも、世間的には、不遇のうちに死んだと言われた。自分に好機を与えてくれた恩人であるこの二人を、公爵コシモは、政治は自分でやると言って遠ざけてしまったからである。

隠退生活を強いられたヴェットーリは、『要約《ソマーリオ》』と表題ならばつつましい歴史エッセイを書きながら、その後のわずか二年の余生を送った。

グィッチャルディーニのほうは若かっただけに、想像もしなかった隠退を飲みくだすのが、ヴェットーリほどは簡単にはいかなかったのだろう。『イタリア史』という、大部の同時代史を書き残す。

マキアヴェッリも同じだったが、現実の政治に忙しい間は、書くという、現実から離れた視点がないとできない作業までは、なかなかやる気分になれないのかもしれない。行動人が行動を禁じられた後に思索の果実である著作を遺《のこ》す例は、マキアヴェッリも加えて、この三人にかぎらない。

フィレンツェ公爵となったコシモは、一五三九年、すでにスペイン領になっているナポリの副王でもある、トレド公ペドロの一人娘のエレオノーラを公妃にむかえた。二十歳と十七歳の婚礼だった。五男四女に恵まれる。フランス革命の頃まで二百五十年はつづくことになる、トスカーナ大公国メディチ家のはじまりであった。

一五六九年でようやく終わった、フィレンツェ公爵からトスカーナ大公になるまでの三十年間は、コシモにとっては甲冑《かっちゅう》を脱ぐ間もないほどの、戦いにつづく戦いの連続で過ぎている。だが、この間に、フィレンツェは領有地を大幅に広げ、リヴォルノに海港をもつまでになっていた。シニョリーア広場《ピアッツァ・シニョリーア》に立つブロンズのコシモの騎馬像が、甲冑姿であらわされているのはこの事情による。

公爵になってからのコシモは、ラルガ通りに面したメディチ宮には、もう住まなくなっていた。古い宮殿《パラッツォ・ヴェッキオ》と通称される、政庁が彼の住居に変わる。公妃のエレオノーラも、その中に自分用の一画を与えられ、コシモの母のマリア・サルヴィアーティも、トレッビオの山荘に引きこもっていることは許されなくなった。なにしろ、大公の母なのだ。

しかし、しばらくすると、公邸での日々が、マリアには耐えられなくなったらしい。妻のエレオノーラも、不便を訴える。それで、コシモは、アルノ河の対岸に立つピッティ宮を私邸にしたのだった。

以後のマリアの日々は、史実にはほとんど記されていない。閉鎖的な性質のスペイン女の嫁と気が合わなかったということだが、聖《サン》ミケーレ修道院の院長の訪問ぐらいは、許されていたであろうか。公爵コシモの非情なまでの厳格さは、肉親に対しても変わらなかった、といわれている。

専制君主となったコシモを助けるのは、もはやグィッチャルディーニやヴェットーリのような名門貴族ではなく、中産階級出身者を主とする事務官僚たちになった。コシモは、これらの人々を自分の身近で仕事させるために、官邸となったパラッツォ・ヴェッキオのすぐ横に、大規模な「官庁街」を建てる。これはウフィッツィ（オフィス）と呼ばれた。

それがために、後世になっての話にしても、メディチ家の集めた芸術品を展示し、ルーヴルやブリティッシュ・ミューゼアムと並び称される世界屈指の美術館となるウフィッツィ画廊は、直訳すれば「オフィス画廊」という、おかしな名で呼ばれることになるのである。

このウフィッツィ画廊の至宝が、ボッティチェッリ描く『ヴィーナスの誕生』と『プリマヴェーラ（春）』であることは、誰も異存はないだろう。

ロレンツィーノの全財産が没収された際に、この二つの傑作もコシモのものとなり、メディチ家の最後の主《あるじ》がフィレンツェ市に所蔵の芸術品をすべて寄贈したおりに、これらもまたフィレンツェ市のものとなったのである。

かつてはメディチ大公の私邸として使われ、今日では美術館になっているピッティ宮には、本体である画廊の他に、「ムゼオ・ディ・アルジェンティ（銀製品のミューゼアム）」という名の一画がある。この中の一室には、「硬石の器」の章でとりあげた、ロレンツォ・イル・マニーフィコ愛用の器も展示されている。その一室だけが特別に照明されているのも、現代人にも、ロレンツィーノと同じように、イル・マニーフィコの〝キズモノ〟を愛し愉《たの》しむ想いを共有してほしいということか。

そのロレンツィーノ・デイ・メディチだが、二日間ボローニャの知人の家で死んだように眠りこんだ後、妹の嫁いだ先のストロッツィ家を頼ってヴェネツィアへ行った。

だが、その後の半年間にストロッツィ家をゆるがせた反コシモの軍事運動に、なぜか彼だけはかかわっていない。戦闘に参加もしなければ、その背後にいて総指揮をとっていた、フィリッポ・ストロッツィに協力した様子もない。

ことの起こりは彼が直接に手をくだしたアレッサンドロ殺害事件であるのに、その後の進展に彼だけは関与していないのである。殺しただけで、あとはまったく手をひいてしまったという感じだ。

そして、その後の進展をよそに、トルコの首都コンスタンティノープルまで旅行したり、一転してフランスに行ったりしている。フランスへ行ったのは、モンテムルロの敗戦後にフランスに逃げた夫を追って行った、妹のラウドミアを訪ねるのが目的であったのかもしれない。義弟になったピエロ・ストロッツィの、亡命地フランスでの反コシモ運動には、これまた少しも関与した様子が見えないからである。

フランスにしばらく滞在した彼は、再び、当時は政治亡命者を受け入れるのに寛大だったヴェネツィアにもどってきた。

その地で、ロレンツィーノの唯一《ゆいいつ》の著作、『弁明《アポロジア》』が書かれたようである。レトリックを駆使した十六世紀の散文の中でも最も優れたものの一つとされている作品だが、目的は、もちろん、公爵殺害を正当化することにある。あれは暴君殺害であった、として。

その理由を、彼は、アレッサンドロがまったくフィレンツェ市民の支持を受けていなかった統治者であったことにおいている。

——フィレンツェの都市が、伝統的に市民の努力の産物であった以上、アレッサンドロによる専制は、その伝統に反する非合法的なものであった——

そして、アレッサンドロの統治は、カリグラ帝やネロ帝にも比される狂気に満ちたものであったと説き、その彼を倒すのは、自由な市民の義務であったとさえ言う。そして、暴君《ティランノ》に対する最も適切な処遇は、殺害しかないのだ、と。

——わたしが真に目的としたのは、フィレンツェ市民に自由をとりもどさせることであり、アレッサンドロ殺害は、そのための手段にすぎなかったのである——

そして、これについて事前に誰にも相談せず、殺害直後もただちに逃亡したことについては、それにはここには書けない諸々の事情があったのだ、と言いながら、

——結局はフィレンツェに自由を再復させることができなかったのは、自分の行った暴君殺害に責任があるのではない。責任は、この好機を活用できず、またも新たな専制君主を擁立してしまった、市民のほうにこそある。

さらに、貴重な時間もただ浪費することしか知らず、そのうえここ一番という戦闘にさえ敗《ま》けた、共和制論者の亡命フィレンツェ市民たちも、責任をまぬがれることは

許されない――

これが、『弁明』の主旨と言ってよいだろう。

後世のロマン主義は、この弁明をまともに受け、決行当時のロレンツィーノの年齢の若さもあって、彼を自由の騎士に祭りあげるのである。

しかし、このロレンツィーノにも、ヴェネツィアでの亡命生活をまっとうすることはできなかった。

一五四八年二月二十六日、アレッサンドロ殺しからちょうど十一年目の冬、公爵コシモの送った刺客の手で暗殺されたからである。邪魔者は消す方針を厳格なまでに貫きとおしたコシモにとって、たとえ具体的には反コシモ運動には関与していなくとも、ロレンツィーノも邪魔者であったのだろう。

ロレンツィーノ・デイ・メディチ、三十三歳の冬であった。妻も迎えず、子も残さなかった。

このロレンツィーノを筆にのせたのは、なにもロマン主義の小説家だけではない。ルネサンス発生の地フィレンツェが、どのような経過をたどって絶対君主制の国家に変わっていったかの最後の輪が、このアレッサンドロ公殺害事件である。研究者たちも、ふれずにはすまないのだ。

だが、彼らの筆にも、この事件に関するかぎり、相当なとまどいが感じられる。それは、ロレンツィーノの「動機」を、何に求めてよいか判然としないからである。学者には想像が許されないとなっているから、史料として残っていないことは書きようがないのかもしれない。

それでも、この時代をあつかう歴史学者としては国際的な権威をもつ、ハイデルベルク大教授のフォン・アルベルティーニは、次のように書いている。

——暗殺は、主としてロレンツィーノ側の、個人的な動機によって起こったと思われる——

メディチ宮の隣にあったロレンツィーノの屋敷は、反逆人への処罰の例にならって、土台から破壊された。壁の中の通路も、そのときに消滅した。

図版出典一覧

口絵二つ折り両観音

p. 1右　ウフィッツィ美術館蔵（フィレンツェ）© Peter Barritt / Alamy Stock Photo

p. 1左　サンタ・マリア・デル・フィオーレ教会（フィレンツェ）© JOHN KELLERMAN / Alamy Stock Photo

p. 2　ジュリオ・ボリーノ画、個人蔵

p. 3　ステファノ・ボンシニョーリ原図、パラッツォ・ヴェッキオ蔵（フィレンツェ）

p. 4　ウフィッツィ美術館蔵（フィレンツェ）© World History Archive / Alamy Stock Photo

p. 5　ウフィッツィ美術館蔵（フィレンツェ）© PAINTING / Alamy Stock Photo

p. 6右　サンタ・マリア・ノヴェッラ教会蔵（フィレンツェ）© The Picture Art Collection / Alamy Stock Photo

p. 6左　サンタ・マリア・ノヴェッラ教会（フィレンツェ）© Luis Emilio Villegas Amador / Alamy Stock Photo

p. 7右　サンタ・マリア・ノヴェッラ教会蔵（フィレンツェ）© Peter Barritt / Alamy Stock Photo

p. 7左　ウフィッツィ美術館蔵（フィレンツェ）© World History Archive / Alamy Stock Photo

p. 8　ウフィッツィ美術館蔵（フィレンツェ）© classicpaintings / Alamy Stock Photo

口絵

p. 1　ウフィッツィ美術館蔵（フィレンツェ）© Art Heritage / Alamy Stock Photo

p. 2　チャルトリスキ美術館蔵（ポーランド・クラクフ）© FineArt / Alamy Stock Photo

p. 3　ルーヴル美術館蔵（パリ）© ART Collection / Alamy Stock Photo

p. 4　ウィンザー城王室図書館蔵（ロンドン）© Universal Images Group North America LLC / Alamy Stock Photo

p. 5　同上 © Keith Corrigan / Alamy Stock Photo

p. 6　© CITTÀ METROPOLITANA DI FIRENZE

p. 7　© Clearview / Alamy Stock Photo

p. 8　アカデミア美術館蔵（フィレンツェ）© Brian Lawrence / Alamy Stock Photo

本文

p. 224　サンティ・ディ・ティト画、パラッツォ・ヴェッキオ蔵 © GL Archive / Alamy Stock Photo

p. 228　トリノ王立図書館蔵（トリノ）© Science History Images / Alamy Stock Photo

この作品は一九九三年朝日新聞社より刊行された『銀色のフィレンツェ　メディチ家殺人事件』を改題のうえ大幅改稿したものです。

塩野七生著
ローマ人の物語 1・2
ローマは一日にして成らず
（上・下）

なぜかくも壮大な帝国をローマ人だけが築くことができたのか。一千年にわたる古代ローマ興亡の物語、ついに文庫刊行開始！

塩野七生著
ローマ人の物語 3・4・5
ハンニバル戦記
（上・中・下）

ローマとカルタゴが地中海の覇権を賭けて争ったポエニ戦役を、ハンニバルとスキピオという稀代の名将二人の対決を中心に描く。

塩野七生著
ローマ人の物語 6・7
勝者の混迷
（上・下）

ローマは地中海の覇者となるも、「内なる敵」を抱え混迷していた。秩序を再建すべく、全力を賭して改革断行に挑んだ男たちの苦闘。

塩野七生著
ローマ人の物語 8・9・10
ユリウス・カエサル
ルビコン以前
（上・中・下）

「ローマが生んだ唯一の創造的天才」は、大改革を断行し壮大なる世界帝国の礎を築く。その生い立ちから、〝ルビコンを渡る〟まで。

塩野七生著
ローマ人の物語 11・12・13
ユリウス・カエサル
ルビコン以後
（上・中・下）

ルビコンを渡ったカエサルは、わずか五年であらゆる改革を断行。帝国の礎を築き、強大な権力を手にした直後、暗殺の刃に倒れた。

塩野七生著
ローマ人の物語 14・15・16
パクス・ロマーナ
（上・中・下）

「共和政」を廃止せずに帝政を築き上げる――それは初代皇帝アウグストゥスの「戦い」であった。いよいよローマは帝政期に。

塩野七生著

ローマ人の物語 17・18・19・20

悪名高き皇帝たち

（一・二・三・四）

アウグストゥスの後に続いた四皇帝は、同時代の人々から「悪帝」と断罪される。その一人はネロ。後に暴君の代名詞となったが……。

塩野七生著

ローマ人の物語 21・22・23

危機と克服

（上・中・下）

一年に三人もの皇帝が次々と倒れ、帝国内の異民族が反乱を起こす――帝政では初の危機、だがそれがローマの底力をも明らかにする。

塩野七生著

ローマ人の物語 24・25・26

賢帝の世紀

（上・中・下）

彼らはなぜ「賢帝」たりえたのか――紀元二世紀、ローマに「黄金の世紀」と呼ばれる絶頂期をもたらした、三皇帝の実像に迫る。

塩野七生著

ローマ人の物語 27・28

すべての道はローマに通ず

（上・下）

街道、橋、水道――ローマ一千年の繁栄を支えた陰の主役、インフラにスポットをあてる。豊富なカラー図版で古代ローマが蘇る！

塩野七生著

ローマ人の物語 29・30・31

終わりの始まり

（上・中・下）

空前絶後の帝国の繁栄に翳りが生じたのは、賢帝中の賢帝として名高い哲人皇帝の時代だった――新たな「衰亡史」がここから始まる。

塩野七生著

ローマ人の物語 32・33・34

迷走する帝国

（上・中・下）

皇帝が敵国に捕囚されるという前代未聞の不祥事がローマを襲う――。紀元三世紀、ローマ帝国は「危機の世紀」を迎えた。

塩野七生著

ローマ人の物語 35・36・37

最後の努力（上・中・下）

ディオクレティアヌス帝は「四頭政」を導入。複数の皇帝による防衛体制を構築するも、帝国はまったく別の形に変容してしまった――。

塩野七生著

ローマ人の物語 38・39・40

キリストの勝利（上・中・下）

ローマ帝国はついにキリスト教に呑込まれる。帝国繁栄の基礎だった「寛容の精神」は消え、異教を認めぬキリスト教が国教となる――。

塩野七生著

ローマ人の物語 41・42・43

ローマ世界の終焉（上・中・下）

ローマ帝国は東西に分割され、「永遠の都」は蛮族に蹂躙される。空前絶後の大帝国はいつ、どのように滅亡の時を迎えたのか――。

塩野七生著

ローマ亡き後の地中海世界

―海賊、そして海軍―（1〜4）

ローマ帝国滅亡後の地中海は、北アフリカの海賊に支配される「パクス」なき世界だった！ 大作『ローマ人の物語』の衝撃的続編。

塩野七生著

愛の年代記

欲望、権謀のうず巻くイタリアの中世末期からルネサンスにかけて、激しく美しく恋に身をこがした女たちの華麗なる愛の物語9編。

塩野七生著

チェーザレ・ボルジア あるいは優雅なる冷酷

毎日出版文化賞受賞

ルネサンス期、初めてイタリア統一の野望をいだいた一人の若者――〈毒を盛る男〉としてその名を歴史に残した男の栄光と悲劇。

塩野七生著
イタリアからの手紙
ここ、イタリアの風光は飽くまで美しく、その歴史はとりわけ奥深く、人間は複雑微妙だ。――人生の豊かな味わいに誘う24のエセー。

塩野七生著
サロメの乳母の話
オデュッセウス、サロメ、キリスト、ネロ、カリグラ、ダンテの裏の顔は？「ローマ人の物語」の作者が想像力豊かに描く傑作短編集。

塩野七生著
ルネサンスとは何であったのか
イタリア・ルネサンスは、美術のみならず、人間に関わる全ての変革を目指した。その本質を知り尽くした著者による最高の入門書。

塩野七生著
海の都の物語
―ヴェネツィア共和国の一千年―
サントリー学芸賞（1〜6）
外交と貿易、軍事力を武器に、自由と独立を守り続けた「地中海の女王」ヴェネツィア共和国。その一千年の興亡史を描いた歴史大作。

塩野七生著
わが友マキアヴェッリ
―フィレンツェ存亡―
（1〜3）
権力を間近で見つめ、自由な精神で政治と統治の本質を考え続けた政治思想家の実像に迫る。塩野ルネサンス文学の最高峰、全三巻。

塩野七生著
神の代理人
信仰と権力の頂点から見えたものは何だったのか――。個性的な四人のローマ法王をとりあげた、塩野ルネサンス文学初期の傑作。

小説《しようせつ》 イタリア・ルネサンス2

フィレンツェ

新潮文庫　し－12－22

令和二年十一月一日発行

著者　塩《しお》野《の》七《なな》生《み》

発行者　佐藤隆信

発行所　株式会社新潮社

郵便番号　一六二―八七一一
東京都新宿区矢来町七一
電話　編集部(〇三)三二六六―五四四〇
　　　読者係(〇三)三二六六―五一一一
https://www.shinchosha.co.jp

価格はカバーに表示してあります。

乱丁・落丁本は、ご面倒ですが小社読者係宛ご送付ください。送料小社負担にてお取替えいたします。

印刷・錦明印刷株式会社　製本・錦明印刷株式会社

ISBN978-4-10-118122-6　C0193